当代著名作家美文自选集

在黎明倾听时间

程琼莲 著

中国社会出版社

国家一级出版社·全国百佳图书出版单位

图书在版编目（CIP）数据

在黎明倾听时间／程琼莲著 . —北京：中国社会
出版社，2018. 5
　（当代著名作家美文自选集／凌翔主编）
　ISBN 978-7-5087-5985-2

Ⅰ. ①在…　Ⅱ. ①程…　Ⅲ. ①散文集—中国—当代
Ⅳ. ①I267

中国版本图书馆 CIP 数据核字（2018）第 107864 号

丛 书 名：当代著名作家美文自选集
丛书主编：凌　翔
书　　名：在黎明倾听时间
著　　者：程琼莲

出 版 人：浦善新
终 审 人：王　前
责任编辑：张　迟

出版发行：中国社会出版社　　邮政编码：100032
通联方式：北京市西城区二龙路甲 33 号
电　　话：编辑室：（010）58124856
　　　　　销售部：（010）58124850
网　　址：www. shcbs. com. cn
　　　　　shcbs. mca. gov. cn
经　　销：各地新华书店

中国社会出版社天猫旗舰店

印刷装订：北京楠萍印刷有限公司
开　　本：165mm×230mm　1/16
印　　张：15. 25
字　　数：230 千字
版　　次：2018 年 8 月第 1 版
印　　次：2018 年 8 月第 1 次印刷
定　　价：49. 80 元

中国社会出版社微信公众号

一些久远的名词

——代序

朋友圈广泛流传一个《悲情中专生》的帖，一语惊醒梦中人，遥远的旧事就这么倏忽而至。在这个雨声潇潇的秋日，咀嚼过往悲辛，审视自己艰难的成长，并不仅仅是怀旧，也意味着总结分析再次出发。同时完成一次对人生之秋的追怀。

不得不承认中专生这个名词太久远，如旧而泛黄的纸张，有时间淡淡的霉味。一并想起的还有"下岗工人"这个同样久远的名词。下岗工人如今不再具有热词效应，从当年网红角色变成一个被时代浪潮湮没的群体。

当年考取中专的时候，只有金榜题名的豪迈与喜悦。跳出农门，拥有一个铁饭碗，不枉我初中三年挑灯夜战。那时一眼看去，人生之路掩映于万紫千红之中，真应了那句"烈火烹油，鲜花着锦"。一日看尽长安花的狂喜之时绝不会想到铁饭碗并不铁。铁虽坚硬，遇高温仍会熔化成液体形态，碗则不碗。在工厂，我看到过坚固的铁遇高温化为绕指柔。光华夺目的铁水，被工人从一个大容器注入模子里，变成其想要的形状。

老子曰："天道极即反，盈即损，日月是也。"人生原本就是这样跌宕起伏充满戏剧性。可那时年轻，哲学离我太远，生活离我很近，我的骄傲像被戳破的气球，只剩一地悲伤的残骸。踩着铁锈走出工厂，最后打量一眼身后的灰色建筑群，当年被全县人仰望的高效益高工资企业，如肥皂泡，虽映射过七彩霞光，最终却消失在时间的深海。成为一个自由人，我必须学会在社会海洋里扑腾找钱的本领。我可以吗？楼房顶端一片巨大的乌黑云朵定格在我的双眼中，预示我莫测的前路。

小说里描写的下岗女工，没什么正能量，一色的苦瓜脸，因吸附过多社会底层灰霾，整个人也呈现灰色——灰尘的颜色。

我纯属咎由自取，当年从中专学校分配的那拨学生，大多下基层，成为早期公务员，现在已是各机关单位的头头脑脑。我留城进外强中干的国企。以他们的成功为参照，我在歧路上走得太远。

悲情中专生，苦瓜脸下岗女工，像中了一次豪奖，我一一笑纳。有次被拉去赴同学会，一桌子领导，我扎眼得像一根刺，戳人的同时也戳自己，彼此尴尬。一直以来尴尬是我人生路上摆脱不了的状态，如同附着在我身上的中专生和下岗女工的标签。他们刻意的温和语调以及掩盖不住的同情眼光伤到了我。我那么敏感纤细，带点神经质，能感知外界细微的波动。这让我的文字如一只受惊的小鸟，慌张敏捷。可也让我失去保护的外衣。有人问，在哪里发财？财真有那么好发？我暗想。怎么说都像是一种刺伤，难怪他们小心翼翼。而小心翼翼本身就表明对方弱势的本质，梦魇一样的境遇。那时我经常梦到被老虎狮子追赶，跑得筋疲力尽。

阿基米德说，给我一个支点，我就能撬动地球，以此强调人的主观能动性。阿基米德很伟大，但前提是有那个举重若轻的支点。我的支点是文学。

偶然认识一群爱写字的人，是我人生的一个转折。读书时写作文那点底子被我重新挖掘，又以当年挑灯夜战考中专的劲头埋头苦写。那时已是2011年，离我下岗过去十年，也就是说，在求温饱中我挥霍掉人生最美好的十年。再看当年同事，适应能力强的去南方赚了人生第一桶金，更多是对工厂依赖已久不能适应社会巨变的人。大浪淘沙，社会重新洗牌，困境与机会同在，我怎样抓住瞬息万变的机遇？然而十年精神漂泊并没换来财富，反倒让我厌倦了物质这头巨兽。遵从内心指引，我爱上文学，好像我持久的沉默与坚硬都只为等着文学的经过。我明白我在灰色里蛰伏太久，要给自己一个仰望星空的理由。

一些豆腐干文字陆续见报，生活的本质其实没变。毕竟在全民致富年代，文学的边缘化决定了它不能根本改变我的现实困境。然而梦想的光亮烛照生命的幽微，我不再是那个忐忑不安的下岗女工。

发表小说处女作那天，我从电脑屏幕前抬起头，瞥见对面镜中微弱的银光一闪，我消灭敌人一样拔掉那根白发。我害怕一切来自时间的提醒，我需要大把的时间逐梦。

我不再自怨自艾。内蕴决定一个人，苦难于你，是成全还是打败。

散文，一直在坚持写，在探索到底怎样才能写得更好，在思想的骨架上叙事化怎样做到血肉丰满又不枯燥乏味，既要高蹈又要贴近生活本质。说起来话太长，就不属本书的主题了。不过阅读本书的读者能看到我探索实验的轨迹。最后我要讲的是，写作让我忘记了时间的流逝。

感谢一路相助的朋友。

目 录
Contents

第一辑　旧味欢

旧味欢

麦苗青青

麦苗青青的时候，季节还是冬天。天空是那种烟灰色，冷硬，茫茫无际，有种地老天荒的漠然感。天开地阔之间，灰色蜿蜒的大手笔线条是群峰绰约的影子，大自然的画笔里用不完的灰色调。

有位作家在文章中写道，冬天的冷，让人有厌世之感。我想，厌世恐怕不单是因为冷，另外还是因为天地间颜色单调缺乏生机。

如果在那一片灰色的原野里，渗出一层绿，茸茸的，柔嫩娇弱，像谁给大地晕染了一道绿边，视线里就会生动起来，恍惚觉得春天也并不遥远似的，哪怕北风依旧刀子样逼来，面上已然有了安稳的喜色。是的，那就是麦子，一个枯索的季节里神奇的一片绿意。

麦苗在风中摇曳，绿得逼人眼，眼前的冬天也有了一丝温情的意味，虽然担心着这娇滴滴的绿能否经受猎猎寒风。

可那绿到底一天天丰盈起来。倘或赶上下雪，绿色织锦上铺了厚厚一层洁白的绒毡，有丰饶富丽的喜感。若是雪化，则是绿色裙裾镶了一道银白的流苏，在广阔的田野铺展开去，壮丽而辽阔。太阳升起来的时候，银光闪耀，嫩绿的麦苗挂着晶莹的水滴，冷酷的冬天就这样被原宥了，只因为那一片充满希望的绿色。

植物是最懂得感恩的。麦子没有辜负这场雪，在雪水的滋润下绿得蓬蓬勃勃，肆无忌惮。那一株一株的绿融汇成绿色的海，在天地间荡漾开去。

　　每年也就在村人扛起锄头去给麦苗锄草的时候，我总会感到怅然若失，我的忧郁来得彻底却无端。那大抵是正月初七八，冬天里难得的响晴天气，风也不凌厉，有一种薄脆的质感，像初夏吃的第一支冰激凌。金色的阳光有种奶油的芬芳，门框上的对联在阳光下红得似火，但我分明看到那种红已经掩饰不住有了一种虚张声势的寂寞，像挂在嘴角的笑，淡得有点勉强。田野里的麦苗此时绿得正欢，仔细倾听简直能听到它们"哗哗"的笑声。灰了一冬的天空也奢侈地满溢着一汪蓝。在这个好天气里，我看到隔壁红婶扛着锄头从地里给麦苗锄草回来，她急急的步伐里饱含了对丰收的渴望与期盼。失落却从最低点向上攀爬，淹没了我——年终于是过去了！又要回到一成不变的日子里去。我愤愤于那样欢天喜地的热闹，在大人那里原来都比不过种地、锄草，侍弄一株株麦苗。

　　我当然锄过麦草，弯着腰，身体弓成九十度。我紧握铁锄，在麦苗间隙小心地剔除杂草，腰酸背疼，不惯劳动的手满是水泡，伸腰一看，前面还是望不到头的麦子。

　　那时候我不喜欢麦子，哪怕它们绿得再可爱些。生活是那样的琐碎与尴尬，仿佛活着就为了填饱肚子。在十几岁的时候，我一直认为吃是很俗气的事，却做不到神仙那般不食人间烟火，真是可恼。

　　可春天毕竟是来了。

　　村前村后的桃花打起了花苞，玫瑰一般的红，在依然是光秃秃的枝头星子样耀眼。耀眼是我的并不准确的感受，其实它们红得很矜持，小米粒般的粉红珠子缀在枝头，精致得让人不忍触碰，连直视都不忍。

　　突然就有一天商量好了似的绽放，一朵朵的粉红，霞光艳艳，一阵风来，粉红的花瓣簌簌飘落，飘到春水里，是落花流水的凄美；更多的是飘到麦田里，点点滴滴的粉红，泪珠一样的娇蕾，撒在绿锦缎上，是张爱玲笔下葱绿配桃红的万千风流。

春天深了，桃花谢了，麦苗铆足了劲往上蹿。风吹绿浪，村庄就是一条航行在绿色波涛上的船只，向着时间的纵深驶去。布谷鸟在远远的林间鸣叫，年自然早就过得无影无踪，美丽的春天亦是握不住的流光易逝。张爱玲说："太美丽的日子，可以觉得它在窗外潺潺流过，河流似的，轻吻着窗台，吻着船舷。"

一切美好的东西终究是挽留不住，譬如热闹的年，譬如瑰丽的春景。好在有麦子，丰收毕竟在望。

闲时听雨

天气湿冷。阴雨连着阴雨，闲愁连着闲愁，日子也像这湿答答的雨天，拧得出水来。

"我明白你会来，所以我等。"沈从文在《雨后》中的句子如此静美缠绵。可我并没有等人，亦没有人在等我。多么缺乏诗意的雨水！

取暖器在脚下忠实地制造着温暖，窗外是枯涩的冬，萧索的雨景，像谁设置好的一成不变的背景墙。更像是生活的所指——就那么千篇一律接踵而至，不管你接受不接受，有没有准备好，那些雨滴一样的时间都将奔涌而来，它究竟要把我们带到哪里？它不问我们情愿不情愿！如此，我唯一能做的只是枯坐椅上，隔着窗子听雨罢了。沥沥淅淅，淅淅沥沥，迟缓而坚定的声响，单调而绵长的音节，老僧诵禅一般延绵不绝——向着一个亘古而洪荒的意境里遁去。困意渐渐袭来，蒙眬之间，耳畔只有那永不停歇的雨在歌唱。这样想，其实，于人踪俱寂的下雨天，听一番霏霏雨意也是挺美好的一件事。哪怕是冷寂，哪怕是孤寒，还有脚下温暖的火炉，还有耳畔潇潇雨声，天地之间仿佛只剩这间为我遮风挡雨的屋子，以及屋内的斯人。

冬天比其他任何季节都让我缺乏激情，借寒冷的名义，人也越来越慵懒，许久不曾执笔写字。前途的迷雾如同天空中挥之不去的云霾。我究竟为什么写字？这样的天问如同棒喝，带着雷霆之意破空而来。为理想？我羞于承认我也理想过。为爱好？然而终究是写一些无人问津的寂寞文字而已。更多时候，只是凭着惯性，在长而望不到尽头的道路上踽踽而行。

想想，人的一生只是时间长河中极其渺小的一瞬，然而正因为渺小与短暂，才有必要在相对长度中挖掘深度。这或可解释我与文字的宿命纠结。

活着，总要有一个信念支撑。

窗外，一片片枯黄的树叶簌簌飘落，伴随着寒风起舞，它们走过生命中最后一段历程，向着大地母亲的怀抱飞去。生命的悲壮与从容体现在一片片小小的树叶上，有你不得不仰视的尊严。哪怕它只是一片无足轻重的树叶，也曾经在春风吹拂中绽出过生命的新绿，也曾在骄阳如火中为行人贡献一片小小的阴凉。如同我笨拙而速朽的文字？

雨还在下，昏暗的雨景造成一种错觉，仿佛我还是行走在雨中的故乡。我穿着雨鞋，撑着一把黄油布伞，往返在家与学校的路上。雨丝织在伞布上，是极其悦耳的沙沙之声。黄墙黑瓦，竹林小道，绿色的故乡，在雨中又是一番动人的景象，像墨笔细致的山水卷。

那时候的冬天好像也并不萧瑟，反而它是喧腾的、欢乐的。一家人围坐在八仙桌旁，一只黄泥小炉上白菜煮豆腐的清香，自氤氲的热气里扑面而来。父亲掀开小铁锅盖，就着煤油灯昏黄的光线，觑着眼，为我们兄妹几个夹菜。

那时候母亲做菜的手艺并不差。红泥火炉上小铁锅里，油绿的菜蔬和清白的豆腐，参差点缀，绿白相间，是高明画家笔下清丽的小品。

父亲走后，母亲烹调的手艺立时变坏。原来，做菜也是要看心情的。那些香喷喷的可口美食，每一道都是爱的结晶。

我想，冬天唯一的好，好在一个闲字。冬天万物凋零，所谓天人合一，人也应该顺应四时变化，秋收冬藏，过一个慵懒闲适的冬季，休养生息，以待来年春暖花开。

然而，现代工业文明的令人质疑之处在于，它割裂了人与自然、气候的密切感应与联系，把生命的个体关进科技与工业的牢笼。如今的我们，朝九晚五，四时不分，每天做着相同的工作，把弹性的日子过成机械的精准，实无多大乐趣可言。也唯有在得闲之时，独坐室内听雨发呆，聊解枯寂吧。

如此，把呆板无趣的日月，过出一种冲淡的逸致，也不失为一件美妙的乐事，谁说不是呢。

那一朵一朵的花儿

那一朵一朵的花儿。

我看见那些花儿，盛开在平叔的笔底。那时他正站在我家东屋里，一笔一笔描绘。他还画风景，粉蓝的天空，天空下的流水，桥上的行人，从他的笔底流淌出来。行人写意的神似，绝不精雕细琢，却有童趣的稚拙，浑然天成的一种妙处。我觉得他还是花卉画得好，大朵的牡丹，深红、粉红、粉黄，极喜气的颜色，肥硕丰厚的花瓣，万花之王的雍容华贵。鸳鸯，他也画，成双成对栖息花丛，我一度以为是两只长着艳丽羽毛的鸭子。

平叔不是画家，他是乡村漆匠。然而谁也不能否认每一个乡村漆匠都是画家。平叔是个面容沉静的中年人，衣着整洁，又因走乡入户做油漆，见多识广，比庄稼汉子多了一份从容不迫，这一切显示他是一个受人尊敬的乡村手艺人。

大哥是长子，婚事显得格外郑重，衣柜、箱子、凉床，崭新的木器由平叔绘上各色花卉风景。油漆后的家具焕然一新，新鲜的油漆气味，亮堂的生活。结婚毕竟是人生大事。

漆树我却不敢亲近。父亲常年割漆——我们那儿把收割生漆形象地称作割漆。父亲穿一件蓝色对襟褂，上面满是斑斑点点的生漆。父亲背着的那个长方形竹篾篮里，一层一层码上蛤壳，放上漆筒。割漆时将漆树用快刀划一道口，让黑色的漆汁顺着树身流淌到蛤壳里。我不敢靠近漆树，我怕漆，离漆树近了就会全身红肿发痒，很久才能痊愈。我在离漆树地很远的一棵梨树下玩，我拾起地上被风吹落的一片一片梨树叶，想象那是一张一张的人民币，一毛，两毛，可以到经销店换很多水果糖。我之所以没想到一元，十元，是因为那时我看见的最大面额就是毛票，更多的是一分两分的硬币。

我见过梨树花开，细小的花瓣密密匝匝，一树的繁花似雪，远看又像洁白云朵压满枝头，只是比雪更清芬，比云朵更娇嫩。耳朵边嘤嘤嗡嗡都是蜜蜂的吵闹声，我和阿东在树下抓石子玩。那时还未到生漆收割的季节。一直要到夏天，梨树上结出果实，父亲就会背起竹篾篮去地里割漆。我在梨树下拾树叶，偶尔抬头看远处漆树地里父亲蓝色的身影。父亲蹲在地下收漆，将每一个蛤壳里的生漆倒进漆筒。

有一次父亲割漆在梨树下捡到一个梨子，那是我上学后的事情了。父亲兴冲冲拿回家，用刀切成三份，我和父亲母亲分食了这个还未完全熟透的梨子。分梨，分离，人们比较忌讳，但父亲没有讲究这些。小时候粮食金贵，水果也不多见，田间地头的野果，没来得及成熟就早早被馋嘴的孩子填了肚子。父母拼命劳作还只勉强填饱全家肚子，即使这样母亲已经很知足。五八年母亲吃过糠粑，所以母亲能宽容地看待劳作。老年后的母亲吃饭经常被呛到，咳得喘不上气来。没人和你抢，你慢点吃，每次嘴里不要包太多的米饭。每次我总是这样告诫她，但下一次她依然如故。往往，母亲好不容易喘过气来，听了我的责备，委屈地说，那时候吃饭必须快，否则就被别人吃得没有了；现在想慢，慢不了。越近中年，我越发敬畏习惯的力量强大，饥饿年代在母亲身上刻下的烙印，我清楚我是无能为力。

小时候我认为漆树是一种可怕的植物，人还没近它身就会在人身上施巫术。现在知道是过敏，很多人都会有。我到底是不能幸免的，因为有一个割漆的父亲。好几次，我的手臂擦到饭桌上父亲不小心滴落的生漆，黑黑的一小块，马上就会溃烂发痒，不能抓不能碰，难受之极。

父亲的体质虽然不对漆树过敏，却总有被生漆烂到的时候。那是他收割生漆时不小心溅到手上。每当此时，父亲去菜园割一把韭菜，用力揉搓出浓绿的汁液，滴到溃烂的伤口上。父亲说韭菜汁能阻止伤口溃烂，我也试过，不觉得有多大的奇效，从此却捎带怕上了生韭菜的气味，连熟韭菜也不吃。

因为这样的经历，我一直厌恶漆，直到看到大哥的结婚家具，我才见识到漆的魔力。那些白生生的木器家具，经过一番油漆的精工细作，立时变得富贵华丽起来。那些油漆附着在木器上，均匀，亮薄，闪着清幽莹润的光泽。漆除了美观的功能，还能保护木器不受时间的侵蚀，延长木器寿命。这样外表险恶的植物，其实有一颗仁慈之心，就像那些难以下咽的糠粑，粗粝的质感，想象得出母亲吞咽时困难地伸长脖颈，可是它们拯救了母亲的生命。

我尤其钟情大哥房里的一只梳妆盒，是嫂子过门带过来的嫁妆。那是一只小巧的梳妆盒，两层抽屉，都安了明晃晃小巧玲珑的拉手，梳妆盒的表面漆成朱红的底色，又慎重地画了一朵一朵的花儿，花儿有黄有粉，有的含苞待放，有的五彩缤纷。打开梳妆盒，盒盖里面安有一块长方形镜面，明晃晃地照出人影来。

结婚原来是这样盛大美好的一件事?! 那一刻我比其他任何时候都盼望长大，能拥有一只精美的梳妆盒。

等到真的长大，再不时兴在家具上用油漆绘画。我结婚，一律的仿欧式家具，漆成清一色的乳白色，大朵牡丹的艳丽已是前尘旧梦。嫂子那样的梳妆盒当然是没有，漆匠平叔早已改行。父亲去后，村里没人割漆，漆树梨树被砍掉，父亲背的那只竹篾篮，消失在哪里，没人说得清。当有一天，我不再惧怕韭菜的气味，我怅然发现时间的河流浩浩汤汤，我已回不去。

与一块石头相遇

风尘仆仆带一块石头回来，因为与自己一段同行的缘分，那石头也就有了记载的意味。那是去山东临朐，和几位文友去奇石一条街，门面接着门面里面堆满形态各异的奇石。那些石头经过工艺打磨，已经不再是普通意义上的顽石，成了艺术品。看到它们，我总会有一种疑惑：这真的是石头吗？

它们采自山中，我见过它们在山中的形态，大块大块的，白色，与山与土结为一个整体，被机器从山体中切割剥落出来，历经几世几劫，在各种现代化机器的磨制打造下成为了眼下美轮美奂的样子。我不知道这是石头的幸运还是不幸。

这些经过特殊工艺改造的石头，以青山秀水的山水石居多，也有笔筒方砚、手珠挂件等小工艺品，各有精美。艺术品我是外行，一家一家看下来，眼花缭乱而已，怎样的方为上品，哪些又是中下之石，看不出所以然。一番热闹看过，后来我在文章中写道：看见过好看的石头，却没有看见过这样妖娆成精的美石。

在一大片好看的石头之间，有一块其貌不扬的小石闲闲地躺在那里，平凡而寂寞，我想除了我，估计不会有人看它第二眼。而看到它的第一眼，忽然觉得它像自己，这样冷寂地躺在一片喧哗的美丽之中，让人有身世之感。看到我灼灼的目光盯紧它，同行的当地文友张君随手拿起递给我。送给你吧。他诚挚地说。

　　这块有着乌云色泽的石头被我携带回来，从此离开它那些美丽的同伴，寄身我冷清的书桌。回想起来旅行是匆忙芜杂的，匆忙到让我没有来得及细细打量那块属于我的石头，直到回归到平常的生活轨迹中，才有机会坐到书桌前，仔细观摩品味。它的形状是不规则的圆锥体，如果它稍大些，放置案头，可以想象是一座奇伟的山峰，若是这样，那么，书是青山常乱叠也不再是一种纯意象了。然而偏又那么小，小到不盈一握，却也正合手中把玩。它的颜色太普通了些，像天空堆起一朵乌云，细看，乌云之中微微透出几丝光亮，足以给人温暖的抚慰。如果把它倒置，又是一颗小心脏，而且是充满了忧愁的心脏。那些乌云的颜色不正是它浅浅的忧愁吗？我这样想着，一边摩挲着它光滑细致的体表，清冷如水的感觉沿着掌心浸润开来。我是握着一捧澄澈的水流，或者是一束冷月光吧。这样的感觉很好。

　　后来，每当我结束每天八小时的上班时间，回到家中，就会坐在书桌前，握住它，让它的冰凉的气息钻进我的掌心，用以冷却我的焦虑不安。我经常会焦虑，我会胡思乱想一些问题，类似杞人忧天。我想过一种安稳的慢生活，却不得不在虚拟空洞的网络里自欺欺人，在夸张吹嘘的文字里求生。我从事的职业是宣传，一种让人反感的文字的倾销。我鄙弃着宣传的自己，于是救赎一般写下一些真实的文字，洗清自己的灵魂。我像一个双面人，在白天和黑夜的交替里坐立不安，在两种敌对的意识形态里艰难地寻求支撑。我觉得我需要清醒，需要冷静。每当我握住那块小小的石头的云朵，它的冰凉，像一滴水珠沁入掌心，又顺着我的血液向周身扩散，我就会从白日里伪装的虚妄中冷却下来，重新找回那个安静的自己。如此，这块石头于我来说就有了不一般的意义。拥挤逼仄的生活里，我需要一块冷硬的石头，把自己打回原形。我经常这样摩挲着这块石头，在一块石头的体温里冷静与顿悟。

《红楼梦》第一回写道："原来女娲氏炼石补天之时，于大荒山无稽崖炼成高经十二丈，方经二十四丈顽石三万六千五百块，只单单剩了一块未用……"我手中的这块石头，又是哪一块石头上被裁下的边角料？因为位置不佳或别的原因，徒然失去了焕发奇光异彩的机会，成为多余的那一块，想来亦是心有不甘吧。不过，石头遇我，我遇石头，无用之石遇无用之人，却又仿佛并非无用，也算无用之用？

鸣蝉唱晚

是在立秋那日，傍晚，下过一场透雨，树丛里忽然响起一阵蝉鸣，声音不复夏日嘹亮，嘶哑而悠长。那是我家院内的一棵柿子树，硬而光滑的叶片绿中开始泛黄，蝉就躲在这些树叶里鸣叫。一声声，暗哑的音色，余音在风里震颤，袅袅不歇。蝉声像一个人用尽全身力气后的一声哀叹。我当时正走过树下，不期然那蝉鸣来了。我停住脚步，仔细地在树叶丛里寻找，并不见蝉的身影，只看见一树青中透黄的柿子叶，把天空切割得零零碎碎。

我不明白为什么会寻找一只入秋的蝉，我寻找的初衷是什么？就算找到又能怎样？固然我已不是顽劣的幼童，希望捉一只蝉来作为玩具，无视蝉的痛苦与挣扎，就像幼时我的那些小伙伴，夏日里"噌"的一声爬上一棵树，身手敏捷捉住一只正在聒噪的蝉，听任它在手里挣扎发出焦灼凄厉的叫声，乐得哈哈大笑。我一直都比较胆小，将一只活生生的动物抓住在手我不认为这有什么乐趣。况且我也不会爬树。

那么我的动机是被这只蝉的哀鸣打动？但我清楚我并不能帮到它。当秋风一起，气温降低，一只成蝉的生命连同它婉转的歌喉都将进入倒计时。这说不定是它最后的歌唱吧，它一样感受到了秋的脚步？

我想起盛夏，年轻的蝉躲在翠绿的枝叶间，激越歌唱，往往是一只蝉领唱，悠扬的一声亮开嗓子，高亢结实的歌喉向着无限递进的高音攀上去，金嗓子羞煞人类的歌手。接着，一群蝉不甘示弱，一齐加入合唱，在这样浩大的歌唱里，阳光仿佛更亮烈。人躲在树荫下、房屋里，摇着扇子，一阵倦意上来，头靠着木椅在鸣蝉声声里沉入梦乡，手中的扇子滑到地上，成了一只苍蝇的飞机场。

那时候的日子过得不急不缓，穷一些，心里也不着慌。水稻种在门前水田里，正抽着穗，早先田里肥下得足，一丘稻子长得抽疯一般，稻禾叶儿绿得沉甸甸的，看一眼那稻子，心里就有了底；红薯种在坡地上，红薯蔓此刻正风风火火爬出了地界，红薯则在土里可着劲儿长；圈里的肥猪吃了睡睡了吃，哼哼唧唧，一副心满意足的样子；鸡鸭在稻场前的草丛里觅食，一只惹是生非的红冠子大公鸡在鸡鸭群里乱窜；菜园里的瓜菜枝枝蔓蔓，被夏日里的几场透雨浇得枝肥叶大，黄瓜、豆荚、茄子，一天一个样，等着人去采摘。有了这几样，农人们心里踏实了，在蝉鸣声里尽情打着瞌睡，或者三五个一起摆起龙门阵，见多识广些的那个成了谈话的中心，唾沫飞溅，说着电视上看到的新鲜事。

我多半在和小伙伴儿玩游戏，跳房子、踢毽子，玩儿过家家。我们总能想到各种千奇百怪的玩法，自己把自己折腾个够，晚上吃饭洗澡后头一挨上枕头就睡，梦里还是做游戏。有时也要干活，拎个竹篮和小伙伴一起去打猪草，一路上吵吵嚷嚷，像是在和嘹亮的蝉声比谁的嗓门大。去小河里捞鱼，拿个竹簸箕在水里晃荡，把一轮白亮的日头都晃碎了，忽然一下拎起，几尾小鱼在簸箕里欢蹦乱跳。有鱼吃喽——欢快的笑声盖住了蝉鸣。

那时候蝉鸣无处不在，乡村在蝉鸣声里笃定地翻过一页又一页日历。那时候我们以为日子都是这样一成不变。

来小城后听见鸣蝉相对少了，与乡村慷慨高歌不同，小城里偶有微弱的蝉鸣，是绿化带或者见缝插针栽种的一棵树上的蝉，然而它们孤零零不成气候的鸣唱最终被市声掩盖。我怀念小时候乡村里蝉儿嘹亮的歌唱，声音饱满有力，激情澎湃，更见得村庄静寂，恍若洪荒。在这样浩瀚的声音里，恍惚觉得自己就是一只鸣蝉，日日引吭高歌，忘记了生之短暂。要不干脆就是一株野草，一棵杨树，一朵小花，是生活在大自然之中的任意一草一木。

是什么时候我们失去了那样的从容与无争？

终于明白我寻找那只入秋的蝉也有惊喜的意味，像碰见阔别已久的儿时伙伴。那时雨正一阵一阵，紧一些慢一些。一阵风来，就有了秋日苦雨的意思。而蝉恰巧就在这时唱响，好像感受了雨的凄婉调子，又像是为自己生命结束前所做的最后歌唱。蝉竭力鼓起最后的余勇，终是不济事，败下阵来，调子慢下来，弱下来。

我站在雨里发呆。

在黎明倾听时间

是那种深夜孤单醒来的时候，梦境已然远去，枕边的泪忽然成了一个徒然失去支撑的虚空，像一个遽然破灭的肥皂泡，可分明又是用尽气力地绝望过。梦幸而不是人生，这样的无迹可寻。

有鸡鸣声隐约传来，幽深的夜里这一点微渺的音色，人间的气息，并没有缓解巨大的静寂，耳膜被空茫无边的静碾轧着，不胜负荷。又仿佛是时间悄然无声而又轰轰烈烈从耳际碾过。

无数次，我这样从梦中醒来，倾听着夜、黎明或时间。它们互相渗透，以一种白昼无法感受到的存在而存在着。

我感受着时间，我倾听着时间的滴滴答答，像水流漫过河床，像往事漫过心尖，在这样的汹涌澎湃里我毫无作为。毫无作为是我存在的状态。我努力地记下一些什么，是我的思想而不是别人的重复，是我的语言而不是庄严的什么。我以为记下了我，我以为区别了我，可依然无法改变那如时间一样源源不绝的来自对个体的冲刷。我再一次认识到我是如此普通、平凡，在千万张相似的面孔里找不到一些特色。

因为早睡，我总是在凌晨三四点醒来，此时梦景还无比清晰，却又知道无可追寻。寂静深刻，世界还在沉睡，断续的几声鸡鸣也没有抵消我对此刻的一种非人间的错觉。

恍惚还是二十年前，也是这样鸡鸣声声里，我和父亲走在哗哗流淌的小河边，静默高耸的山脉像蹲伏的巨兽，父亲偶尔的一声咳嗽被无边无际的寂静衬托得洪亮无比。父亲一生谨慎，表现在每次送我去车站搭车到县城求学，都是起个黑早，唯恐误了时辰。鸡鸣声又远远传来，将寂静撕开一道道口子，一声一声迫切地对抗黑暗的宣战，让我心怀感激。

我感激鸡鸣，还因为那是父亲的钟表。白日里望日影黑夜里听鸡啼，日升而作日落而息，春耕夏种秋收冬藏，父亲生活在一种古老的时间观念里，以致每次我们去车站搭车都不会准确地掐着时间点。父亲终其一生没有戴过手表，那种滴滴答答让人有时间飞逝的焦灼感的钢铁组织。

父亲举着火把，我们在此起彼伏的鸡鸣声里穿过夜色，向着远方的黎明走去。那时母亲躺在温暖寂寞的被窝里，默算着父女俩的行程远近。每一道田埂每一条河流都要被母亲的默想抚摸。

我送女儿求学再不用闻鸡鸣而起，闹钟把行程精确定位，赶在车子启动前不慌不忙过去。清晨的街道已然醒来，街灯还未熄灭，火把是一个遥远的传说？起码女儿没见过。目送女儿玻璃窗后的身影渐渐远去，那时天已白昼，车站川流不息的车流人群、远处的鸡鸣声被挤压得断续渺茫。

我和父亲在鸡鸣声中赶到车站，黎明仍然没有到来。这让我们每一次的搭车都像是一次黎明对黑夜的宣战，黑夜是这样恋恋不舍，黎明艰难地驱赶着黑暗。我们坐在黑暗中的车站门口，不见一个搭车人的影子。父亲把我的书包垫了让我坐好，自己找了一块砖头当凳子。明明灭灭的烟火亮起，父亲抽着老黄烟，烟草味里是父亲一声递一声的咳嗽。

小时候我就熟悉了父亲的咳嗽，有时咳到让我揪心。我的心高高地被拎起来，在剧烈的咳嗽声里，像被无数的小手抓挠、撕扯。父亲咳得挣红了脸。父亲与烟草的纠缠通过时时会响起的咳嗽声表达出来，只是当时我并没有意识到那样的咳嗽声是该珍惜的。然而人生该珍惜的太多，都是当时的茫然不能觉吧，这就使得人生具有了一种无可复制的悲剧意味。可依然不能使我们觉醒，失去的总在失去，直到有一天失无可失回到了无牵挂的来处。

父亲吸烟时才只一周岁。祖母得了这个老儿子，一开心就拿自己的烟筒给怀里的儿子吸上了。这个故事我是一再听母亲说过，当时只是含笑听着，笑祖母的糊涂，像听一个与己无关的旧传闻。

如果家族都有一个命运，我想我的家族就是七十四。祖父卒于七十四岁，父亲同样迈不过这个数字。

此时的鸡鸣声有些缥缈，隔着远远的距离。那样的啼鸣被夜色过滤，远远飘来有抒情的意味，像一首悠远的小诗，带着人间的气息，在这有非人间错觉的黎明前的黑夜。

二十年前的鸡鸣远比现在雄壮，因为近、因为多，此村与彼村、熟悉的山水，在辽阔而壮美的鸡鸣声里慢慢醒来。

夜色慢慢隐去，就像朝车窗后迅速隐去的山水，还有早已看不见的父亲的身影，穿着蓝布棉袄，衔着一根长长的黄亮的烟管。

沿着河流到达村庄

沿着河流总会到达村庄。我的脚下是绿油油的青草，柔嫩得会担心一脚踩出汁液。我的皮鞋深陷其中而无能为力，这也让我的脚印无迹可寻，就像我从没有来过。其实我来没来过，都不会惊扰到一条河流。

如果你一直注视着一条河流，就会身不由己有一种眩晕感，哪怕它的流速再缓慢。我们已经习惯于静止了，对速度有着发自内心的恐慌。比如我们这样速度的生活，到底有何意义？速度的尽头会有什么等着我们？当然这个设问对于河流而言没有意义，河流的尽头是个伪命题。河流就这么日夜哗哗流着永不枯竭，从这个意义来说，一个人远不如一条河流。

我一直相信河水可以洗涤一个人的灵魂，是大地上最洁净的物质。它澄澈、透明，它有温润、厚重的质感，它支撑起生命的绿洲。阳光在河面荡起一层光的旋涡，像镏金闪烁，河底砂石清晰可见。如果是在夏季，我会毫不犹豫地涉水渡河，以肌肤感受那丝缎一般的流水质感。

这是一个陌生的村庄，有着大别山的所有村庄一样的格局，依山傍水，庭前植树种花，都是山里常见的品种，如杜鹃、春桃、垂柳。桃花此时已谢过，杜鹃花也有恹恹之态，只有柳树依然婀娜，枝条依依垂向地面或者流水，柔弱无骨，像丽人纤弱的腰肢。春天美丽却是太短暂了些，好像也就是一眨眼的工夫，花开几日，烈火烹油，待到花事寥落，人间已然换季。

我对于但凡太过美丽的事物都保留一种深切的警惕，一种骨子里的伤感。譬如一朵花开，还只蓓蕾初绽，就预感到凋零的那一天。《红楼梦》里秦可卿托梦于王熙凤："月满则亏，水满则溢，三春过后诸芳尽，各自须寻各自门……"只可惜那时的贾府正风光如烈火烹油，谁也预想不到它日后的"忽喇喇似大厦将倾"。

没事的时候我总爱到处走走，在山水之间，在农舍田畴，就像一个有着目的地的行人。其实我的目标是茫然的，可我总装出煞有介事的模样。一个无所事事的闲人，难免让人诧异。人与人相遇就会问：去哪？仿佛只要是行走都必得会有一个目的地在遥远的地方呼应着。

我会一边走一边想一些问题，而那些问题通常不着边际，像天空的流云，像微风拂过的水面，浮光掠影地跳跃。

有时我会遇到陌生的人。和我一样的路人，目不斜视向前走，迎面而来的时候交换一个没有意义的眼神。更多的是劳动的村民，戴着草帽提着竹篮采摘茶叶的农妇，扛着农具下田的农人，他们都有着一张朴素的面孔，像村前村后遍地生长的植物。他们的肤色是那种古铜色，这就使他们看上去有雕塑般的厚重庄严，一种惊心动魄的美。我想起有着同样肤色的父亲，如果他还在的话，这个时候肯定在忙着耕田播种，将老牛呼来喝去，像个威武的将军。我对父亲一直怀着一种负疚，我遗憾于父亲没有能看见我写字：像他耕耘大地一样，我在方格纸上播种，并像他一样期待着丰收的消息。可那时我刚下岗，在生活里疲于奔命。那是我最艰苦的年月，父亲眼见着我奔波劳碌毫无结果，最后带着牵挂撒手而去。

我走到快接近村庄尽头，发现对面来了一个疯子。其实乍一看上去她和普通人没有什么区别，蓝色衣裤，干练的齐耳短发，就是那种普通村妇的打扮。然而她的举止却有种莫名的激情，她偶尔转过身去，望向天空，嘴里喃喃自语，双手大幅度挥舞着。就在我暗暗在她背后观察她的时候，她忽然转身望向我，眼睛里燃烧着两团火苗，然后旁若无人地挥动着双手，大声地斥骂着什么。这样一个年纪的村妇，如若她没有疯狂，此刻她一定谦卑得像一棵庄稼吧。她应该和所有的农妇一样，关心着院子里的家禽、地里的禾苗、屋子里的孩子，可现在她忘了那些与自己息息相关的一切，宛如一个斗士，大声向着虚空里的敌人宣战。我的故乡也有疯子，受了生活的重压，不能宣泄，忽然有一天全都抛却，哲人了悟一般，迈着癫狂的步子哈哈笑着穿村走巷。那些人里，也有我原本极其熟悉的儿时伙伴。

　　我经常是这样，毫无目的流连在一个素不相识的地方，与内心的我迎面相遇，悲喜交集。

冬是美人冬也瘦

冬天是位瘦美人。山峦枯寂，草木凋敝，丰硕的大地低敛下去，如一位低首沉思的老者，静穆、深远、安静。河水薄而透明，水流淙淙如古琴，轻捻慢拢之间，一曲高远淡渺的冬之韵流淌而出。

收割后的大地空旷岑寂，天空高迈，浮云似有若无，寒鸦掠过老树枝头，留下一声悲怆的嘶鸣，划破山村深厚的寂静。夕阳如一枚鲜亮的老鸭蛋，卧在村庄灰色的瓦脊上。淡蓝色炊烟缓缓升起，又被风吹散，渐淡渐无力，融汇在苍黛色的天幕里。

炊烟是村庄无声的语言，熏染着一个个家常的日子。土灶燃起木柴的清香，慰藉着游子饥渴的乡愁。然而炊烟或者最终还是会散佚在村庄的上空吧，如同那些早已经消逝的物事，如石磨、犁耙，还有村子东头曾矗立过的高大的碾槽，忽然就消失在时间的册页里，让人猝不及防。我们在跨入一个复杂而又多变的年代，繁芜、喧哗，鲜衣怒马，谁会关注一个无名小村天空之下细微的变化。

冬天铅华洗尽，气质高冷，却也有薄施粉黛的时候。早晨推开门，陡见一地寒霜，不由打了个寒噤，心里却有无言的喜悦。冬霜有枯涩凋零之美，霜之下是泛黄的草地，是褐色的泥土，是坚硬的山岩，是灰色的瓦楞。其实现在的农村，灰色的瓦楞亦不多了，它们和父辈古铜色的面庞一起，恍惚已成一道模糊的影像。面对富贵逼人的红色琉璃瓦，感觉它太艳、太亮、太招摇，在冬阳的反光下灼痛了我疲惫的眼。黑瓦白墙的水墨村庄，以及村子里正在消逝的物事，还有一些人，它们在走向时间的背面，离我越来越远。时间是一道残酷的分割线，过去、现在、未来，各就各位，互不相干；时间又是汩汩不绝的河流，以滴水穿石的恒心和耐力，腐蚀我颓然而又苍白的记忆。父亲的面容，真切、模糊，模糊、真切，记忆完全不靠谱。

　　和霜比，雪太煽情。雪冷则冷矣，然跳动的是一颗不安于寂寞的心。雪的冷凝里有欲拒还迎的艳，如绝色冷美人，虽然冷，但倾城的艳姿总是让人一再勾连，连那种低回婉转仿佛也是以退为进的姿态。一夜北风紧，铺天盖地，纷纷扬扬，雪来了。雪来必闹出一番不小的动静。"忽如一夜春风来，千树万树梨花开"，雪的银装素裹，她的晶莹也梨花似的白，也冷冽，也妖娆。霜根本无意让人知晓它的来临，在小草的叶尖上，在光秃秃的树枝上，在冷硬干裂的土地上，霜轻轻、静静地覆盖，细细地滋润。"鸡声茅店月，人迹板桥霜"，有霜的月夜，连月华都被铺上一层薄薄霜意，这样的夜晚适合想念一些人与事。点一盏灯，温一杯茶，写一首诗，在寂寥温暖的冬夜，在有风有雨有霜有雪的日子里，觉得一切都可以这样从容握住，从容拾起。

旧时雨

坐早班车返回小城，车外雨声滴答，云层低低压在车顶不远处的天空，扑面而来的风里是植物清新的气息。杜鹃花早已谢了，入眼都是大片大片的绿。树叶被雨水洗得鲜亮耀眼，远处山峦堆烟含翠，叠叠如屏，如此深浅不一的绿，漫染出一个草木丰茂的夏季。"黄梅时节家家雨"，又一个雨季来临，心情也被这纷密的雨丝洇湿，如白宣纸上淡墨渲染的潮意，淡淡，浅浅，似有若无。

雨季总以它无可比拟的忧郁气质让人感怀，然而它亘古不绝的滴答之声又总会让一颗心趋于安静。12岁时，在一个叫冶溪的小镇上读寄宿初中。那是一个温暖的小盆地，四围高山绵延，盆地里青青稻田一望无垠，宽阔的河水在田野间穿过，缓缓地，如同一段迟慢的岁月淌过时间的河床。那时我成绩好，人缘也不错，有几个很谈得来的朋友。于是，周末经常被一位要好的女同学邀至她家做客。她家住在山里。是一个绵绵雨季，我和那位同学走在去她家的山路上，我们身旁，林立的松树顶着一头青针乱发；矮小的灌木蹲伏在林间，偶有不知名的鸟儿"嗖"的一声，自灌木丛中蹿出，如一支离弦的箭射向远方。细细的雨丝静静地飘飞，我俩的头发上很快裹上一层毛茸茸的雨雾。这时一丛黄色的杜鹃花映入眼帘，是那种很软很嫩的黄，大朵大朵的，比起常见的红杜鹃，这些黄杜鹃花格外的丰腴娇媚，雍容华贵，它们以一种令人惊诧的美丽，在雨雾里竞相怒放，那些明丽的黄色花瓣，有着丝绸的质感，让人忍不住就想伸手去抚摸。这是一种并不常见的杜鹃花，只有在海拔较高的山区才有。当时我们手挽手，并肩站在烟雨葱茏的山林间，想了很多，关于友谊和成绩，还有捉摸不定的未来。多年后这个场景还无比清晰，连同那个湿答答的雨季，定格为记忆中一个特定的符号。和少年情境有关和雨有关的这种感受，如黄色杜鹃花瓣上滚动的一颗晶莹的雨滴。

每一年的雨季如期而至，屋檐滴漏声单调悠长，如漫漫寂寥的幼时时光。父亲头戴斗笠，身披蓑衣，在田里插秧，雨丝在他身边密密织出一张青白的网，父亲浑然不觉；母亲在屋里剪山薯秧，我戴上山薯茎制成的耳环，对着镜子得意地顾盼。山薯茎干撕成的耳环，淡青色，挂在耳边，像两串青白的雨滴。识五谷，知农事，父母按照节气的变化一丝不苟地安排农事，于他们来说，雨季就是插秧季，雨季就是栽山薯的季节。这样的雨季或许缺乏诗情画意，然而这样的雨季有一种踏实的温暖。

17岁那年的雨季最漫长。毕业在即，教室里每天上演离别剧，前途、未来却更遥远。即将走出封闭的象牙塔步入社会，有憧憬，有彷徨。坐在教室里，我懒懒地想着心事，一任屋外雨声滴答不绝，为我青涩的岁月画上一个圆圆的句号，一如多年前黄色杜鹃花上滚动的一粒圆圆的雨滴。

浅　秋

　　长风穿街而过，街头行走的女子衣袂飘然，立时成了画中人。前几天还白亮亮的日光忽然就没了势头，就像一个人富贵张扬到极致，以为花好月圆可以这样一辈子的，可突然就低调了，收敛了起来，人前人后都是暖意融融的笑，满心满眼的都是慈悲与懂得。

　　才知道是立秋了。大自然真是神奇，"立秋"两字，在日历里注着，并不打人眼的两个字，温婉、素洁，如同邻家女儿的芳名，却是一道无声的命令，所有的草木仿佛都接到了这个指令，于是大自然的乐章由华丽一转而为清夐，草木不再疯长，山川由青翠渐成深黛，配上那一方高远的青空，秋韵秋味自然而然彰显出来。蝉鸣已不再嘹亮，有时是若断若续的几声，那是对渐行渐远的夏日追念的几声绝唱。阳光淡白，风里带着干爽凉润的气息，轻轻浅浅地抚过来，像一位慈母。秋是仁慈的，丰硕的，也是低沉的，然而低沉里自有雄浑的曲调。与盛夏的浓绿丰腴相比，初秋是一幅素净的山水瘦墨图。"对潇潇暮雨洒江天，一番洗清秋"，紧随着"立秋"而来的是雨水，此时雨声里已少了夏天波澜壮阔的恢宏之势，有了秋雨滴答阶前、留得残荷听雨声的萧萧淡淡。

　　在奔波劳碌里求食，最容易忽视的就是时间的飞逝。这种说法好像很励志，可这种感觉很怪异。身外的自己和内心的那个自己已然分离。立秋了吗？难道真的又立秋了吗？可是我最大的感受就是我并未曾静下心来体验那分分秒秒的流失，就这么时间过去一大截，心有不甘，却又无可奈何。

最近看一本清朝世相小说，书中写的那些在古人来说司空见惯的行酒令、酒后赏月的生活片段，直让我羡慕不已。如今的人就算喝酒，哪个不是黄段子外加满嘴官威铜臭，最不俗的也就会心一笑，碰杯喝酒，行酒令的风雅与自得已寻无可寻。至于赏月，就算真的有，也万不敢声张的，闹出来让人讥你"矫情迂腐"，也是很贻笑大方的一件事。而实际上，我的赏月之举，只怕还要上溯到学生时代，那时青春无敌，不怕嘲讽讥笑，哪像如今越活越猥琐，越活越没有了自我，但还是有人嫌你不够糯不够软。

在立秋的这天，在失却了酷热的风里，来不及细想我中年的心事，秋天已经不约而至。某夜，我和女儿自外面归来，满院的树木在风里窸窸窣窣，晚风小凉，月色满窗。女儿惊喜说：今天的月亮真好啊！我匆忙抬头看了一眼，就一眼，接下来的念头就是还有一件事得赶紧办，于是进房，独留一片大好月色映照满院孤独。

是夜梦见母亲，母亲抖动着干瘪的嘴唇对我叙说着什么，她深陷眼窝的双眼昏暗无光地凝视着我，又像是在凝视着幽深的生活，最醒目的是她一头白霜似的头发刺得我两眼生疼。

醒来已是半夜，哪里有母亲的影子，只见明月高照，满床霜华，原来是月光刺疼了我的眼。

古老的雨滴

雨先是试探地击打着窗扉，稀疏的几点，白亮亮，断线的珍珠样，从灰暗的天幕坠落。薄凉气息弥漫、荡漾，始觉身上薄薄的长衫不耐寒凉。老人都仰头望望，说一句"一层秋雨一层凉"，秋的气息越发浓厚起来。

慢慢地，雨声细密了，急珠碎玉一般洒落下来，沙沙，渐沥沥，响在耳畔，响在心头，响在离人的泪眼里，响在静寂的黄昏里，柔软，却也尖利地逼近人心。人也感染了这秋韵秋声秋色，有些感伤，又有欢喜。

这样的秋夜，拥衾独坐，或靠或卧，慵懒随意，散散淡淡听一场秋雨，寂寞人遇寂寞雨，原是最相宜的。

若追求秋日听雨之境界，有枯荷最好，或是芭蕉，凝神静听纷飞雨丝在最古典的草本植物上敲击一曲唐诗宋词，不失为赏心悦耳之乐事。然浮华俗世古韵已渺渺，原本难逢一场形而上的听雨盛事，又何必强求，还是倚在冷露渐生凉的布帘边，看青灰色的天空，亮白的雨滴均匀细致筛过。窗前一株柿子树，黄色小灯笼般的柿子密密匝匝挂满枝头，丰饶可喜，多少冲淡了秋之冷肃。

雨让暮色分外来得早，也让世界陷于安静，以致让我生出今夕何夕的错觉：这么古典的旧旧的古老的雨滴，是否曾敲在一个西窗听雨的古代女子的心头？雨滴洇湿了木格子窗上洁白的窗纸，也洇湿了淡淡的一段女儿心事。其实，关于雨，有那么多美丽的词章可寻，何须我一俗人在此饶舌。"红烛秋光冷画屏，轻罗小扇扑流萤。"杜牧描写的亦不只是轻扑流萤的美人，在诗人心中，秋就是那位罗衣轻扇的古典美女，娇怯不耐晓寒，气质高贵冷芳华。

雨仍在下，洒洒落落，萧萧淡淡，有高士林下之风，又似孤绝女子料峭的背影。我想到了林黛玉，这个有着秋雨气质的女子，冷冽却澄澈。她短暂的一生都在用生命爱，用心血爱，直到绵绵不绝流尽体内最后一滴泪。"寒烟小院转萧条，疏竹虚窗时滴沥。不知风雨几时休，已教泪洒窗纱湿。"《秋窗风雨夕》，悲悲戚戚一曲秋歌，是黛玉自伤身世，也预示宝黛木石情缘终成空。张爱玲，这个同样有着秋雨气质的近代才女，孤绝，清越，想来世人也没有几个入她法眼，偏偏遇到胡兰成，"见你我变得很低很低，一直低到尘埃里去，但我的心是欢喜的，并且在那里开出一朵花来。"抛却胡兰成日后花心不说，不能否认张、胡这对才子才女的相遇，真的是一场倾城的相逢。只是，相对于坚硬枯涩的人生，昙花般娇柔的爱情实难承受人生之重。我们仿佛不能指责张才女的天真，在爱面前谁不天真！我们又能指责胡兰成什么？一个在人生价值观上不能坚持原则的人，还能指望他在爱面前坚守什么？何况爱情、人性，多么沉甸甸的话题。

还是听一场秋雨吧，怀想西窗听雨、剪烛共话的美好。

我还错过了谁？

夏天暑热，潮湿而黏腻，整个世界像一锅混沌而又煮沸的热粥，如果真要说到愉悦的话，我想是因为夏荷。各种社交媒体上铺天盖地都是摄友们镜头下娇艳欲滴的荷花，粉红莹白，以一种令人仰望的姿态亭亭净植，不蔓不枝，似乎隔着屏幕都能嗅到一股暗香。

荷花有一种圣洁的美，即便它没有被赋予宗教意味，还是无损于它出尘的美丽。

很奇怪，荷花给我的最初记忆不是现实中的花朵，而是文字的写意。荷花在吾乡属于引进品种，近两年才规模种植。幼时乡下并无荷花可以观赏，然而杨万里那首《晓出净慈寺送林子方》可谓家喻户晓，也是我们读书时候必须背诵的课程。"接天莲叶无穷碧，映日荷花别样红"，形象地描绘了一幅莲叶田田、粉荷林立的美丽图景，文字的艺术感弥补了现实观感的不足，并且随着时间推移，这首诗就像一瓶陈年佳酿，愈久远愈醇绵，细品有甘甜滋味。我想这就是文字的魅力，简单的字符组合，隽永而恒久，它们甚至超越了文字与花卉本身。那时候我盼着早点长大，可以去远方的江南，看千顷湖面红莲竞放，听雨击荷叶一片天籁。

有时想，如果那时候知道长大意味着进入飞速狂奔的人生快车道，意味着朝着衰败与颓势走，我还会那样盼望长大吗？答案无法知道，因为人生不存在如果。人生就是一次仓促的、完全没有准备好的独幕剧。

台下的观众都没有听清你自言自语的对白，转眼已是拉下帷幕的时刻，相当凉薄的感觉。然而时间不管，它有坚硬冷酷的心肠，它冷眼看着人渺小的悲欢，该收场时绝不多给你半分半秒。如今我步入中年行列，每天晨起面对镜中一张疲惫的脸，这真的是我吗？曾经的理想，是千帆过尽只剩逝水苍苍。理想，多缥缈的一个词。

私下里揣测，喜欢荷花，大约还是因为父母给我取的名字中占一"莲"字，由此而有了亲近之感。总是想象这样一个场景：颇读了几年书的父亲戴上老花眼镜，将一本破旧的书本翻了又翻，沉吟良久，终于用毛笔在纸上慎重地写下一个端正的"莲"字，于是，我就拥有了一个以"莲"命名的名字。在校读书时节，我颇以我的这个名字而自豪，在周围一片"红"呀"香"呀的俗艳中，我的名字鹤立鸡群。周敦颐在《爱莲说》里对莲花竭尽赞颂之词，"出淤泥而不染，濯清涟而不妖"，花中君子非莲莫属，不知不觉受到感染，我的日常也就颇以"莲"的高洁不群而自居。

国人爱莲由来已久，《乐府诗集·江南》就有先民采莲的描写："江南可采莲，莲叶何田田。鱼戏莲叶间。鱼戏莲叶东，鱼戏莲叶西，鱼戏莲叶南，鱼戏莲叶北。"撑着小船，在碧波万顷、莲叶参差如盖的湖面上采摘莲蓬，看鱼儿遨游嬉戏莲叶之间，那样美好的情境，即使隔着千年光阴，仍可触摸一般。我想采莲的定有位曼妙的女子，长发飘飘，红衣袅袅，仿若一朵出水芙蕖，人面荷花，竟不知哪个更美，哪个更艳了。

席慕容在《桐花》里深情款款地怅惘：你若曾是江南采莲的女子／我必是你皓腕下错过的那朵……与一个莲一般的女子错过，记住一段前世的擦肩。我读中专时候喜欢席慕容，喜欢她笔下华丽悲怆的青春，像一段漫长的爱情，却又总是一个人说，一个人爱，一个人落泪，一个人在月下伤怀。现在看真是矫情得可笑，然而，青春都是多少有点矫情的吧。

"留得枯荷听雨声"，我以为枯荷可比中年，没有了繁花似锦，轰轰烈烈，只有大块留白上枯墨泼洒的残荷，秋雨细细编织下，有金属泠然之音。李义山的佳句，千百年来俘获后世文人的心，连《红楼梦》中最是心高气傲的林妹妹也钟爱此句。由此可见中年虽萧瑟，也有浮华扫尽的自在从容。

前年去安庆办事，车经一个公园，忽然，车窗外出现一平如镜的湖面，像有预感似的，湖面更远处，层层叠叠碧玉翡翠一般的莲叶，点缀掩映着株株粉红的娇荷，梦中期盼的荷就这样不曾预想地闯入我眼帘。我心内欢呼雀跃，但因距离远，还没能细细打量，荷的风姿倩影转眼就已消失在视线里。从网站网友的摄影图片里，得知安庆菱湖公园的荷花早已绽放，镜头下的荷花千娇百媚，可那次的安庆之行因为各种原因，还是不曾抽出半点空闲，去菱湖赏荷。幼时以为长大后，一切的美都是可以不慌不忙地握住，其实人生就如同席慕容笔下的采莲女子，一再错过。

除了荷花，我还错过了谁？

青梅入口是初夏

"林花谢了春红，太匆匆！"悲情如李煜眼里的春天总有一丝哀怨色彩，其实哀怨的是人心，是江山易主的千古忧愁。与李煜的哀感顽艳相比，龚自珍的"落红不是无情物，化作春泥更护花"则更催人奋发。

冬孕育了春，春哺育了夏。大自然的万物都是此消彼长，循环往复而又生生不息，如此才有一个绿肥红瘦、浓荫滴翠的夏的到来。

初夏是朝气蓬勃的。院中桃花早就谢过。一树的绿蓬勃生长，听得见生命拔节的声响。某天惊喜地发现点缀于枝叶间的小果实，毛茸茸，粉嘟嘟，通体碧绿，玲珑可喜。姹紫嫣红开遍毕竟只是一场短暂的荼蘼花事了，而待到花落子满荫，感受到的则是生命绵延不绝的欢乐。夏季是大自然鼓荡起生命之帆的季节，近处的田野，远处的群山，绿色在变幻、交织、彼此渲染，随着季节往深里走，绿逐渐由淡变浓，由薄转厚，大地丰腴富足，葱翠可喜，阳光在绿荫里过滤过，有绿植清芬的味道。

初夏是酸酸甜甜的，初夏也是爽朗薄脆的，风温煦却微凉。这样的感觉如青梅入口化作绵绵一段滋味，又似薄荷滑过舌尖荡起层层涟漪，或者宛如初恋吧，即将由青涩转入浓烈的前奏，有欢喜有怅惘，欢喜过了原也极易变作怅惘，怅惘暗生原也是因着欢喜。初夏就是这样错综复杂的一段心事。

初夏是缤纷艳丽的。女子善感，总能迅速察觉到季节变幻随之而来的温差波动，各种轻俏艳丽的时装配合着夏季的出场，自然与人类，此时在情绪体验上达到空前一致——激情暗涌，体现在服装的变换上，大自然的一身绿装与街头女子万紫千红的装扮相得益彰，缤纷的夏粉墨登场。

随着季节跨过夏的门槛，我的心也活泼起来。夏季是真正属于女人的季节。春天虽然大地回温，但倒春寒、温度低的百般折磨刻骨铭心。唯有迈入夏季，才算是松了一口气。那么接下来长长的一个夏季，自然是一场服装的缤纷斗艳。

张爱玲说："对于不会说话的人，衣服是一种语言，随身带着的是袖珍戏剧。"如所有爱美的女子，或者更因为小时候总被继母压迫着穿一身旧衣，成年后的张爱玲对衣服的迷恋简直具有宣战的意味：尤好奇装异服。这似乎与她的文字有共通之处，雕珠砌玉偏又有种奇异的苍凉——鲜花着锦的表面风光下深埋人生暗哑的恓惶。

我也在初夏的季节打开衣橱，沉寂一冬的罗衣靓服林立，各种的花样款式与颜色，它们都在向主人倾吐一冬的寂寞。最爱一件古典的旗袍，淡碎的蓝白相间小花，做工精细的盘花布纽扣，整个旗袍如一件名贵的青花瓷器，在一众哗众取宠的现代奇装异服里越发显得古色古香。旗袍就是有这样的魔力，它会让你穿上时就会不由自主挺胸、收腹，那种仪态端庄的感觉，让我有时光穿越的错感。我甚至想象自己是张才女笔下悲情的小妇人，做着盛世的绮梦；要不就是《花样年华》里着旗袍优雅出镜的张曼玉，风情万种一笑倾城。

而初夏，它欲暖还凉地暧昧，在微温与薄凉间低回，是"罗衫乍试寒犹怯"的柔弱，又"像一朵水莲花不胜凉风的娇羞"。童年的夏夜，月华洒下一地的清辉，深蓝的夜空满天星斗闪烁。萤火虫提着灯笼赶路，它们一闪一闪地，如一颗颗细小的珍珠粒，它们是散落在人间的星斗。蝉儿早已停止歌唱。母亲故事里多情的狐仙如那幽深不可测的夜空渺远不可捉摸。这一切都是夏天留给我的记忆，温暖、美好，如母亲朴素的歌谣。

蛙鸣则是这个季节最抒情的歌唱。老家门前是一片绿色田野，每到初夏，便有蛙鸣声此起彼伏。我是农民的女儿，由此蛙鸣最让我感觉亲切，那种古老、纯粹、单调却又悠长的音节，仿佛是从宇宙的亘古洪荒里一路唱来。在这样的夜晚，我总爱想着心事，然后枕着一片蛙声入眠。

一个傍晚，当夜岚隐去天边最后一抹云彩，母亲说，去田里喊你父亲吃饭。

> 绿，绿成大地的眼泪
> 溅湿了的五月天空
> 父亲是一枚墨色剪影
> 孤独
> 如身边的蛙鸣起伏

暮霭中的父亲是一枚孤独的墨色剪影。原野辽阔，父亲原本高大的身影显得异常矮小单薄。应是初夏吧，水田间或传来一两声蛙鸣，深沉、宽广的低音，在空阔的田野回响，反衬出巨大无边的寂寂与苍凉。年幼的我无端生出人生渺茫的幻灭感。

那个夏夜，我读懂了大地、泥土，还有如泥土一样沉默、苦苦劳作的父亲。也就是在那一天，我结束童年时代，迎来早熟的少年时光。

记忆深处故乡之夏，面朝原野，花谢花开。

岁月的回甘

腊月十五一过，年味一天天浓起来，办年货是头等大事，马虎不得。

去大超市扫货，肩扛手提气喘吁吁，怎么看都有种兵荒马乱的尴尬。随着生活水平的提高，过年拜年越来越讲究礼品品种档次，年货越办越多。对于我这样手无缚鸡之力的人来说，办年货何尝不是一种体力考验。我素来喜静不爱扎堆，看着身边喧哗的人群，有隔离感，置身热闹境地而不知所措————原谅我在书堆宅得那么久。我承认我没有继承到父亲乐观的优良品质，我总那么挑剔，轻微厌俗，却又不得不在俗世中辗转腾挪。

当年的父亲多么热爱办年货。

拎着竹篮走在去往年货市场的父亲那天显得特别精神，他包在棉袄外的一身对襟蓝褂看上去有些陈旧，穿在身上却熨帖合身，蓝色裤子下面是一双千层底布鞋，上面沾满来自乡间土路的草屑和泥土——新鲜的泥土。同样新鲜的是一轮自山巅升起的冬阳，显得耀眼夺目，仔细看上面分明还沾濡着昨夜的露珠，阳光也就湿漉漉地笼着些雾气。

父亲挑了这样一个响晴的冬日操办年货，心情也就格外振奋。他脚步生风，心里有对即将到来的新的一年的憧憬祈愿。

我跟在父亲身后，心里向往着年货市场上花花绿绿的零食。花衣服当然想，有哪个小孩不喜欢花衣服，只是那个年代的新衣服基本是买布来家请裁缝制作，去市场买成品衣服的少之又少。早前父亲已将为我们兄妹做新衣的布送给做裁缝的小姨，这是我们知道的。眼下我只眼巴巴盼着能得到一些好吃的。

父亲兜里的票子不多，手中提着的竹篮也偏小，可这并不影响父亲的心情。

镇子上的年货市场人流熙攘，父亲时不时要停下来和熟人打招呼。父亲一般是喜滋滋地告诉来人："是呀，来办年货呢。"好像他办年货是多大的一件事。我喜欢父亲身上这种对生活的热心劲头，哪怕条件再艰苦父亲也没有丧失过希望。他田间地头忙碌，空闲就会坐在八仙桌前木椅上拉他的二胡，瞎子阿炳的《二泉映月》被父亲拉出了欢乐的气息。

眼下，父亲满面笑容地筹办年货，我跟在父亲身后，看着五花八门应有尽有的年货眼花缭乱。我真想有一双年货市场出售的漂亮帆布鞋。我们兄妹穿的都是母亲做的布鞋，土头土脑，学校里只有家境好的同学才有那样的帆布鞋穿。可我只是跟在父亲身后，眼巴巴地盯着那双鞋，然后在父亲的催促声中向前挪动脚步。

好吃的东西真多！霜果、麻球、糖瓜子，还有一大堆我说不上名字的零食。可父亲只挑选了最实用的必不可少的货物来买。例如红枣、生条、粉丝、海带，还有过年去祖坟要烧的香、纸钱等。很快父亲手中的小竹篮就装满了。可这些都不是我们小孩喜爱的东西，我失望，但不会说出来。生活的艰辛过早地教导我要做一个乖小孩，父母一年到头在泥土里挣饭食，一张张要吃饭的嘴等着他们，哪有多少余钱。

看到我流连在那些花花绿绿吃食上的目光，父亲笑了。他笑着从竹篮里拿出一个干红枣，用手擦擦，递给我说，吃吧，甜着呢。小孩子的脾气来得快去得快，我接过父亲递过来的红枣，咬一口，甜到心尖上。

我开心地冲着父亲笑，父女俩手牵手快乐地往回走。

在这些事情上，父亲很有智慧。等我把红枣吃完，父亲又递给我一根生条。生条是油炸的豆制品，乡下待客烧锅子的好材料。还别说，生条干吃又香又脆，是无上的美味。

看着超市里包装精美品种齐全的年货，我却怀念当年和父亲办年货时的情景，还有好吃的干枣、生条。

后来也吃过干枣、生条的，但就是吃不出当年的那种味道。我想，或许因为那是一种岁月的回甘吧，淡淡的，余味悠长。

久别重逢是新年

子在川上曰："逝者如斯夫!"不管是圣人还是凡俗,面对挽留不住的时间,感慨是相同的。人到中年,相当于人生这条抛物线的顶端,引力作用下的加速度坠落,谷底烟岚清晰可见,愈往下,愈忐忑。新年来到,代表着手中的日子渐渐薄,渐渐少。——原谅我一个中年的心境。

我们不能改变时间的一维性,但感谢记忆,为我们储存、定格、珍藏时间的每一个细节,由此我酷爱回忆。在那些醒来后的黎明,在那些清寂的午后,在那些缓慢悠长的夜晚,回忆接踵而至,像一束光照亮无边的荒凉。

那一年的冬天留给我的记忆是温煦的冬阳,透丽明亮的,在那样的阳光里,你能嗅到春天隐秘的气息。多年后的我不禁怀想,为什么新年能予人温暖刻骨的想念,一个很重要的原因恐怕是因为它一头连接着春天。是呀,跨过旧历年,迈入新年的门槛,你一定就能感受到春的若隐若现。它隐藏在春联、挂历画的喜气洋洋里,它也隐藏在一张张灿烂的笑脸里。

母亲正忙着打扫灰尘,戴一顶笨拙的草帽,阳光一寸一寸爬过她微佝的身躯,就像她挥着长扫帚一寸一寸清理一年的尘霾。我看见尘埃在阳光里飞舞,像一些死而复活的时间微粒。春天能让万物重生,可时间呢?人不能两次踏进同一条河流,今日之时间已不是昨日之时间,今日之我已不是昨日之我。

母亲不管这些，她只执着于她的土地和土地上的作物。就像此刻她坚韧地与灰尘奋斗。她的土蓝色旧布袄上染了一层淡淡的金黄，毛茸茸的，阳光如此慷慨热烈。父亲的对联贴得分外端正，父亲退后几步，仔细审视自己一笔庄重浑厚的楷书，满意地点点头，红彤彤的对联映红了父亲瘦黑的脸庞，低矮的老屋忽然亮堂起来。那一刻，幼小如我也仿佛听见春天的脚步，听到了冰面下的潜流暗涌，我的敏感纤细与生俱来，它放大了一个村庄的寂寞与喧哗，几近天籁的自然之音。

家家祭祖的鞭炮响起，好闻的硝烟味道弥漫村庄的上空。祭祖是一个隆重繁复的仪式，父亲带领我们，先祭拜天地，后祭拜先祖，庄严虔诚。在那样清贫的年月，年夜饭始终是一年之中的重头戏。对于有着源远流长的饮食文化的中国人来说，年夜饭的精雕细琢更像是对农耕文化的一种感恩或者缅怀。

不过我认为那一年的除夕之所以鲜明深刻，或许是因为一个被烧坏的纸灯笼，上面绘有梅花图案，"新春快乐"四个红艳艳的大字分外精神。那是腊月的一天，父亲从供销商店回来天擦黑了，母亲在厨房做饭，我骑坐在一个火炉上，昏暗的油灯下我的影子被拉得很长。父亲自背后摸出那个灯笼。我欢叫一声赶忙接过在手。父亲紧接着从衣袋里摸出一包蜡烛。闻着灯笼纸上散发出来的好闻的桐油味，年不再是一个想念，而成了一个实实在在可触摸的东西，也许就是手中的这个纸灯笼吧。做这些的时候，父亲脸上始终带着笑。除夕夜，父亲为我点燃蜡烛，目送我举着灯笼跟在小伙伴身后，家家户户去贺新年。可兴冲冲刚走不远的我就被绊了一跤，在我无能为力的视线下，崭新的灯笼被烧出一个大窟窿。

那个烧坏的灯笼像一个破灭的美梦，让幼年的我再一次体会人生的幻灭感。原来美的东西是那样容易被撕裂！我怀疑童年无忧这句话的真实性，人生识字忧患始，可于我来说，忧患远远早于识字。新年夜，想要再买一个灯笼已不可能。父亲找出白纸，贴在烧坏的地方，用毛笔蘸了红，仔细描画，一朵水灵灵的梅花！看着糊好的灯笼，我破涕为笑。

一些人事渐渐远去，父亲的笑脸只能在梦里重温，回忆就成了连接过去与当下的唯一途径。又一个新年快要来临，我唯一能做的是感受当下，这即将要变成过去的当下。然后像问候一个久别又重逢的老友，道一声："新年，你好！"

舌尖有清欢

于小孩说，过年比任何其他快乐都来得生动、热烈。究其原因，恐怕大部分还是因为那些流连不去的舌尖滋味，足够一个天真孩童对"年"满怀期待向往。"食不厌精，脍不厌细"，孔圣人在饮食上的精细雅致，经几千年时间熏染，已融入中国人的骨子里，乃至成为基因构成，或者由此可解释中国人对于美食与生俱来的执着与眷恋？那么一年一度的春节，对于饮食之重视可想而知。

清贫农家亦不例外。通常是腊月二十过后，村里年味愈浓。一贯忙碌在田间地头的父母开始筹办过年事宜。熬糖、蒸粑、打豆腐、杀年猪，厨房里每天热气腾腾，锅台边一溜儿几个小脑袋。

中国礼仪文化造就繁文缛节，可谓形式化的滥觞，然其间自有泱泱大国、礼仪之邦之从容气度。演变到后世，已删繁就简，但从年俗里仍可窥一斑。对于中国人来说，过年时物质上的慷慨，其意义不仅在于犒劳自己一年的辛苦，还渗入了太多的仪式感与宗教的因子。

除夕夜，父亲领我们隆重庄严地祭天地、拜祖先，年夜饭才在我们的千呼万唤之中拉开帷幕。

在灶间从下午忙到晚上的母亲，把美味一碗碗端上桌：肥瘦相宜的红烧肉，油汪汪，热乎乎，闪烁着琥珀色光泽；炖得稀烂的肥土鸡匍匐在土陶盆子里，金黄色鸡汤若隐若现；排骨汤煮肉圆子，撒有细碎香葱，绿白相间，多像一首抒情小诗；生条配肥肉丝，必定肥而不腻，恰到好处；煎鱼块炒碧色大蒜，形香俱佳；而方桌正中的黄泥小炉上架一口小铁锅，木炭此时烧得"哗剥"直响，锅里翻滚起伏，猪肉炖豆腐的纯正香味夹杂着隐约的木炭清香扑面而来。烧锅子有种热闹喧哗的快乐，苍白底子的人生实在需要适时注入这样热辣辣的一笔，才足以使我们任何时候都有勇气重新上路。有时想，人这一生多亏美食相伴，或可抵却一路风尘一路伤，哪怕生也漫漫，爱也茫茫，也会无惧寒凉。素菜是小家碧玉，可心可口，一律盛在老海碗里，沉甸甸、饱满满，让人感叹粗茶淡饭自有一份妥帖安稳。每年的除夕夜，面对满满的一桌美食，真希望时间就此停驻，让我做个贪婪的饕餮者，细细品尝生活的甘美。

　　如今富裕了的人们在春节菜谱上更是费尽心思，何况现今食材丰富、作料纷繁，过年菜肴想不美味都难。然而，为什么我却一遍遍回味已经久远了的年味，如嚼一枚橄榄，愈久愈绵长，我知道，我追念的不只是那些美食的隽永甘醇，我还是在品咂着过往简慢纯洁的岁月，仿佛唯有在这样余韵悠长的反刍里，方能品味人生至欢。

月如昼， 人依旧

　　人从四面八方涌来，像源源不断的河流奔向大海．不同的是这些水流并不朝东流去，而是向着中心的某一个点汇聚。在这壮观的黑色河水汇聚的中心地带，搅起了一股旋风，缓慢的，有力的，并不慌乱的步伐。人们向着一个方向扬起渴望的眼神，原来是灯来了！

　　灯的到来必然是喧闹的，伴随着锣鼓响，花花绿绿五彩缤纷的灯队招摇而来。忽然就想起一个成语：鲜衣怒马。这个成语解释了我们这个民族总爱把平淡的生活激荡出水花四溅的活力来，于是有了年，有了眼前的元宵灯会。

　　辛苦劳作了一年，终于有了一个堂皇的理由停下来，以年的名义恣意享乐一番，同时检点一年的得失，不失为一种智慧的生存态度。人生说短促却似漫长，像昏昏欲睡的夏日午后，即便时钟走得滴滴答答，依然睁不开困倦的眼。想想也是，就算清醒，健步如飞，又怎能走得过时间，怎能拽得住年的尾巴？倒不如欢欢喜喜辞旧迎新，与时间握手言欢。因此，年成了人生路上的驿站，走累了，倦了，停下来，在年这个交界点回首过去展望未来，欢喜与怅然。暗暗积蓄能量走向新的一年，再把新年过成又一个旧年，一个个年像一圈圈圆满的年轮，积累出一生的厚度。

　　时间必然要带走年，又一年的元宵于是来到眼前。

　　元宵和年总是充满瓜葛，元宵是人们对年的最后一点念想。

元宵有灯市，灯市里有灯看，一条临河长街，流光溢彩，极尽富贵。今年的灯市中心位置矗立着的是一只骄傲的雄鸡，每到夜幕降临，它就闪耀出五彩的光芒，像一位遍身罗绮的贵族，傲视着来来往往观灯的人群。

不同的是今年除了灯市，还有乡间的舞狮耍龙灯会，这让一座小城沸腾了。

即使有心理准备，我还是诧异于我所在的这个小城忽然涌现出来的人流，这使我不得不重新打量这个与我血脉相依二十年的小城，却原来有一股我素来忽视的力量。像地底的熔岩突然喷薄而出，那些人忽然就从大大小小的街头直奔过来，脚步杂沓，面容热切。很快，我的前后左右都是人，陌生又熟悉。陌生是他们的面孔，熟悉的是一口和我相同的方言。

早在半个月前，本城的大小媒体就开始渲染这一盛事，刚刚跨出旧历年，心里满怀着对新的一年的憧憬，况且舞狮历来是这个民族所热爱的一种传统文化活动。只是近年来随着现代文明的冲击，网络信息的铺天盖地，一些传统民间文化如舞狮等已渐趋式微。这是谁都不愿看到的，也就有这次的大张旗鼓举办舞狮活动。这既是对昔日的缅怀，也是对传统文化的致敬和希望传承下去的美好愿望。

我理解这些从各条大小巷子里涌现出来的人群，理解了他们怀着的美好的期盼。年热闹着呢，然而年亦寂寞着呢，在鞭炮的轰鸣里，在大红对联的喜气里，大家互不相扰各自看手机，抢红包、微信问候、朋友圈晒美食，我看到了年的寂寞。说到底也是人的寂寞。寂寞的人们哪怕是抓住一丁点儿可以慰藉的热闹呢，并且还是一次足以唤醒童年美好回忆的舞狮展演。这个消息来得激动人心，它让我们走出深宅大院，走出不锈钢防盗门，在黑夜里拉下冷漠的面具，你我他前胸贴后背地挨得紧紧密密的，好像我们一直都这么亲切无间。

灯来了！人群兴奋起来，仿佛投下一颗石子的水面，涟漪起处我看到一支灯火辉煌的队伍徐徐走近。鼓声铿锵中首先走过来的是一排宫灯，拖着长长的穗子，像一串串艳丽的流苏，旖旎妩媚风情万种地模拟着古代皇宫里的富丽堂皇。后面紧跟着两条虚张声势的彩龙，张牙舞爪，圆瞪着两只巨大的龙睛，好像也在惊异于围观人群之多。舞龙后面是舞狮，一对大大的忽闪忽闪的眼睛，巨大而又憨态可掬的嘴巴张得老大，像谁家养的宠物。

但如若你看到舞起来的狮子，则会被它的威武雄壮震撼！咚、咚咚……苍凉沉重的鼓声像一曲洪大的咏叹调，它们仿佛来自地底，又像是来自空中，象征神谕一般。要不就是从远古战场传来？天地也为之一震，月光在那一刻更明亮，银质的光辉洒遍全场。几只雄狮刚才还在手舞足蹈，鼓声传来的瞬间，它们像被注入了某种力量，一律抖擞起了精神，它们不再扑闪着眼睛卖萌，而是圆睁双眼，随着舞狮人手中的彩球腾挪跳跃，蹲伏、揖拜、纵身、嬉戏，就地翻滚，鼓声时缓时急，彩狮时而兴高采烈时而怒气磅礴，有时如蛟龙出海，有时如猛虎下山，但不管做何种姿势与表情，它所表现出来的力量都不容人忽视，仿佛此刻它是一头真正的雄狮，在皎月与霓虹的映衬下，在黑压压的人群中，借着气势磅礴的鼓声淋漓尽致地表达自己的喜怒哀乐。在茫茫人海中它是否也深刻感受到了孤独？那一刻，我相信所有的人都忘了它们是由几个舞狮人表演而成，而是把它们当成真正的雄狮，人们瞻仰着它无与伦比的力量，时时发出喝彩与叫好声。

面对出尽了风头的彩狮，那两条不甘寂寞的彩龙立时使出浑身解数大显身手。舞龙人迈着矫健的步伐，高举手中的彩龙，舞得虎虎生风。远远望去，那巨大的怪兽真个像在璀璨的夜空中吞云吐雾、御风而行一般。它们或摇头摆尾，或首尾相顾，扭动、回旋、昂首，不可一世。最后舞龙人拿出了真正的绝活，他们回环盘旋着攀爬上一座垂直树立的梯子，远远望去只看到星月之下霓虹之上一条银龙傲啸苍穹，似要扶摇直上九天而去。巨龙的头顶，一轮银盘样的月微微俯首欢腾的人间。

龙是中华民族的图腾，代表着吉祥；狮是力与美的化身，又是祥瑞之兽。这或可解释我们民族热爱这两种动物的原因。另外，在人类逐渐远离丛林的日子里，以舞狮耍龙来模拟一场原始丛林里王兽的狂欢，既是表达对神秘力量的崇拜，也是追念人类始祖与兽共处的艰辛与不易，我认为这是元宵节上人们舞狮耍龙祈福的初衷。

此次舞狮展演地点是这个城市南端的一处小广场，旁边的休闲公园里，年味还没有褪尽，五颜六色的彩灯交相辉映出一个火树银花的元宵夜。此时灯影与人声在河面飞荡，光影微染的河面如一匹镶金砌玉的丝绸，软软地摇曳到远方，那里有高大的黑色山影以及深蓝色的夜空。

"东风夜放花千树。更吹落、星如雨……"年代不同，欢乐是一样的。在热闹的人群里，看着面前一张张喜悦的面容，不知道蓦然回首的灯火阑珊之处，会有着怎样的风景在等我。

只是让人微微怅然的是，元宵过后，年就远了。明年的此时，月如昼，人是否依旧？

夏日雨长长

张晓风在《雨天的书》中写道："黄昏的雨落得这样忧愁，那千万只柔柔的纤指抚弄着一束看不见的弦索，轻挑慢捻，触着的总是一片凄凉悲怆。"她笔下的雨是含了轻烟的愁，微微有薄荷的清芬，带着文人特有的与雨相契合的气质，也哀婉也迷人。但我想那雨必定也是很克制的雨了，到底也是美的。

可此时窗外的雨，却缺乏抒情的基调，完全是坏孩子的恶作剧。

几近两个月，皖西南几乎全被浸泡在雨水中。朝九晚五的我，在这场史无前例的漫长雨季中，最刻骨铭心的记忆是骑着电动车在风雨里往来，在倾盆暴雨中奔波。上班途中要走国道，两旁是高山，被雨水模糊了的视线中，看不清每一处山坡后隐藏的危险。对未知的恐惧，对变幻的毫无把握，对自身渺小的认知，那段时间体会最深刻。然而在那种极限的体验中，反而更能清醒地思索人生与命运，更能彻悟人类物欲之虚无吧。如若这样，也不失为雨天的一种收获。期间遇到过小型的土坝崩塌、树木断裂等情况，所幸并无大碍，证明我是庸人自扰之。余者这个夏季留在记忆里最多的就是经常被身边疾驰而过的小车溅了一身水的尴尬。

古人的夏季温情脉脉，远不像现在这般暴虐，不是酷热就是暴雨。与往年相比，这个七月并不暑热，只是湿答答，黏糊糊，在这样巨大无边的混沌里，天与地没有边界，知了的叫声断断续续，有气无力。有村民不幸被泥石流吞噬的消息传来。在变幻莫测的大自然面前，在无休无止的雨水中，孤独的人类孱弱无助。大地是我们永久的故乡，可是何以平时那些亲切的山峦，那些留下过我们足印的山山水水，在雨水的冲刷下忽然都变得面貌狰狞起来？到底哪一处山体会松动，哪一条河流洪水会冲上堤坝，一切都是未知。忧心如焚坐在室内，牵挂远方的故土、亲人，焦急乡下的老屋会不会倒塌。那座父亲亲手建造的拙陋的土砖房，是一穷二白的岁月里父亲所有智慧与力量的凝聚。如果老屋不幸倒塌，以后漫长的日月里，我拿什么来缅怀、铭记勤劳一生的父亲？老屋的每一寸土地上都留下过父亲的脚印，单凭这点，这座老屋已有了承载一个家族历史的重量，至少于我是这样。

窗外是白亮亮的雨水，一直没有停过，莽莽苍苍，无边无际的水……想起《后天》里的末日景象，真担心人类一语成谶，提前要为自己的无知买单。

雨之上还是雨，雨从无尽的苍穹里纷纷坠下，横向、纵向，水，水，水！仿佛过去那些阳光灿烂的日子都只是一种幻觉，而雨水亘古以来就一直统治着世界。

雨一直下，雨声让世界变得静寂，静寂中藏着锐利的刀锋。坐在办公室里，在雨声里好像只能听雨发呆。

然而我不愿意发呆。在雨声里，我准备写一些什么，关于雨。我面前铺着一张久违的信纸，就像多年前我给友人写信，用了诉苦的语调谈着我年少强说愁的心事。有多久没有握笔写信？如果写好了这些字，我还能寄给谁？电子信息的年代，有谁愿意打开一封远方的来信，听我带着闲闲的忧愁自说自话。我迟疑着，稿纸上最终没有记下一个字，只有窗外的雨，下得随心所欲，浩浩荡荡。

雨终于有缓和下来的迹象。为稻粱谋的我寄身山中。开窗，见苍松滴翠，绿水长流，耳畔鸟鸣如一串滚落林间的音符，清丽宛转。间或传来几声蝉的清唱，颤颤的抖音，有时细若游丝，正当你以为会停下时，陡然一个高音起伏，华丽丽的高腔穿云裂帛。恍然想起夏至已过，满眼都是古意斑驳的绿，溪流的水涨得飞快，时间过得真快，只是山中不知岁月长，哪管今夕是何夕。

有时又像恶作剧般忽忽而来，但听屋顶撒豆成兵，窗外雨声潺潺。透过雕花仿古木窗，看得见室外骤雨乱弹，瓦檐下飞珠泻玉一般。雨中看不清更远的风景，唯见屋后青峰影影绰绰，烟云渺渺。正对着窗户的几株杜鹃经雨水洗濯，细碎的叶片鹅黄中点缀淡绿，清新典雅，第一次发现原来没有花蕾衬托的植株也是耐看的，有草本朴素之大美。

山中逢雨可充分领略大自然漫卷笔墨、烟波千里的天工巧力。某天早晨上得山来，讶然发现自己已置身于一个虚拟的世界，一川烟雨，遍山雾岚，咫尺之遥的主建筑楼也被湮没在一片白色的浓乳之中，隐约可见的飞檐斗拱，仿佛传说中的天宫。

又有新雨之后雨收云开，抬头见窗外一幅淡墨画卷，是墨汁氤氲在宣纸上的水意淋漓。空山不语，乱云飞渡，峰峦叠嶂的如黛远山上一抹水汪汪的蓝空，白云如练，斜阳晚照，原来山中忽忽又是一日。

雨季之所以被我一再提起，我想是因为雨季有一种颓废美，容易想起川端康成笔下的岛国。当然，在潇潇雨声里任意涂抹文字不失为一种幸福，只可惜在一场场酣畅的夏雨中，灵感却并不如期而至。往往是这样，当思路阻塞，下笔呆滞之时，推开窗户，就见黑夜裹挟着雨的气息扑面而来，原来外面又下起了雨。这样也好，还是赏雨吧。

有一个村子叫夏湾

一个不起眼的村子，蛰伏在大别山深处的角落。我熟悉它每一寸土地，以及土地上生长的每一株植物，就像它熟悉我的乳名，熟悉我深植骨髓的喜怒与爱憎。村人们长歌短调的乡音曲曲折折，在村子上空回荡，我相信这是几千年前这片土地上的先人流传下来的语言，它遵循着一种规律、语调与节奏，它的有些吐字发音奇特，连最丰富古老的中文也不能准确表达与书写。乡人们用自己的语言熟稔地表达着他们的喜怒哀乐，痛快淋漓处，如长歌当哭，直击人心。这就是方言、乡音的魅力，它秉承一种古老的因子，代代流传，就算白驹过隙，沧海桑田，岁月的流水却不能荡涤所有的痕迹。一如这个被叫作夏湾的村庄，它的名字会给我们留下一些破译的密码，让我怀疑，最初的最初，这里曾经住过夏姓的家族。

其实，这里有没有住过夏姓人家，已不重要，我也并没有对于它名字的起源表示出更多的热情与兴趣，我只是就这样身不由己地和这个叫夏湾的村子息息相关。父亲在夏湾落脚前，夏湾只有两户李姓人家，父亲到来后，陆续又搬来两户程姓人家。我记得的夏湾，就是这样一个四五户人家的极小极小的村落。但翻过一道小山岗，就是一个大屋场，村子前面，又有一片小小规模的田野，一条清溪从门前蜿蜒而下，这就使得这个坐落在山中的名叫夏湾的小村并不闭塞与孤立。夏湾是热闹的。那年月家家人口多。人多，既预示着贫穷，可也预示着欢乐。这话矛盾，然而生活是相对的，矛盾是绝对的。不是吗，包括我们自身，时时陷入矛盾的罗网，却又处处制造矛盾。

尽管岁月的年轮模糊了太多细节，回忆总是给过往增添虚幻的光华，可我得承认，幼年乡下的生活不是天堂，相反，它是清贫的，懦弱的，悲伤的，叹息的。父母每天在门前田地里劳作，但粮食依然不够吃。吃着缺油少盐的杂粮，我没少流过泪。有一天，我指着田里绿色的稻禾，对父亲说，我要吃米饭，快割绿稻来吃呀。这个当年的笑谈伴随我长大，是饥馑年月在我生命里刻下的一道伤疤。

但为什么每次回想，回忆都过滤掉了苦难，只留下甘甜。其实，我们的记忆也一直在欺骗我们自己，不知疲倦地为我们编织着一个又一个美丽的童话。然而，我又要怎样才能停止我无边的回忆呢，停止回忆里那些令人莫名忧伤的感动呢。我不是一个容易表达感动的人，我习惯以冷漠来伪装我的善感，仿佛这样我才有足够坚硬的外壳。然而，我还是在一个又一个无人的暗夜，孤独地舔舐着过往赐予我的幸福而痛苦的伤口。

童年的月色原是分外皎洁的，月亮地里，母亲摇着大蒲扇，讲述着据说是她的祖母传下来的故事，那些狐精鬼怪的缠绵纠葛给无边的夜色平添几分神秘与鬼祟，对面黑色剪影一般的山峰宛如一头怪兽向我压来。我躲在父亲身后，又想听又怕听。不远处，几个大孩子在月亮地里一脸兴奋地奔跑，我知道他们是在和家河伯捉迷藏。老光棍家河跟着大侄子过，他们家是这个村子里最后搬来的人家。家河伯光头，脸与躯干皆瘦长，非常奇怪的是，家河伯终其一生没有长过胡子。母亲告诉我们说，司空山上有一个藏着宝贝的山洞，需要一个没有长胡子的男人和一个长了胡子的女人，才能推开山洞的石门。母亲说，家河伯没有长胡子，可是，到哪里去找长了胡子的老奶奶呢。母亲的这个故事让我对家河伯始终怀了一颗敬畏之心。家河伯酷爱与小孩子打闹，尤其爱在月亮地里捉迷藏。村庄的夏夜是孩子们的天下，月光皎洁如银，整个山川大地都笼罩在一片晶莹如雪的月华之中，一群十几岁的大孩子被家河伯追得疯跑，他们或者躲进附近的庄稼地里，或者躲进麦秸堆里。家河伯瘦长的身躯在月夜里快速移动，两眼熠熠发光。往往是，不用很久，远远的，就会听见家河伯的欢呼声，夹杂着被找到的孩子快活的惊叫。我知道那一定是家河伯找到了他的目标。我羡慕地看着那一群大孩子快活地笑闹，但我是不敢在夜晚走进庄稼地的，我胆小，老是害怕里面会躲藏着什么妖怪。况且我也怕家河伯干瘦如铁的手掌。他的手掌纹路奇特，是我们乡人说的"断筋手"，打人很疼。按母亲的说法，那种手打人是会死人的。于是，母亲没有讲故事的夜晚，当星星次第亮起，一轮新月挂上树梢，我和几个小一点的孩子开始兴致勃勃地捉萤火虫。乡村的夏夜，萤火虫很多，忽闪忽闪，在黯淡的夜色中如一粒粒细小的珍珠，将一个平凡的夏夜映衬得美丽非凡。我和小伙伴左手捧着玻璃瓶，右手拿着一把大蒲扇，在月亮地里撵着萤火虫跑。

长大仿佛就是一瞬间的事。在考取中专离开夏湾的日子里，我不知道的是，伴随着我们一个又一个的离开，夏湾开始了它的沉寂。要不就是因为文明的冲击：家家都有电视了，即便是月光很好的夜晚，谁也不愿再在屋外乘凉，宁愿守在电视机前。我们一群当年的小孩，远嫁的远嫁，离家的离家，随着打工潮的普及，村里的青年人更是倾巢出动，整个夏湾几乎成了一座空村。打工挣来的钱，多用在了建房造屋上，当然，他们的新房地址，选在了更热闹的路边。

父亲和村子里的一些老人依然坚持种稻，但夏湾陷于从未有过的空落。家河伯多年前就已故去，我想这样也好，否则，爱热闹的他一定受不了如今空寂寥落的夏夜，和空寂寥落的夏湾。

村子周围的古树，村子后面的竹林会同满坡满坡的荒草，则以惊人的速度疯长。夏湾，如一叶孤舟，日复一日地陷于绿色的包围。村子里的几个老人先后故去，父亲也离开了他耕作了一辈子的土地。村子更静了。老屋也如同这个叫夏湾的村子，日复一日地空寂，最后只剩下母亲。李姓人家有一户小家庭留了下来，才不致让母亲太寂寞。终于有一天，回家看望母亲的我，发现野草长到了我家老屋门前的稻场上。可当年我们坐着乘凉的稻场，是那么洁净宽广。每晚吃过饭，父亲总要用自扎的竹扫帚，将稻场打扫干净，以便晚上搬出竹凳乘凉。面对迅速长到稻场上的野草，年迈的母亲只能任其自然。而我们每次回家，亦习惯了视若无睹地踩着一地松软的野草迈进那道熟悉的门槛。野草的包围，预示着村庄的没落；父亲的离去，则预示着老屋的没落。荒烟漫草里，母亲苍白的发在风中飞舞，映衬着一缕残阳，刺痛了我迟钝的眼神。

又一个夏夜来临，我和母亲坐在长满野草的稻场上，看星斗满天，月色胜雪，这多像记忆中的那些个夏夜啊，然而这又多么不同于那些个夏夜啊，没有了捉迷藏的家河伯以及月亮地里疯跑的大孩子，亦没有拿着蒲扇追赶萤火虫的小伙伴。山村寂寥、空旷，两点灯火在夜色里显得无比孤独。那些清贫却朝气蓬勃的日子到哪里去了呢，那些儿时的伙伴，几年也不曾见，往往，乍一见到，那被岁月磨砺得一脸沧桑的面孔也使我们彼此心惊。成长，原来只是一个美好的谎言。我们经历过，痛过，伤过，再回到起点，却发现满目荒凉。人生，永恒只是一种徒劳的向往，我们永远走在一条未知的路上，一回首，才发现，与故乡已是一别经年。

但我知道，不管时间能改变多少容颜，故乡都不会在我记忆里走失。一个叫作夏湾的村庄，一段刻骨铭心的想念。

故园是个凋敝的词

母亲身后的木窗里镶嵌着一个五颜六色的春天。从我这个视线望过去，恰好能看到那被木窗裁剪的一角原野与山脉。原野上开满粉黄色的油菜花，麦子绿油油。更远些的山间，紫色红色的杜鹃将一座庄严的山脉装扮得像个新嫁娘，有溪水蜿蜒而下，是这幅壮阔山水的留白。除了春天，又有哪个季节有这样热烈的一颗诗心呢？

然而春天在我眼里是伤感的，姹紫嫣红开遍只是一个具象的春，而它内延所指向的是深刻的寂寂的荒芜。或者一如生命吧，欣欣向荣，却总有衰老的一天。

虽然我不愿提到"衰老"这个词，却无法回避母亲的衰老。母亲显得很疲惫，她努力睁开松弛的眼皮，昏暗的眼神看我时有些游移。

母亲依然在讲述。每次回来母亲都是以这种方式向我缅怀她的青春。在母亲千篇一律的讲述里，我是一个耐心的倾听者。我想母亲如此热爱叙述，是抵御寂寞，抗拒衰老，抑或是对自己一生的回顾吧。就像作家晚年总要写个回忆录，如此才不枉虚度此生。我对母亲枯燥的讲述满怀宽容也是现在的事。在父母还相对年轻而我还非常年轻的时候，我从来没有思考过衰老，以为衰老都是别人的事，也不愿听母亲的絮叨，那些碎片的话语总是让我过耳即忘。直到父亲逝世，母亲陷于日复一日的讲述，而我也人到中年日益体验到身心无力的时候，我才惊惧地发现原来衰老一直都是与生命相伴相随的。也正是从那时候起，我成了一名合格的听众，我心怀感恩聆听教诲一般倾听着母亲那些古老的故事，无一例外故事里的男女主人公都是父亲与母亲。

我也曾将母亲碎片的话语记下，试图变成铅字，如此方能不辜负母亲年复一年的讲述。在我这篇小说里，我把父亲和母亲的遇见设置在一个春天。在我的认识里，春天总是会发生一些相遇，甜蜜芬芳的，却又是忧伤无力的，在那个波澜壮阔的时代背景下，一段渺小的爱情是该有多无力。

母亲经常凝视着我发呆，半晌喃喃说，你父亲年轻时候就是你那样的脸。我背地里去照镜子，镜子里是我早已熟悉的一张面孔，我想在其中找到父亲的痕迹，眼睛、嘴、鼻子？我去堂轩前的案桌上看父亲的照片，父亲在那个方框子里盯着我。父亲的眼神无悲无喜，让人捉摸不透，那时父亲病已重，他是否已经对自己不多的日子了然于胸？我又去父亲睡过的小房间，如今已然成了一个杂物间，潮湿的地面起了霉斑，一些古老破旧的什物灰扑扑蹲守在那里，今日的阳光照射不到它们的过去式里。

我同样回不去。如此我只能徒然地寻找，试图找到一些父亲的蛛丝马迹，比如一架铁犁耙，一把锄头，一只火炉，我抚摸着那些被父亲的汗水浸透双手擦亮过的农具，试着去感觉是否还残存父亲的体温。但往往，一切又恍惚起来。过去的存在毕竟已为时间所稀释，而我们都是时间的囚徒。

我知道母亲也在寻找，于是母亲常常凝视着我，以为看到的是父亲年轻时的脸庞。

看着沉浸在往事里的母亲，一个问题横亘在心头：究竟是什么时候，母亲变得如此老迈？其实这让我讲不好。时间在一个人脸上刻痕总是细微的，细微到你无法用肉眼探寻；却又是坚决的，坚决到残酷的程度。随着母亲的讲述，母亲嘴边两道深深的括号一般的纹愈加深刻，概括出她辛劳的一生。不错，即便平凡如母亲，她的一生也是一本厚重的书籍，是值得她一再讲述的。但母亲的样子使我觉得胸腔有什么尖锐在硌着我，事实上我只是在沉默。我已经是个成熟的中年人了。

母亲的故事真漫长啊，因为那是母亲的一生；母亲的故事又是那么短暂，一个人的一生岂是三言两语能说得清。而语言的徒劳无功又使母亲每次向我复述的这些故事显得贫瘠而苍白，就像她干枯灰暗的脸庞，就像日益衰败的故乡。是的，和母亲同样衰老的是这个养我育我的村庄，它已然成了一座孤村。我相信村庄也是有生命的，它年轻过，辉煌过，但时代的浪潮终究抛弃了它，它的新的主人们同样抛弃了它。它成了那个遥远的年代的缩影，落后、贫穷，甚或愚昧——如果以这个聪明的年代聪明的人群作为参照。那么，和村庄血脉相连的母亲那代人，是否也意味着被抛弃的命运？我不敢想。然而，其实，和母亲同时代的老人已经不多了。

不会互联网，不会读书，不会通讯，思维还停留在那个传统的年代，行事准则依然固守旧法，如同桃花源里不知有汉无论魏晋的古人。可这是个讽古拜金的年代，母亲又如何知道。母亲这代人无疑遭遇当下大多数人的不以为然。这个年代最不缺的是聪明与智商，缺乏的是敬畏与善意。

村子里又走了一位老人，前几天她还拉着我的手和我说话来着。母亲结束了她的回忆，回到了眼下。说着这些的她竭力想显得平静些，却没法掩饰她的激动。我在脑海搜索那位老人的面容，只有一团模糊的影像，像黑白胶卷上黑色的人影。我离家太久了，每次回来又是匆匆道别，短暂的时间里除了努力做一位母亲面前尽职的听众，我无暇关注更多。我记不起这是母亲第几次告诉我此类的事情。而每次母亲说起这些，我都装作很淡然。死亡是那样强大，强大到我只能装作不知道，不知道母亲的同龄人甚至年龄小些的许多老人都走了的事实。我不想在这个话题上深入，于是提议：去菜园看看吧。

母亲戴上一顶草帽，挽上一个竹篮，我们一同向菜园走去。

留在这个破败小村里的人越发少了，寂静的山弯里只有鸟儿的叽喳声、风声，以及蜜蜂采蜜的嗡嗡声。偶有一二农人在地里采茶，他们都住在离这较远的地方，那里相对热闹与繁华些。而更多菜地则荒芜着，这意味着它的主人已经抛弃了它们举家迁走。故园是个凋敝的词啊，哪怕眼前万紫千红，依然掩盖不了它深重的寂寞。连眼下这个春天都是寂寞的。花儿寂寞地开，风儿懒洋洋地吹，连浮云都一动不动。

母亲的菜园里，菜并不多，且瘦。青菜起了薹，莴笋还很幼嫩，深紫色叶片满是皱褶，每一处皱褶里仿佛还滚动着晶莹的露珠。我一人吃不了许多，也就只种了一点点，母亲说。想到高龄的母亲辛苦地挖地、施肥，我有些难受。母亲一直吃素，单独开伙。吃着粗茶淡饭的母亲身体尚康健，但却消瘦。但母亲是执拗的，信奉佛教的她坚信善恶有报，来世轮回。她不愿杀生，坚持不沾荤腥，在自己朴素良善的信念里过着清苦自守的日子。

母亲此时正蹲下身来，去掐一根绿色的菜薹。母亲的手粗糙、苍老，青筋毕露，而她手里拽着的这根菜薹则鲜嫩水灵，闪耀出生命葱茏与茂盛的光泽。然而生命终将有枯萎的时候啊！这个念头横亘在我心里，突兀而嶙峋，让我产生焦躁的感觉。

看着面前颜色单调的菜地，我想起小时候的菜园，深红翠绿，五彩斑斓，可以入画。茄子身着紫色长袍，黄瓜爱穿碧绿外衣，番茄红得耀眼，辣椒提着小小的绿灯笼、红灯笼。那时的父亲还是个浑身充满力量的中年人。父亲挖地喜欢将地掏出极深的坑，然后将杂草全埋进去，以新鲜泥土覆盖。这样翻过的地土质肥厚，利于菜蔬的生长。那时大哥也就二十岁左右吧，一担可以挑起两百来斤。大哥往地里运肥，蒲扇般的脚板拍得脚下的大地"噼啪"作响。

母亲种庄稼也是把好手。操劳一辈子农活的母亲过去是有力气的，那时的母亲走路一阵风，做事风风火火。如同母亲总在缅怀着她的过往，我同样很怀念母亲的黄金岁月。那时候我是个不谙世事的儿童，穿着旧衣旧衫，在父母的护佑下，却是大地上最快乐的稚子。

但是我的年龄与母亲的年龄成正比，我们之间隔着三十多年的岁月长河，无法泅渡，我长大，也就意味着母亲的衰老。怎么会是这样子呢？这不是我幼时想要的生活。那时候我盼望着长大，却并未知晓长大的结果是母亲的衰老。可这又哪里是我能左右的。

母亲究竟是从哪一天开始变成这样老迈的呢？我问自己。没有答案。时间之手是细微却坚决的，它一点点将人改变，它将充满力量的父亲带走，同时让母亲也变得日渐苍老。可我分明记得那年，母亲还能为我的孩子做手工布鞋。母亲一贯粗心，但这次母亲却想得周到。母亲为我的孩子做了从小到大的好几双鞋子。这些大的留着妞妞以后穿。母亲当时这样对我说。仍然记得当时的我看着那几双大鞋子，然后再看看女儿娇小玲珑如柔嫩花瓣的小脚丫，不禁失笑。那得需要多久才能穿得上这么大的鞋子。我心里嘀咕着。

现在女儿已经穿上了最大的那双鞋，女儿的个头都赶上我了。母亲果真看不见穿针引线，眼神一天比一天昏花。我不由佩服当初母亲的预见，也为这个不得不接受的事实而黯然神伤。

母亲站在村口送我，她单薄的影子无奈而懦弱。日光将她的影子拉得很长，灰色的影子也有股沉沉暮气。母亲的身后，一轮硕大的夕阳覆盖了山川。

蓝天日暖玉生烟

烟从田埂升起，裹挟着火苗，烧出"哗哗剥剥"的声响。野草芭茅灌木被火舌舔舐，盛开成一束热烈的火焰，青烟过处留下黑色灰烬，宛如把大地撕开一道黑色伤口。这是在秋天，稻子收割，庄稼上了岸，村人点一把火将田坝烧干净，来年春风又催出一片新生的草芽。烟就这样在一条又一条田埂升起，田野开出一蓬又一蓬青色的花朵。秋风起，温度朝着低伏的山峦走下去，土地被秋阳晒得干而松软，像一床黄色鸭绒被，可以上去打一个滚儿。一同晒死的还有野草，被村人锋利的锄头切割着，再不能夺取地里的养分；摊开晒干，又堆成圆锥形小山；压上土，点起火来，浓烟滚滚；烟被风吹来，有股好闻的干爽气。雨水与潮热远了，与冬天相关的记忆一同复苏。一同复苏的还有味蕾，这时候最便捷的小吃莫过烧红薯了。从地里扒一个红薯丢到火堆里，干完活再扒出来，粉糯香甜，绵软可口，吃到嘴里有烟火气，一霎时，再悲观的人也有了人生圆满之感。

烟无处不在，人离不开火，离不开烟。燧人氏钻木取火，结束人类茹毛饮血时代。早期人类在火上烧烤肉食，烟火熏烤、温暖冰冷的肠胃，也滋养出人类漫长的饮食文明。

在乡村，烟以一种物质的形态生长在我们的双眼，寄居于我们体内。炊烟从瓦屋顶升起，被风吹弯，拖着一条长长的尾巴，淡而薄，最终隐入虚无，而顶端还在源源不绝地吐出烟来，像受着一种力量的驱使。我喜欢站在村前小路，看老屋顶上悠然升起一条蓝烟，背后是广渺的天空。烟前赴后继奔向天空。烟生成于大地，却是天空的孩子，我对烟怀着一种神秘的敬畏。我翕动着鼻翼，柴火燃烧的气味有种木质的清香。柴火饭比煤气烧的饭好吃，我想都是因为烟，煤气上看不到烟，只有蓝色的火苗，像跳跃的小兽。我看炊烟多半是在黄昏，空茫的暮色清水一样慢慢浸入心田，说不出悲喜，就那样站着，胸中也有苍茫的暮色涌现。"大漠孤烟直，长河落日圆"，王维是我喜欢的诗人，他笔下的烟干净、空旷、悠远，能过滤体内杂质；"蓝田日暖玉生烟"，李商隐的烟是绢帛，美得让人伤感；"日照香炉生紫烟"，李白笔下的烟则带着飞升的仙气。

我看见过很仙的烟，其实应该称为雾。它是雾的名字，却是烟的性质。我们这是山区，经常，我坐在疾驰的汽车上，隔着玻璃窗，看遍山烟岚，白色的，浓乳一般，将一座青翠的山峰遮严，有时留一截绿带样的山体，有时露出尖尖宝塔般的顶峰。车子跑得快，我来不及拍照，我的技术也照不出这样妖娆万端的烟来。我只能目瞪口呆，惊异于烟的美。我想，烟的美在于它的虚无缥缈。人生太实，实到让人绝望，你必须直面每一个微小的细节与尴尬。因此，人生需要一缕烟来点缀，虚无的缥缈的烟。

烟还是虚无好，在远方，在山中，在只能仰望的苍穹。我看着烟，看它布下迷魂阵法。烟不能实，若落到实处，就会带点邪气与毒气。

青烟荡漾在唇边，烟圈吐出像一个一个的问号。"你父亲不到一岁，就被你祖母抱在腿上吸烟。"母亲常这样对我们说。父亲的小时候是通过母亲的只言片语，渗透给我们。将这些细碎的语言拼凑、衔接，我对父亲的过去有一个粗略认识。我无数次想象这样的场景：一岁的父亲穿一件对襟短褂，围着花碎布围嘴，坐在祖母腿上。当时祖母正在吞云吐雾，不提防父亲将其衔在嘴里的烟筒拉到自己嘴里。祖母大为惊奇，带着一丝自豪对身旁人说，你们看这小子多聪明。祖母以这样的方式表达对最小儿子的疼爱，无论怎样都不被我理解。要不，爱就是蛊惑？让你爱的人接受你给他安排的人生，带着霸道与不容分说。

《金锁记》里的七巧，让女儿吸食鸦片，以一种不健康的病态生活将女儿一点点毁掉，从此难逃她的手心。人性是一口深不见底的枯井，让人不寒而栗。这样的爱真像七月飞雪，冷到骨头里。诚然，这个例子与祖母和父亲没有可比性，祖母让父亲吸食的只是普通黄烟，然而她的举动多少让人有点不能接受。

父亲将与烟纠缠一生，这在他一岁时就埋下伏笔。祖母种下因，父亲食下果。

吸烟在乡下常见，年纪大的男女都会。小时候去人家玩，看见穿蓝色满襟褂的老婆婆，脑后梳个花白的髻，颤巍巍插根银针，端坐堂轩木椅上，瘪着嘴抽水烟筒，"咕噜噜，咕噜噜"，像猫的呼噜，像被催眠了的沉睡，从幽深的时间古井里传出。老婆婆闭着眼，沉浸在烟雾袅袅的过往，也许那里有她的往事，与一个乡村小子的痴缠，结局是欢喜或伤心已不重要，起码那青梅一样的滋味是足够漫长的一生坐在烟雾缭绕的木桌旁品咂。水烟筒小时候看见的多，通体黄铜制作，烟管粗、短，吸管像一只翘起的兰花指，弧度优雅流畅，能让人在吸烟时身体仍然保持端庄坐姿。

电影《海上花列传》里有个镜头记忆深刻，李嘉欣饰演的黄翠凤，一面娴熟地吸着水烟，一面和旁边人说话，眼风飞着，脸上却是一种凛然的美，不容侵犯。她的美是一种动态，即便坐着，仍然会让人想到分花拂柳，流淌摇曳的。她手中握着的水烟筒，正是我们乡下常见的那种，暗黄色，幽幽的黄铜的光，与那个远去的年代一样陈旧、腐朽，却丝毫无碍她的美丽，反而于那美中平添一种神秘光环。整个画面靡丽浓情，甚或有温暖。或者因为她的美太耀眼吧，光华照亮一切，让那只黄铜水烟筒也成了美的一个方面。这是我看过的吸烟吸得妖娆的例子。

水烟筒在父亲那里，吸出的则是一种端正肃静的氛围。经常是这样，父亲坐在八仙桌旁吸烟，穿一件蓝色对襟布褂。盛水斗方方正正，被父亲起茧的老手磨得温润光亮，沉甸甸，仿佛通了人性的活物一般。父亲另一只手灵巧地捻起一团烟丝，不偏不倚摁在烟管顶端，拿火媒子吹着烟丝，淡蓝色烟雾袅袅升起，中心处是一颗一明一灭的火星。父亲起劲地吸，火星时大时小，比萤火虫大，比星星小。空气里流淌着寂静，除了父亲吸烟的"咕噜咕噜"声。那时父亲低眉垂首，静坐参禅一般，半晌鼻腔喷出一串青烟，我坐他身侧，能够清楚地看到他陶醉般眯起双眼，皱纹在烟雾里一条条舒展开来，我知道那是父亲最享受的时刻。这支黄灿灿的水烟筒惹得孩子们眼红，小哥偷着吸一口，吸到满嘴很臭的黑水。这让我们对父亲高超的吸烟技巧莫名敬佩。

我爱过一个吸烟的男子，或者说自以为爱过。他有一头鬈发，迷茫的双眼里好像笼着两团烟。他白皙修长的手指夹着一颗烟，如同缀着一颗红宝石。有时放到唇边，烟雾水样弥漫开来，烟雾的中心是他哲人般沉思的脸孔。我那时愿意被他吐出的青烟笼罩，带着他的气息，还有烟草的淡香。

下田种地水烟筒不便携带，父亲就吸旱烟筒。旱烟筒说白了就是一截竹根，粗些那头凿个孔，以白铁皮包裹，放烟丝。细些的后端同样用白铁包紧，是吸烟口。它来自山中某根细竹，被一双粗糙的手剔出，打磨，磨砺出一种温暖的黄色。小时候我没有玩具，对一切小物件都保持旺盛的好奇心。我玩过父亲的这根旱烟管并且放在嘴里吸过，但不久我就厌倦了。父亲却当作宝贝，干活时烟筒挂在裤腰上，白铁皮被阳光照得一闪一闪。

父亲种过烟叶，一种不同于粮食的作物，毛茸茸的叶片大得很夸张，叶片脉络分明。父亲收回以草绳编成长串，挂在屋檐经阳光曝晒，漂染，叶片里吸收了阳光的丝丝金线，由青变黄，越来越黄，最后成一种金灿灿、黄澄澄与阳光同质的颜色。父亲搭梯子取下烟叶，切成细细的烟丝，慢慢享用。父亲种烟叶机会不多，地要种菜种麦，烟再重要也不能夺了口粮地。更多时候父亲买土烟抽，一张陈旧的报纸包裹着，龙须草捆紧送来，乡下人自己加工的土烟。打开看，烟丝细软，色泽金黄。拿鼻子嗅，眉头慢慢舒展。收下土烟的父亲从里屋找出一张皱巴巴的五元票子。父亲一生俭省，然而花在吸烟上的钱无论如何减省不掉。这是当初爷爷没想到的。以当年爷爷的家境，才会有让父亲一岁吸烟的豪举。爷爷未能预料到后来的世事艰难。

"咳，咳……"高亢的声音穿透空气，并妄想穿透我的耳膜，最后变成一块巨石使劲压迫着我的心脏。咳声就这样像平地拉起的警报，如洪水冲击河岸，而河岸岌岌可危。咳声就这样一声声，刮擦着父亲的气管、喉壁、胸腔，仿佛喉管里有一只小兽要冲撞出来。这样的咳嗽声伴随我长大。经常，父亲在隔壁房间咳，老半天不停，我听得揪心，等到父亲终于停止咳声，我才会安心入睡。第二天清晨，还没起床的父亲咳声又响起，并且那咳声经过一夜的休整，比昨夜来得更响亮。父亲的咳嗽声大，在村里是闻名的，隔着多远的路，就能听见地里干活的父亲，咳，咳，咳，惊得雀鸦乱飞。

看父亲咳得厉害，我会劝父亲戒烟吧。父亲淡然一笑，都这么大年纪，吸一辈子了，还戒什么烟。

我清楚父亲的烟瘾不是说戒就能戒。父亲与烟的缘分在幼年埋下伏笔，经由祖母的手。我不能理解祖母疼爱孩子会用这样极端的方式。父亲与烟从此结下不解之孽缘。

我们并没有认识到烟对人体危害的严重性，在父亲日复一日的咳嗽声中渐渐心安理得，戒烟的话没再提过。我们不知道的是，烟草中的有害物质已经损坏了父亲的肺部，父亲的咳嗽是来自身体内部的警告。我们都太大意了。

2004 年，父亲极度不适。咳嗽、痰带血丝，去医院检查，最坏的消息就来了。

我一直不敢回想，像看战争片，遇到激烈的地方捂住眼睛，如果是录像机之类就跳过去，明知不看残酷也会发生。我承认太多时候我是懦弱的。即便遭受肺癌的折磨，父亲依然留给我一个坚强的背影，甚至都不会呻吟一声，默默承受。活着的悲剧意义在于无能为力，父亲无能为力，我也一样。

多年后想起来，那段日子还是记忆里的一个黑洞，我不能确信真的度过那样一个艰难的时期，与死亡面对面，它就在我伸手可及的地方。我曾经那么怕黑，在黑夜里，我生病，父亲背着我，抱着我，哄着我入睡。父亲去的是一个更长的黑夜，没有尽头，我只能目送他的背影。

多年后，我在我住的小城和故乡之间来来去去。我去看父亲，他的坟上长满野草、刺藤、芭茅，看着茂盛的草，我束手无策。我和母亲最后划一根火柴，点燃了那些植物。烟升起来了，烟裹挟着火苗，"哔哔剥剥"，火苗在风里壮大，烟也愈浓。不知地下的父亲能否感受到烟，能否让他有一丝温暖。看父亲回来，我坐在父亲常坐的木椅上，觉得家里太安静了，没有咳声，没有"咕噜咕噜"抽水烟筒的声音。我想到烟，忽然觉得人生与烟惊人相似，都是一场幻灭，火苗从壮烈到微弱，直至熄灭，只留一地黑色的灰烬，像撕开的一道黑色伤疤。

"蓝田日暖玉生烟"，李商隐的诗句太悲哀了些。我站在暮色笼罩的村口，看风扯起瓦屋顶上的一缕炊烟，淡蓝色，寂寂无声，向着浩渺的穹宇飞去。烟和我，同样孤独。

荒村蚂蚁

　　我在观察一只蚂蚁。闷热焦灼的午后，天空像只反扣的灰色大锅，压在我的头顶，我被热力搅拌着，像一粒渺小微尘。我看着一只蚂蚁，打量着一个微观的世界。这只蚂蚁感受到了空气的重压，想要把比自己体积大数倍的一粒重物搬走。它的身体费力前倾，艰难移动。偶尔它会停下，绕着重物打转，是在思索对策？原谅我对一只蚂蚁用了"思索"两个字，我相信一只蚂蚁也会思考，比如，该怎样搬运？选择哪条路径距离自己的家最短？

　　我理解一只蚂蚁，如同理解我自己。蚂蚁搬运重物，我搬运文字。文字看上去细小轻盈，一串黑色的符号，精灵一般，散漫，无可指认，隐藏在思维深处，你必须费劲捕捉，像捕捉天空自由滑翔的小鸟。排列，组合，使之成为一个更高的意象，达到无限的可能。因为指向无限，文字之于我，大于重物之于蚂蚁。

　　夏日的午后，突然而至的暑热，将一只蚂蚁的慌张晾晒在我的视线里。我这样蹲着已经很久了。那时候有一串雷鸣如咒语低低掠过空中。我能感受到一只蚂蚁的绝望。

　　多数时候，我行走在密集的人流里，像一只命运未卜的蚂蚁。我固执地想要以渺小的足印丈量远方。我精疲力竭，远方却还是一个虚拟的景象，生长在前行者的传说中。

　　一场急雨就要下来，云层压到我头顶，空气不安地颤动，我想如果此时我划着一根火柴，肯定能点燃那些焦灼得要冒出火星的空气。

我得以如此近距离地观察一只蚂蚁，是因为这一刻我远离了水泥的包围，我双脚踏着的是故乡的土地。土是黑土，适宜任何作物的生长；地是好地，宽广，辽阔，丰饶。但被大量抛荒的土地说明人们已经走失在钢筋水泥的迷阵里，他们抛弃泥土从而也失去了泥土的护佑，挣脱成断线的风筝。他们将飘向哪里，我不知道。我们每个人都是一只行走在大地之上的蚂蚁。离开了巢穴的那些蚂蚁，它们将奔向哪里？

蚂蚁明显没有这些人类的困惑与迷失，来自思想的障碍。蚂蚁这种动物，因为简单所以忠实，一辈子在土地上寻寻觅觅，负着比自身重数倍的物体，如推着巨石的西绪弗斯。我无疑比一只蚂蚁更有理由悲哀，我负着的重量是指向无限可能的文字，我把自己的有限去填补无限，一只填海的精卫。

故乡的大地被绿色缠绕、拥挤，绿在这里如此汹涌，像欲望找不到出口。等那只蚂蚁终于进了蚁穴，我才发现我站在一片绿色的荒芜中。向上望，一条蜿蜒的白色布带样的小路指向不远处的一个空村。那里的人早已搬空，前几年，最后的一个五保户老头终于也听从安排撤了下来，他是坚守在荒村的最后一名斗士。原来是他和他的妻子一起坚守，像两只孤独的老蚂蚁。老妻过世，荒村只剩下更加巨大而无边的寂寞。寂寞有时可以是一头巨兽，吞噬着你的每一根神经。很多次，我看到这个被迫搬迁的老头，站在下面的叫上屋的屋场，如一只失群的孤雁，或者一只找不到洞穴的蚂蚁，对着空村眺望。阴云笼罩着他苍老的面庞，他抖抖索索的嘴唇蠕动着，偶尔吐出一两个模糊的音节。他枯井一样的双眼昏暗幽深，两滴混浊的液体深陷在眼窝旁沟沟壑壑的皱纹里，沿着面颊艰难滑落，又被风舔干，成了两道带了白霜的痕迹。他的视线每次都准确无误地朝着那个叫窑湾的村子。他搬出了窑湾，还是以这样眺望的姿势完成对窑湾的坚守。窑还是姚？我从来没有就这个疑问向谁讨教过，不值一提的小事，也没有谁会提供正确的答案。我站在窑湾和窑上两个屋场交界的路口，空村窑湾就在我视线不远处，首先映入眼帘的是村口一棵巨大的古树。它像一把从天而降的绿色大伞卧在村口，在它浓重的令人不安的浓黑深影里，能看到影影绰绰的黑屋顶。我惊奇的是幼年记忆里这棵树并没有这样硕大无朋。在故乡，我发现一个事实，越是荒无人迹的村子，树木就生长得越快，好像树木和人类一直以来都在做着抢占地盘的斗争，人类退出，村庄就成了树木狂欢的天堂。我在一些古老的村子里，经常会遇到这样巨大的树木，它们迅速收复曾经被人类蚕食的空间，将巨大的根系扎入泥土，将村庄变成绿色的深海。

窑湾，窑上，上屋，老屋，这都是与我出生的小村夏湾相毗邻的屋场。

母亲如果在身旁，是不会让我接近这个村子的，哪怕张望也不行。多年前这个村子的一个农民，做生意发财，搬出这个村子，没想遭遇痛失爱子的打击。求子心切的男人，以为金钱的力量足以买到他需要的骨血。可他不知道金钱是把双刃剑，不与幸福等同，更多时候却是灾难的化身。这次失败的收买酿成一桩震惊全县的血案，那个女人骗了他，人财两空的他杀了人。他自知逃不脱法律制裁，于一个黑漆漆的夜晚，在这条羊肠一样弯曲的小路上将自己的生命结束于一根绳索。在事件叙述者的讲说中，临死时他面向着生他养他的窑湾。

我想是那件意外事故加速了窑湾的空芜。窑湾在母亲的叙述里更加诡秘，简直是充满着巫一般的神话。你大哥有一个傍晚在对面地里干活，回家后病倒，几天起不了床。母亲一次又一次告诫我远离那个不祥之地，连张望都不能。我对于母亲的过度忧虑并不放在心上。此时我正面对着那条路，但我还是没有勇气走上去，去凭吊一座已经空掉了的村庄。我只是远远望着，回忆着童年里有限的几次到达，模糊的影像如一幅褪色的图画，纸张发黄，暗淡陈旧，时间的水渍在画面上留下斑斑陈迹。

记得是极小的时候，远未到上学的年龄。父亲在窑湾耕田，把我安置在村口的一块大石上，我的头顶就是那株大树。以我那时低矮的海拔来打量那株大树，它也远没有给我造成任何震撼，它就是一株普通的大树而已。眼下它则像被施了魔法，拼命生长，将一座摇摇欲坠的空村掌握在自己绿色的巨掌之下。那个夏天的傍晚，父亲在田里挥舞着竹鞭，老牛在竹鞭的威胁下拖着沉重的犁铧。一人一牛，是黄昏晚霞里一幅黄色剪影，暖洋洋。风吹散橘红晚霞，风吹散白日暑热，带来傍晚水样的安静与凉气，夹杂着水草气息。青蛙开始咯咯交谈，悠闲的，散漫的，有一搭没一搭，像农人拉呱着播种、雨水与收成，像农妇充满自豪地说起自己的男人和伢子。当青蛙的叫声像密集的鼓点，温暖的暮霭像一匹青灰色帐幔覆盖下来，将窑湾连同我们笼罩在怀抱里，一个静谧安详的夜晚即将来临。那个夏日黄昏，我能记起的就这么多，记忆也像人生，有种不彻底的模糊。

绿在我的意象里一直是轻盈而充满活力，象征生命的蓬勃，然而在这里，我看到沉甸甸的绿，厚而浓，是滴落在纸面上的没有化开的绿颜料，逼着你的眼，不由不心惊。被绿遮蔽着的窑湾，我只能看到黑瓦黄墙的一角瓦檐。窑湾是父母当年搬家的第一站，年轻的父母那时刚结婚，有足够的力量与激情去背负生活的重压。但现在我已提前衰老，只能一遍一遍追想着昨日昏黄的光影，像一只提线木偶。每一个人都活在自己的来处，一生走不出。

窑湾背靠司空山，老屋、上屋、窑上几个屋场的人去山上砍柴必须经过那里。年轻的男女，成群结队，唱歌，打闹，嬉笑，沿着羊肠一样的小路，穿过那时还热闹的窑湾走向山头。砍柴，放牛，割草，艰苦的日子咀嚼起来苦涩中有了甘甜，因为远而缥缈，知道回不来，也就格外念念不忘。人的一点念想总是那样不可得，过去如此，现在如此，将来也如此。过去我们渴望着未来，抵达未来我们又怀念着过去，患得患失，茫然无措，无处安顿。看着荒芜的窑湾，耳边仿佛还回荡着多年前村里年轻人恣意的笑声，在这样的笑声里，我和故乡，在加速老去。

雨终于下来了，更多的蚂蚁纷纷扰扰，像一些黑色的句点，它们要赶在暴雨来临前躲进蚁穴。母亲及时来到我身边，递给我一把大伞，黑色，骨柄生长着黄色锈迹，像我锈迹斑斑的童年。我的童年，我童年的故乡离现在仿佛过了一百年，其实一百年也不足以比喻故乡在这几十年来的变化。

如同印证母亲的预言，当天晚上我头痛欲裂，浑身发软，有恶心呕吐的感觉。老迈的故乡，那只身负重物的蚂蚁，我渺小的无足轻重的悲欢。我希望睡一觉就好。我是一只笨拙的蚂蚁，我不能把故乡讲得更好。

消失的时间

一

春天和夏天的交接是在雨水里完成。我坐在木门槛上，看屋檐水匀速下落，掉在土宕里，"嗒嗒嗒嗒"，我想起隔壁桂爷家的自鸣钟响。时间驶向虚无。那是个栗红色木匣子，玻璃罩子后面圆圆的钟摆，指向一个神秘的世界。我家住桂爷家隔壁，经常听见钟声响起，"当当当当"，荡气回肠，恢宏庄严的低音，沉重的金属质感。我多大还不认识钟点，为什么长针反而没有短针代表的时间多？这个问题我想不清楚。三年级在亲戚家玩，有个大人叫我，看几点了？我装模作样看壁上挂钟，脑中混沌一片。邻村漂亮的女孩，比我大一岁，毫不犹豫报出时间来。我一直生活在聪明漂亮女生的遮蔽里，这是小时候的感觉。

小时候一多半在桂爷家度过，父母忙农事，桂婶多病在家，我被父母送到他们家。桂婶做针线活，碎布头拼成五颜六色的围嘴，小布鞋，弟弟睡在摇床里，一个浓眉大眼的男孩。在桂爷家我静静翻一本果书看，红色的苹果，黄色的鸭梨，怎么种，怎么防治虫害，我看不懂文字，只看美丽的图片，惋惜那么美丽的果实里面钻了害虫。更多时候我静静听着钟摆，迷恋于钟声敲响的时刻，庄严，从容不迫，但那时我对时间还没有形成敬畏。

我坐在大门槛上，看浓厚阴云的天空，雨滴从高处落下，吧嗒吧嗒，下面的土宕被滴水浇出粗硬的砂砾。父亲戴斗笠披蓑衣，光脚走过稻场。父亲去地里栽山薯，去田里插秧，春夏之交的雨水滴落在蓑衣上，伶伶俐俐往下淌。父亲匆忙的身影也像一滴雨丝飘过，稻场边的杏子树开始打出水泡样果实，乌桕树撑着一把巨大的绿伞，棕树举着扇形的叶片，屋后竹林里新生的竹笋吸吮着雨水，过几天看没准又拔高一大节。稻场外还有一棵蓖麻，会结带刺球形果实，我对这种植物淡漠得很，不开鲜艳花朵，结不能吃的果实，我怀疑它的价值。可它屡屡从记忆的海面跳出，鱼儿一样欢快，此刻它来到我的笔端，一同来的还有往事。雨季长长，秧苗绿得养眼，空着的水田在等着插秧。

如果是插秧，母亲一定会在土灶前蒸圆子。圆胖瓷实的糯米圆子睡在笼屉里，笼屉坐在水上，水烧在锅里，锅底烧着枞树柴。"咕嘟咕嘟"，沸水撞击笼屉，水分子以气体形态飘得满厨房都是，母亲就在雾气里忙碌。母亲往水缸担水，往灶里添柴草，往碗里打鸡蛋，脸上有种稳妥的喜悦，还只在插秧时母亲就在憧憬丰收的稻谷。母亲的心情我没有过多关注，我只对吃食上心。都是我们平时舍不得吃的好菜，我小心翼翼地吸着鼻子，美好的气味吸进去，慢一些，再慢一些。我对气味如此迷恋。

有时候我也戴斗笠上学，家里唯一的黄布伞被姐姐打去？不记得了。斗笠的篾骨薄而坚韧，桐油的芳香罩下来也像下了一场细雨。我对气味敏感，我爱闻爆竹燃后的硝味，爱油菜花开的粉甜，青草发芽的清新，苏醒的田野厚重的泥腥味。可我又对韭菜、莴笋、大蒜等气味浓烈的食物极端排斥，菜园里几乎找不出我可吃的菜蔬。挑食是一种顽固病症，与我的童年如影随形。（一九）五八年你要出世会被饿死。母亲屡屡这样开始她的不满。接下去母亲真正沉浸到（一九）五八年的情绪里。（一九）五八年饿死很多人，母亲眼神复杂。

母亲以（一九）五八年开头的故事令人乏味，说来说去都离不开"饥饿"。（一九）五八年一个队的人饿的，爬不上司空山脚下的老虎石。毛女的奶奶饿死了，我不该去找回她偷我的一只鸭，一条人命啊。母亲的表情变得痛苦，为她的年轻鲁莽。毛女她妈爱莲光着脚去窖里偷山薯，吃完出来，大雪纷飞，回到家脚趾头冻落了。毛女是个头脑发育迟缓的女孩，已嫁到山外。那时她一家老弱病残，出不了工，弄到活命的吃食比别人更艰难。我的一只鸭子找不到，有人告诉我说毛女的奶奶捉去了，我硬去找了回来，我多后悔，第二天她奶奶就死了。母亲后来吃素，对着菩萨忏悔，我怀疑与此有关。母亲的故事毫无新意，翻来覆去就是那几句，陈旧的颜色、冗长絮叨如沉闷雨声。我爱不爱听她都说，我喜不喜欢雨都来。我也饿过，我饿因为我偏食，所以咎由自取。我对着桌上的菜蔬和食物哭泣，不肯吃饭。莴笋、黄瓜的气味闻之欲呕，苋菜的叶子吃了嘴里要打出渣子。母亲又开始叹气。（一九）五八年哪里能吃到这些东西！她痛心疾首，为我的暴殄天物，母亲当对食物毫不挑剔，就是我的一个反面。五八年母亲吃过糠，还有什么是她咽不下的，她哪里能体会到我食不下咽的感觉？我不知道（一九）五八年到底是一个怎样的年份，让母亲一讲再讲。我出生于七十年代中期，那时已然温饱，却依然改变不了我忍饥挨饿的事实，我挨饿没人同情，谁叫我偏食。从小我对这个世界满含挑剔，对我自己也是。我经常坐在电脑前敲一段文字，一秒钟前满意极了，一秒钟后又挑鼻子挑眼。没人会同情我的挨饿，母亲说得没错，我幸亏没有出生在一九五八年。

我并不喜欢戴斗笠。戴斗笠没那么诗意，斗笠代表落后，轻便布伞才是富足优裕的象征。我听雨水在头顶"嗒嗒嗒嗒"，水滴顺着笠面淌，一圈弧形雨帘，以我为中心的弧形。我穿大一号雨鞋，迟疑着步子往前挨。身边全是油布伞，"沙沙沙沙"，春蚕噬叶的声音，优雅，不想惊动什么似的。我头顶的雨声却有恃无恐，像无赖小儿撒泼，像急豆子下锅，一点不好听。我看见我的身侧，一双合脚女式短雨靴，击打路面溅起欢快的水花。可为什么我要穿大号雨鞋，黑色的，哥哥穿过的，放在角落里堆积上厚厚的灰尘，下雨天被母亲拎出来，放在我的床头，我就感到了一阵阵的忧愁。我忧愁的理由很小，我的"为什么"很多，没人理会。晴天也不会好到哪里，母亲布鞋做得粗糙敷衍，模样丑陋，小时候我总有藏起双脚的欲望，明知藏无可藏。

自卑是生长在骨头里，见老师不敢抬头，低头注视自己不合脚的鞋子。读一年级班上有位生得美的女同学，穿的也好，梳长长的发辫，骑在她父亲脖子上去上学。记得她母亲送过老师一袋红艳艳的桃子，我从没见过那么硕大鲜艳的桃子，我对于这些无关紧要的画面总是记得很清晰。也许因为馋得慌。幼年的我是一株狗尾巴草，低向尘埃。一年级的班花，会看钟点的漂亮邻村女孩，这些和我又有什么关系，但记忆跳不过它们。长大后再不老是低头，如同在大地上寻找伤口，也不丑小鸭，却仍然会在美丽的女子面前局促不安。自卑已然长成细胞一分子，它巨大的阴影蛰伏在隐秘的某个部位，随时显现。

父母从没送过我上学。我背着蓝布书包，一个人，沿着小路悄悄走。若是走在围墙下，我是要贴着墙根走的。我不合群，跳皮筋踢毽子样样不会，下课后一个人坐在教室，面前摆本课本，海阔天空乱想。同学以为我努力，只有我知道我是笨到没朋友。

我有旧物癖，穿过的衣服坏了仍不舍得丢，因为和我相亲过，有了我的气息，我能抛弃我的气息吗？绝对不能。我回老家，在柴房、杂物间、堂轩、客堂搜索，我不放过每一处，蓑衣斗笠不知所踪，遁入时间了吗？

雨还在下，一滴一滴，毫不犹豫地坠入大地。我依然坐在堂轩木门槛上，看屋檐滴水匀速落下。我觉得这场雨一下就是三十年，人生其实就是看一场雨。我相信面前的水珠就是三十年前的水滴。雨自云层落下，化作蒸汽上升，再落下，再上升，循环往复，三十年后的雨水里必有从前的那一滴，我的血液里也必有父亲的血脉。嗒嗒嗒嗒的雨水，哗哗流淌的时间，雨水漫过大地，时间流向哪里？

福克纳说，千万不要把所有的力气用来试图征服时间，因为时间是无法征服的，时间不战而胜，赢得不费吹灰之力。不错，我们都是时间的手下败将。

明白这一点的时候我已经人到中年，而父亲永远拥抱了大地与泥土。雨水滴滴答答，我也不会再想桂爷家的自鸣钟。桂爷搬走，桂婶去世，桂爷的儿子，我那小时候的弟弟，他的灵魂迷失在灯红酒绿的城市。每次遇见我他依然乖巧，听我的话，仿佛还是三十年前跟在我后面玩耍的孩童。但他的眼睛里没有了焦点，没有了内容，没有了思想，他看世界是混沌一片的雨水，一直下一直下。他靠药物来与这种迷失对抗。灵魂的疾病比肉体的疾病来得要凶猛得多。没有雨水会迷失在空中，一滴滴终将坠入大地，有些东西却注定会消失在时间里，像我那兄弟找不回的灵魂皈依。多年后我在老屋寻找斗笠与蓑衣，却怎么也找不到，它们消失在时间里，时间消失在哪里？

我读那首耳熟能详的诗：西塞山前白鹭飞，桃花流水鳜鱼肥。青箬笠，绿蓑衣，斜风细雨不须归。

斜风细雨年年有，父亲却再也不归。

《红楼梦》最后，宝玉披一件猩红斗篷，赤脚走向茫茫大雪深处。这就是人生吗？万花红遍都只是刹那欢愉。

二

我同时寻找着的还有一把二胡，一把深棕色的二胡。

堂轩、客堂、杂物间、卧房，我找啊找。寻找是人生的一个常态，我经常寻寻觅觅，冒冒失失，慌里慌张。钥匙在袋子里吗，手机随身携带了不，钱包放好了没有，我的帽子哪里去了。这般琐碎，触须一样细小的牵扯，谈不上多痛，都是生活的虱子。《上海往事》里，老年的张爱玲在鞋子里找臭虫，日复一日，鞋子扔了一双又一双，虱子终究是生活里躲避不成克服不了的咬啮性的小烦恼？（张爱玲语）

街头传来二胡声，像黑暗夜空射来一束明亮光线，照亮了些什么。它穿越扰扰市声，苍凉颤抖的琴音向着内心逼来。那时黄昏的夕阳将一条街道铺满，西边一颗火球被山峰托在掌心。落日下坠，以飞蛾扑火的姿势做着死亡之吻。落日死亡，又会自黑暗里再生。父亲的二胡远去了，还会再来吗？城市的风成分复杂，我嗅到尾气与灰尘，我还嗅到脂粉香汗臭味。拔地而起的高楼，鸽子笼的窗户，人工培育的花朵，大棚里催生的作物。我又想二十年前，我来这求学，穿一身土气的衣服。车窗里我首先看到清澈的衙前河水，洁白的沙滩此后一再出现在我稚拙的文字里。中专三年我写过多少文字？不记得了，日记、作文、习作、断句的所谓诗歌，都成了尘埃。眼下我眩晕于浩浩荡荡车的河流，拥挤的私家车，一辆接一辆。为什么要买这么多车？我的为什么仍然很多，依然无人理会。我老家也是，几乎家家买车，车多女子少的农村。正月回家，镇上唯一一条主干道堵塞了，患了肠梗阻的街道，车连着车，从我坐着的中巴望出去，小车像一串贝壳被编织在路这条飘带上。我焦灼，我不爱待在人多的地方，有恐惧妄想症。司机豪情万丈地说，农村人挣钱，就是造屋买车，不然挣钱为嘛。我认不出自己的家乡，衰败的更衰败，浮华的更浮华。走在村里，我认不出我的乡亲。年轻人在城市里漂着，候鸟一样迁徙，一样的西装革履，一样的意气风发的脸，我记不住谁是谁家的。年老人带娃，每月领来自远方的生活费，见人爱问，挣多少？车子买没？收不到生活费的老人，拖着孤儿一样的孩子，在生活里苟且，没有远方。邻村男孩在温州私人小厂上班，掉入滚沸的水中，尸骨无存。也有人莫名其妙消失，像压根没存在过。邻村男子打工不归，老婆跑了，丢下女孩随奶奶艰难度日，野草样生长，来不及长大就沦陷，重蹈命运的覆辙。混得好些，买小车，起楼房，开崭新车子，脸上写着成功的字样。因为我失败，所以我躲着成功。膨胀的城市，盲目的乡村，我一律躲着，像小时候躲在墙根下走路，躲在教室里胡想。《二泉映月》曲音如泣如诉，初夏的原野，插秧的人群，细雨如丝，山峦耸立如屏，父亲的二胡琴音，我被琴声惊醒的童年。

父亲在文工团里做琴师，拉二胡为演员配音。演员唱黄梅戏。"我家住在大桥头，起名叫作王小六……"父亲的二胡声和演员的声音互相成就，纠缠、衬托，攀上一个个音阶。圆润甜美的是女声，听到这样的声音，你会想到孔雀开屏，那种繁复亮丽，也会想到潺潺清泉，那种澄澈见底。乡下戏班里的女声则是田间地头火红的杜鹃，热辣辣，明晃晃，不加修饰的声腔，撕云裂帛。

演王小六的演员临时有事，父亲代那人演戏。父亲没有线衣，一件空荡荡棉袄套身戏服，这样臃肿的王小六。父亲就那么往台前一站，刚待开口"我家住在大桥头"，人群乐开了。那是父亲失败的也是唯一的一次演出，母亲对我说起多次。母亲说着这些的时候，父亲正调着琴弦，高低音阶，咿咿呀呀，湿湿的乐声，湿湿的雨季，让母亲的故事也有了淋漓的水汽。

赶上下雨天不出工，父亲就会坐在家里拉二胡，边拉边唱："我家住在大桥头"，或者"洪湖水浪打浪……"，"春季到来绿满窗……"我奶声奶气跟着琴声飙高音。我那时声音清亮，像门前哗哗小河水，总会博得乡人喝彩。我现在声音沙哑，我觉得是肺部吸入城市尘霾过多。文工团解散，父亲靠一把二胡滋润寡淡岁月，滋润我。往往是这样，在睡梦中被父亲的二胡声唤醒，瞎子阿炳《二泉映月》被父亲拉出的却是欢乐的调子，我凝神细听，直到再次进入梦乡。那时不知道父亲拉的是《二泉映月》，但那水一样的月光已经长在了心头。

我母亲热爱讲故事，狐精鬼怪那是她奶奶说给她听，她转述给我们的。我没有遗传母亲的这一天赋，我听故事过耳即忘。母亲还善于将父亲的各种经历变成故事来讲。我是听着母亲的故事长大的，她好像总不能在心里埋藏什么，一定要讲出来，编成故事。就像我一定要把内心变成文字写出来，这一点我们相同。

生活粗糙，日子清贫。为着农田里的水，邻家的屋基，父亲和人偶有争执，两家对骂，乃至上升到肢体冲突。有天我在田埂上坐，采身旁白色的小花。毫无预兆的，父亲和邻屋一个男人先是对骂，父亲嗓门大得像打雷，一瞬间两人扭到一起，相抱着滚下一段斜坡，掉入满是泥浆的农田。我目瞪口呆，来不及哭，我双腿发软不知回去喊人帮忙，更不提帮助父亲，我那么小，况且我没力气。大哥气力惊人，十三岁就开始挣工分的大哥膀大腰圆，有好几次我和母亲去隔岗屋里听说书。村里人家有了喜事就会请说书人，敲着一面小鼓，"咚锵咚锵"开始讲说起来。走到岭头母亲忽然止住脚步，凝神细听。"扑通、扑通"，我恍惚也听到沉闷的声响，夹杂着人声。母亲拔腿飞跑，惊慌失措，你大哥又和人打架了。母亲一路哭喊过去，大稻场上大哥已经把对手压在身下，旁边是倒了一地的板凳木架。

只有二哥学会了拉二胡，拉黄梅调，拉流行的歌曲，《一剪梅》：

"一剪寒梅傲立雪中……"优美悦耳。二哥上师范，一米七多的身高，英俊的面孔。会吹口琴，常吹那首："你到我身边，带着微笑，带来了我的烦恼……"听得我糊里糊涂，不明白一个人来到为什么会影响另一个人的心情。我瞅着父亲不在，搭条板凳，将挂在壁上的二胡拿下，架腿上，学着父亲样子拉，琴弦发出刺耳的声响，要么干脆不响。我一直学不会拉二胡。

总是这样吧，有些场景我们并不懂得珍惜，有些人我们并不知道会走丢。在老家，我寻找那些旧物，寻找我的童年，寻找消失的时间。寻找是人生的常态，我没法不寻找。

中年是和解的年龄，我的偏食症不治而愈。某天对着镜子，我发现里面的人越来越像父亲。那恰好也是个雨天，雨水从瓦檐均匀滴下，"嗒嗒嗒嗒"提醒着我时间的存在。

理想终将照耀

一

路过老祠堂，当熟悉的马头墙、门前一对被时光打磨得温润溜滑的骑马石映入眼帘，过往如呼啸的列车，被记忆的闪电击中，坠落成零碎的片段，无比清晰又无比模糊。不得不承认，儿时的经历，甜蜜或疼痛，其实就是一个人必须终生携带的胎记，秘不示人，血肉连心。

在门前踌躇，一把铁锁冷冷把守，我只能从门缝向里张望我的童年。

影壁挡住视线，能看到狭窄的一道院地，院内阒寂无声，连那道微黄的阳光仿佛都旧到有种不真实感。耳畔响起脆脆的童声，朗诵、喧哗、哭泣打闹。三十年前，刚入学的我傻傻地站在姐姐身边，像一道怯弱的影子。我茫然地看一个刚入学的小孩站在对面台阶上哭泣，一双小手在脸上交替揩抹眼泪，一不小心裤子掉下来露出光屁股；更多的是在打闹、追逐、跳皮筋、打弹子，整个院子沸反盈天。我不明白我何以要来这样一个陌生的地方，等待我的将是怎样波折的命运。姐姐正和她同班的女学生踢毽子，熟练而又从容自若，和我的呆若木鸡恰是相反。你妹妹是你家最小的，那你妈妈一定很疼她？女同学这样问姐姐。记不得当时姐姐的回答，或者根本没有回答？时间已经抚平了一些往事，连同那些幼年的同学，只剩不能确定的面影。

我上学时年纪还太小。5岁，混沌未开，每天和阿东在她们家大稻场上过家家。野草是菜，沙子是饭，土坷垃是肉，一律用瓦片装好，学着大人的话说，开饭了开饭了。又手牵手装作去走亲戚。扮新娘那是不成的，须得有邻屋的小孩来加入才玩得起来。两个人双手互相交叉握紧是轿子，轿子上坐了搭着花手帕的新娘，远远的新郎骑了"马"来迎亲，得意扬扬的样子，只是偶尔拖出的鼻涕显得这个迎亲场面不够端严。

从我家到阿东家要经过一个小小山嘴，绕过去就见一丛修竹，竹影婆娑，翠荫森森。竹林外是石头垒砌的低矮石墙。竹林内是一条青石板路，从这里到阿东家须经她大妈家屋内穿过。还有一条路径是顺着石墙外的土路走，就是阿东和她大妈家的一个公共稻场，再穿过一个黑瓦土砖大门，阿东家的石头门赫然就在眼前。

我以为日子可以一直这样无忧无虑过下去，饿了吃，吃了睡，闲暇时候就去找阿东过家家，穿着母亲做的千层底布鞋走在石板路上寂寂无声，竹枝间有鸦雀叽喳鸣噪，却越发显出这个小山弯水样幽深的静来。或者阿东穿过竹林来找我，未到我家门前就听恨恨一声：阿莲！阿东喊我因为急切总带着一点恨意，仿佛责怪我屡次不能在她喊我的第一声里出现在她眼前。

就有一天阿东大伯笑着对我说，要穿鼻子了！

经常听见乡人把读书说成"穿鼻子"，这让我百思不得其解。可阿东大伯并不向我解释，犹自随了我以受惊的眼神迷惑地看着他。那年头的大人对小孩总爱呼来喝去，打骂随心。胆小的我并不敢和大人说话，怕一个不小心被他们捉了去。他们好像也颇得意于我们的惧怕，经常咋咋呼呼吓唬我们：小孩不听话看我捉了你去。傍晚我偷眼看放学了的哥姐，见他们的鼻子安然无恙挺立在脸庞上，这让我稍稍放了心。

那一天果然来了。隔前母亲找了块大些的布头，是父亲蓝色裤子用剩的边角料。母亲的针脚大而潦草，做不完的活计磨损了她的耐心。母亲缝好书包，让我背着试了试，夸奖几句以后会念书的话，第二天那个蓝色书包就正式背在我的肩上，预告我已是一名小学生。

读书原来这么可畏，这让我不曾料到。坐在教室里，跟着一班小朋友摇头晃脑地读："滴滴答，滴滴答，下雨了，下雨了。下吧下吧，我要开花。下吧下吧，我要发芽。"这也就罢了，虽然并不明了句子的含义，但起码语文课文上美丽的插图，比如几枝鲜艳欲滴的桃花，嫩绿的树木，迎风滑翔的春燕，都很令人赏心悦目。可憎的是数学课！师资缺乏，数学老师由食堂的师傅兼任。坐在下面的我呆呆看他声嘶力竭地讲课，一头雾水。他讲课其实是卖力的，他时时扯着他的大嗓门以致太阳穴处青筋毕露，一双眼睛骇人地大睁着，逼得我们的眼神四处躲闪。遇到我们回答不上来他的问题，他那根烧火棍改成的教鞭就会将讲台敲得"砰砰"响。

学校是本姓老祠堂，离家大约两里地，在我那年纪已是遥遥了，路上又横卧一块一尺多高的长方形条石，我每次攀越都需要姐姐的帮助。也有独个上学的小学生爬到石脊上上下不能，惹来一众学生的笑声。关键是数学老师又那么可恶，我越发想念从前随心所欲的生活。

然而才逃了一下午学就惊动了父亲。父亲在对待我们读书这件事上毫不通融，哪怕村人当面取笑他，给孩子读那么多书有什么用？给女孩读书那不是给别人家读吗？于是，接下来的日子里每天都是读三年级的小哥举着一根细竹棍"送"我到校。我哭着赖着不肯走，小哥的棍子到底不敢往我身上落，只好陪我哭。

偏科是必然的。三四年级的我识得几个字就爱偷看大人的书，又天生是个幻想家。记得第一次写作文遇到一点阻力，让姐姐在我的作文本上给我起头：瓦蓝的天空上飘着几朵白云。以后的作文我越写越顺手，经常作为范文在课堂上被老师高声朗诵。可数学课上我却尴尬莫名。那时候已是磕磕绊绊读到四年级，食堂师傅走了，新换的数学老师虽然看上去未必凶，可他的戒尺敲在手板心却火辣辣疼，比疼更令人难以忍受的是我可怜的自尊那一刻稀里哗啦满地。

小时候我自尊就强，有一次高高兴兴穿一条新做的花哔叽裤子去邻屋，一个大婶揶揄我：穿了新裤子也不好看。我又羞又恼却无力反抗，对那些喜怒无常的大人更加畏惮，觉得他们是我断不能理解的。

可即便我的数学成绩差成这样，这位数学老师居然也有表扬我的时候。有一次他说，每个人都有优点，比如某某同学，虽然数学成绩不好，但作业写得都很工整。作为某某同学的我当时坐在下面，听了老师这种恳切的表扬又羞又愧。

在这样的背景下，黄海老师的出现几乎有救世主的意思。

黄海老师出现在我家里时我正挑着箩筐准备去地里割山薯藤。他站在门边，矮而敦实，一双大眼睛和气地看人，牙齿稍稍突出，却显出一种天真的羞涩来。师范毕业的黄海老师那时也就十七八岁吧，有热血与干劲。黄海老师是劝我去上四年级暑假补习班的，不记得他当时的说辞，但无疑他饱满的热情感染了我，还有就是他对一个差等生不放弃的平等观念也令我感动。那个暑假补习班是我人生的一个重大转折，我至今不知道黄海老师具备什么样的魔法，治好了我数学差的顽症。那些面目可憎的数字从此变得生动有趣，它们把我带到一个美妙又神奇的世界，生活向我打开另一扇门。

那是一段蒙昧初开的岁月，成绩提升的我受到极大鼓励，未来在我的想象里成了一幅美好的几可触摸的画面。那时候《军港之夜》很火，同班一位家境好的同学有本塑料笔记本，里面有苏小明深情凝视前方的照片，背面印的是那首歌的词曲，我们轻轻唱着："海浪把战舰轻轻的摇，年轻的水兵头枕着波涛……"我热血满怀，好像我们就是那些水兵，正开辟风浪远航而去。黄海老师正是我理想的最初指引人，他鼓励我们上进，为了激励我们不畏困难，他让同学轮流读书报上革命先烈的英勇事迹，教我们唱革命歌曲。《五星红旗迎风飘扬》《国歌》《没有共产党就没有新中国》，这些歌曲一律有种明亮激昂、铿锵有力的调子，这样的旋律碰撞上一颗跃跃欲试的心，擦出了理想的火花。

其实理想于我而言是一个模糊不清的概念，可我能朦胧地感觉到它的存在。那是一种未知的陌生的体验，它就像空中一颗明亮的星星，终会将我照耀，而我必得付出百折不挠的努力才不致让它变成泡影。

二

我一直是早熟的，读初中时这种早熟倾向越加突出。

那是一个油菜花怒放的小镇，每到春天，我们的校舍周围都是铺天盖地的油菜花。站在河堤上眺望，学校就是金黄花海中的一座孤岛。杜鹃开在更远些的山头，黄红紫都有，经常有女学生采了满手的杜鹃养在玻璃瓶里，简陋的女生宿舍就有诗意在流淌。

诗意同样流淌在我体内，像三月的暖风，却也恍惚知道美丽的空茫不可把握。除了发奋似乎没有抵达的路径。

我最爱坐在油菜花丛中读书，身前身后千朵万朵的油菜花，精致的小花瓣，黄得让人心暖，空气里弥漫一股甜香，像蜜。如此我背诵的每一个单词或句子好似也被花蜜熏染过，蛊惑人心，我知道它们一头连接着他处的远远不同于眼下的生活。

作文依然写得洋洋洒洒，有过幼时阅读的功底，又自作聪明地模仿一些看过的文章，免不了经常有作文选了贴在全校的黑板栏上，在课堂上被那位面容沉静的中年语文教师表扬。于是更要不认输地啃书本，唯恐被人赶超了去。

数学老师是位大专生，讲课水平自然不错，又有小学时黄海老师帮助打的底子，初中数学我总会考全年级第一。晚自习后点了玻璃罩子煤油灯做题到深夜，白天走过学校操场经常听得背后有同级学生小声议论着我的好成绩，心中窃喜却又要装作毫不知情。

数学老师会给成绩好的学生开小灶。作为一名全日制大专生，他是新潮并儒雅的，穿了暗格子的西装，自然卷的头发，课讲得妙趣横生。晚自习上作了一番布置后从讲台慢慢踱下来，站在成绩好的学生身边看着学生做习题，遇到疑难的地方，他就细细讲解，不厌其烦。我总是受此种殊荣最多的学生。

英语老师虽是民办教师，却是那时并不多的高中毕业生，人亦不俗。她经常穿了一件玫瑰紫的尼龙洋装，梳一个长长的马尾，黑色料子裤，半高跟皮鞋。喇叭裤的流行已经是两三年前的事了，此时那种夸张的裤脚逐渐回归为不大不小恰恰盖住半截皮鞋面，端庄矜持。美丽的英语老师往讲台一站，大眼睛滴溜溜扫视教室一周，教室就安静下来。

我的英语成绩也是全年级第一。英语是一门需要死记硬背的课程，对女生比较有利，男生英语成绩好的寥寥。我那时既已怀着极大的野心，当然不容自己稍有懈怠，各科都严防死守力保第一。

初二学期英语老师带我去县城参加全县英语竞赛，那是我第一次到县城。我此前全部视野都是土地、庄稼、高山、河流，来到县城才发现原来街道上可以有这么多的车辆人流、门市店铺。以现在的眼光，那时候的县城相当简陋，可在彼时我的眼里却是高不可攀。

我有几分惶恐地跟在英语老师后面逛店铺，走亲访友。那时候学生对于老师是怀有敬畏之心的，哪怕成绩再好，也会自觉卑陋。其时县城已经兴起了个体商户，他们偏安在农贸市场一条街，商品多样，无所不包。县城中心的百货大楼则是商业贵族，国营门面，玻璃柜台里站的都是正式工作人员。

在老师的一个亲戚家，有人捧了一大捧面食做的零嘴给我，又甜又脆，竟然是生平没有吃过的好东西。

因为成绩好，初中各科老师给我的印象都是和蔼可亲，对我关怀备至。考取中专离校前，英语老师将那件她常穿的玫瑰紫色洋装转送给我，让我非常感激，只是当时不知道自此就作了长远之别。年轻人总是目视远方，对于曾经关怀教诲过的老师，虽则内心念念，却挤不出时间去刻意拜访，再聆训诲，想来汗颜。

如果把我彼时的理想具体化，那就是跳出农门吧。生于乡间，眼见得日复一日的沉重劳动，是怎样剥蚀一个人的雄心壮志，以致那些曾经年轻过的生动面孔被乡野粗粝的风沙雕刻为千篇一律的木讷。我拒绝这种粗暴的雕刻，我迫不及待想要逃离这世世代代一成不变的日子。

三

如愿以偿考进包分配的中专班。班主任是个极方正古板的老头，清癯面孔，戴白边眼镜，镜片后灼灼的眼神总在审视着你。

面对一群正处在青春期渴望来点罗曼蒂克相遇的少男少女，他镜片后雷达一样的眼神时时充满着戒备的神气。他经常祭起的尚方宝剑是：表现不好的同学毕业证上会有评语鉴定。就这一句话确乎具有尚方宝剑的威力。好不容易一朝考中未来饭碗稳固，说不定每个人背后还有一个贫穷的家庭正指着我们未来的薪水，谁敢自毁前程。大家都能领会这样包分配性质学校毕业证上的评语会多么重要。

"那老头……"，我们背地里咕哝。只能以这种方式表达我们的不满。

那正是港台流行文化席卷内陆的九十年代初。琼瑶的爱情小说赚足了痴男怨女的眼泪，三毛背起行囊流浪沙漠以及席慕容月光一样澄澈的忧伤更是将一群文艺男女烧得彻夜不安。爱情总是这氤氲的文艺气息里的最佳作料，不恋爱怎么对得起青春的大好时光？只是苦了老头儿，天天严防死守轻松不得。

谁收到书信多一点，就会问：谁来的信这么多？晚自习后又出其不意来寝室突然袭击，惹得一群女生暗暗嘀咕"瞧那老头儿"，敢怒不敢言，只好斗智斗勇搞点擦边小动作。

现在回想那时候我们嘴里的"老头儿"年纪其实并不老，说是中年更准确。然则他为人既严苛正统，不苟言笑的面相又非常显老，以"老头"称之似也恰如其分。

那时我顶烦老头儿。经过初中的拼搏考入这所学校，有了一个可以保障的未来，我学习的劲头儿松懈下来，学的又是枯燥的机械专业，不得我心，我自觉我要追求的远非这些，而是更遥远未知的什么，具体什么却又说不好。说不好就只能去书中寻找答案，琼瑶、三毛、席慕容我照单全收，只是更偏爱席慕容些，或者她空灵的句子更适合我茫茫无解的思想状态吧。毕竟青春是一首行云流水的优美诗行，需要朗朗诵读举座皆惊。

老头儿不满我信多。其实与其说是信，莫若说是与远方朋友的文字往来游戏。因那时我看书多是那种浮丽繁华的文体，在和友人书信往来时就难免卖弄，极尽雕琢之事还自以为高明，得了友人几句真真假假的赞美，一发不可收。与远方学友彼此一唱一和乐此不疲之际，信就既多又沉，其中自然也免不了男同学之流，道一声久仰，恭维我为学霸，满足我年轻的虚荣心。没想到惊动了老头儿。

老头儿来找我，未开言镜片后的两束锐利眼光扫过来。我已经是心虚，只剩唯唯诺诺。好在老头儿盘问几句后并没有为难我。现在看老头儿实则是个面冷心善的人，那时却只喊侥幸，以为是自己机灵善变逃过老头儿法眼。

二十年后的今天我已经可以坦然正视那时的贫穷，可在那样骄矜的年龄，贫穷是一种耻辱。快毕业了，我的一项费用还没交齐，为了我能顺利毕业，老头儿在班里发起一次募捐，为我凑够了那笔钱。当时老头儿在讲台上说我的事。是为自己的清贫无力深感羞耻，还是不惯严酷的老头儿那难得的温情？我居然没出息地流泪了。我为自己的眼泪而瞧不起自己，却忘了感谢老头儿的一番苦心。其实，我是了解自己的，对别人的帮助愿意放在心里而不愿说出廉价的"谢谢"两个字，好像这两个字足可以支付那种帮助似的。

中专学校离我后来工作的单位不过几里之遥，三年关于理想的迷茫与挣扎在毕业后如浮云散去，除了一些浮光掠影，却再也无兴致回头去重拾那青春的遗骸。人是健忘的，有些以为会刻骨铭心的最终都随时间的烟云消散殆尽。可人又是记忆的囚徒，那些已经走远的过往总会在某个瞬间不期然与你相遇，如此你只能一辈子回望来路，追想，怅惘，茫然无计可施。

再见老头儿已是二十年后同学聚会上，老头儿真是名副其实的老头儿了，鬓已苍苍，眼神亦失去了往日严厉的刀锋。当年令我们小心翼翼的老头儿已被时光磨平，化成一尊慈眉善目的菩萨。要不就是当初我们看走眼？老头儿原本就有一颗慈悲心。

英语老师也遇到过一次，同样显老态，当年乌黑的大眼昏暗了，皱纹掩饰不住时时要随了笑意爬出来，美丽也许还是有吧，却是生了锈的美。就算当年我们这些少年，哪个又不是人到中年，钝了意志，旧了颜色。俱往矣，没有谁能躲得过时间的刀刀进逼。

然而时间也总是予人以想念。二十世纪八九十年代的青山绿水，那比蓝天更澄澈的眼眸，比云朵更洁白的思想，它已经镌刻进我的记忆，因为纯粹所以不可复制。我怀念那段激情燃烧的岁月，更感恩那些善良可亲的教师，因为他们，我的人生从此涂上温暖的底色。

夏湾的五月

我看着一朵花开

金色的雨水

绿色的雨水

阳光　流星般下坠

五月的天空

蓝了又黑　黑了又蓝

……

曾经有多少阳光照耀过我，我又曾见证过多少次日出和日落？夏湾的阳光总是那么明朗而澄澈，仿佛金色的水波，在阳光的过滤下，夏湾的每一天都新鲜得能滴出汁液。阳光照在我的碎花布褂上，有仔细看就能看出的同色花补丁，是姐姐的旧衣。裤兜鼓鼓囊囊，一个硕大的青皮鸭蛋挤压着我，像个圆满的美梦，不，比梦更真实。放我兜里好几天了，我也摩挲欣赏好几天了，我那时容易满足，不像现在怎么也不快乐。我捧着那个鸭蛋像捧着一颗珠宝。我握它在手，光滑滑沉甸甸，真像河边的鹅卵石，然而比这要温暖。我不舍得吃。从小我都有这样的习惯，好东西要等到留无可留，才会慢慢享用。过日子要细水长流，母亲说。"起家犹如针挑土，败家犹如水推沙。"母亲谆谆教诲。母亲的良言警句很多，可我根本听不懂这些，我舍不得吃东西并不是觉悟有多高，而是吃完了就没有了，这比任何教诲都管用。过生日，母亲拿两个鸡蛋，往下锅米里一丢，米饭开锅，鸡蛋捞起来，放在装了冷水的水瓢里浸了。那时我希望天天过生日。

亲奶给我鸭蛋的时候，我正和表姐围着桌子吃饭。亲奶是表姐的奶奶，表姐是大姨的女儿。亲奶给我鸭蛋时依然不苟言笑的样子，黑面皮，长长脸，脑后梳髻，说话鼻音严重，一年四季一件翠蓝满襟褂，忙忙碌碌，洗洗刷刷，我看见她的后脑勺居多。接过亲奶递过来的鸭蛋，我有些惶恐意外。小时候我在表姐家跑来跑去，我觉得亲奶不喜欢我，我那时不好看（这样说好像我现在多好看似的）。那个鸭蛋让我对自己的判断产生了怀疑，也格外珍惜，因为得来并不顺理成章。小时候我一直想做个讨人喜欢的小孩儿，没有成功过，长大了这个愿望依然没有实现。我们这儿，端午节要蒸咸鸭蛋给小孩，就像过年的压岁钱，新花衣。这成为我喜欢端午节的理由。那时我站在稻场，和小伙伴比兜里的鸭蛋谁的大，谁的多。父亲在不远的农田忙活，他的背后，秧苗染绿了天空，长腿的白鹭迈着伶仃的步子，在田野里踱来踱去。当它张开宽大的翅膀悠然飞去，我的视线会跟随着追到山边。

山就在门前，中间是一条绿带子的田野。杜鹃花已经谢过，灌木长出嫩叶，丰腴，汁液饱满。这么绿，绿是夏季汹涌的欲望。其时我的欲望是吃。田野每到这个季节会长一种紫色酸杆，我们拔了吃，酸脆酸脆的。对于酸的忍耐我有个发现，就我个人来说，酸是属于年轻的味蕾，我现在牙根虚弱忍不得一点点酸味，牙齿、舌尖，都受不了那种极限体验。中年需要稳固，固若金汤，连味觉也跟着归本守元。幼年时吃过那么多酸，野桑葚，野草莓，毛桃，杏子，都是酸到掉牙，想起来不能置信我那时有那样的好牙口。野草莓，我们这叫"蒟"，红珍珠米粒般组成一个一个的小果子，运气好会遇上一大片，火红的小果缀在绿色叶片间，一幅美丽的织锦，入味酸甜，爽利透了。我运气却总不好。

母亲去地里砍艾草，乡人们称为"艾"，有浓郁气味，能辟邪。艾草亦能入药。艾草性温，可治小儿咳嗽，生了小孩的妇女用艾叶泡澡，有舒筋活血、强身健体的功效。母亲将门头插满艾草，以一种虔诚的仪式。母亲是个目不识丁的农妇，但我感觉母亲体内有种神秘古老的气息，她属于那个我不了解的年代，有远古青铜气。我喜欢仪式，或者说我喜欢仪式感的生活，过年祭祖，新郎娶新娘，我都爱看。小时候经常看到门前有出嫁的新娘路过，穿红衣，脚步匆匆，时时准备着逃避人们的围观。后面是抬嫁妆的队伍。嫁妆是老式衣箱衣柜，请乡村漆匠油漆好，画上大朵牡丹花，随风而来新鲜油漆味，预示一种全新的敞亮的生活。我羡慕地望着远去的新娘，一直到看不到才回过神，微微惆怅，好像她带走了我的梦。邻屋有娶媳妇嫁女的，母亲带我去讨红鸡蛋吃，染得红红的鸡蛋装满一蒲篮，有让人会叹气的满足。母亲采来艾草，插到门头上，老屋浸润了植物的气息，艾的浓香让人振奋。

我渴望自己早点长大，拥有自己的漂亮衣裳，不用穿姐姐的旧衣，雨天不用穿大一码的旧雨鞋，哥哥的，黑色，走起路来踢踢踏踏，可恨得引人注目。更多时候我在幻想中安排长大后的生活，穿什么衣、什么鞋，留什么发型，想很多很多，醒来还是个小不点儿。

田里回来的父亲炸油条。面粉加清水揉面，揉到有筋道。拉成长片，以竹片切成一条一条，放入滚沸的油锅，转瞬膨胀成色泽金黄蓬软可口的油条。我在灶边团团转，顾不得烫，吃了一根又一根。母亲不要我多吃，说是会上火。父亲还炸汤粑，糯米搓的小汤圆，放到油锅炸成蓬松的金黄团子，外脆里绵，比肥肉还杀馋。在严重缺乏荤腥的年代，夏湾的人们花尽心思犒劳自己清汤寡水的肠胃。端午节这些吃食的习俗，不知哪朝哪代传下来，夏湾人年年恪守。

吃粽子在这里并不作兴，大约因为粽子制作精细，烦琐。母亲尤其不愿在这方面花工夫，她只对农活儿上心，田间地头几乎占去她全部精力。我不理解母亲，就像我并不从内心接纳夏湾，它是这样贫穷与琐碎，繁重的农活，灰色的背景，拼凑不齐的故事无情节可言，再美的山水也拯救不了。多年后离开，才发现所有与过去有关的细节都已在体内扎根，盘根错节，碰哪一处都痛。

油条装满一盆，放入一个破旧的木箱，那个普通的木箱因了这一光荣使命而备受我们关注起来，它就放在父母的房间里。它旁边，粗黑的咸菜罐，高大的米瓮，洋铁箱，三条腿的木椅，都灰头土脸，静静蹲伏在深远的年月里。那只极具诱惑力的木箱架在几块叠得整齐的土砖上，然而这样突出的高度只能越发显出它的笨拙。老旧、斑驳、皲裂，这只年份模糊的木箱让我想起父亲关节突出的大手，它们有着同样沉重的气息。我蹑手蹑脚走近这只木箱，打开箱盖，它发出"吱呀"一声叹息，在寂静的空气里，这样暗哑的声音沉重又突兀，仿佛在讥笑我滑稽的慌张。油条什么时候吃完的不记得了，总之都要吃完，迟早的事。而我的长大也是迟早的事。那时候觉得长大来得太迟，仿佛等了一百年，现在看其实半辈子都只是火柴擦亮的那一瞬。我的火柴还剩多少？

夏湾，这个不为人知的村子，不管是县域还是镇域的版图上你都不会寻觅到它的踪影，却在我的体内盘根错节，长成郁郁葱葱的大树。关于夏湾，还有那么多说不完的，需要用一辈子来回味。

开在秋天的花朵

对于秋天的感知，首先从阳光开始。我是个不太关注节气变化的人，朝九晚五的生活占去我太多精力。忽然有一天，奔走于上班途中的我，发现阳光不再火辣辣灼烧裸露在外的皮肤，而是变成一只轻柔的手，软绵绵地抚摸。风也如一面爽滑的丝绸，从我光洁的额头滑过。查看日历，原来是秋了。

说到秋天，总要提到菊，菊是花中隐士，秋天赏菊是件雅事。"采菊东篱下，悠然见南山。"陶渊明田园归隐的生活可谓文人精神的后花园，菊花也因此被赋予淡泊隐逸的人文意义。我居住的小城，四面环山，秋天来了山上开满野菊，细瘦的茎秆撑起小小的黄色花朵，远看像洒满黄色的星星，且那些星星并不静态点缀，而是随风摇曳，如一条流淌的星河。往往，我就站在这样金色的波浪前，任秋天的长风将我的衣襟吹成一面旗帜，一同吹来的还有往事，裹挟着野菊花浓郁的芳香。

那时候到底有多穷？一家之主的父亲，也常有多久看不到一张钞票的时候。好在秋天来了。一家人满怀喜悦在田里收割黄澄澄的稻子。稻子是大地上的阳光，有着凡·高笔下的纯粹之美。它那接近阳光的色泽，它对饥肠辘辘的养育与恩泽，有着与阳光同质的母性与慈悲。稻禾上饱满坚实的籽粒沉甸甸，父亲颤抖的手捧起一束稻谷，稻子在他粗糙黧黑长满老茧的手掌里燃烧着，像一束金色的火焰。父亲经历过大饥荒年代，他对稻子的感情我们无法理解。你父亲那年给队上挑菜籽饼，上不了那道山梁，掰了一小块菜籽饼填肚子，才爬上那道山冈。这话母亲和我说过好几次。我们一家人在金黄的稻田里一字排开，展开阵势，然后面向大地，弯腰，俯首，像是在膜拜。我们膜拜的对象是金色的稻谷，是宽广的土地。此时阳光在镰刀上跳跃，镰刀是父亲在磨刀石上磨快了的，锋利的刀刃闪耀着银白色的光芒。我们弯腰割稻，"唰唰唰"的割稻声此起彼伏。终于等到稻子收割，连不谙世事的我也知道这对于这个家意味着什么。此前一个月，母亲每天对着空了的米缸发愁，这样的日子总算结束了。手轻一些，用些暗劲，别将稻子撒一地。父亲告诫着我们。秋天的风温存地从田野，从稻谷，从我们希冀的面庞抚过。

　　秋天对于我们的恩惠真是太多，后山上满坡满坡的野菊花在风里对我们点头。我和小伙伴手挽竹篮，去山上采摘野菊。那些诱人的野菊花大多生长在草丛荆棘之中，要采摘它们还需费一番功夫。山上多芭茅，此时开始泛黄，不复夏日里的浓绿，它们的好日子已经过去了，接下来只能在秋风苦雨里枯萎、衰败。开始变黄的芭茅苍老干枯，牛们都不爱吃，可不久之前它们还贪婪地伸出长长的鲜红的舌头，将一蓬一蓬碧绿的芭茅叶卷到阔大的嘴里，咀嚼出一片有力的声响。眼下这些芭茅已露出衰颓的势头，却无损它们叶边锯齿的锋利，经过时它们会不怀好意地划破我们娇嫩的皮肤，或者把衣服割裂出一片令人心悸的声音，好在我们穿的是结实的棉布衣。鲁班被芭茅叶锋利的锯齿划破手指，由此发明了锯，小学课本上我们学过这个故事，可这也改变不了芭茅是一种讨厌的植物这个事实。山上还长有一种猫耳刺，它们坚硬碧绿的叶片可不就像一只只的猫耳朵，耳朵的顶端长出尖利的刺来，一不小心就会将手扎破。秋天来了，猫耳朵刺会结一种小小圆圆的红果实，鲜艳的火红，像一粒一粒的珠宝。我不敢吃那鲜艳的果实，该吃什么野果，从大人到大点的孩子再到我们这些小些的小孩，口口相传。我的经验不允许我偷食这种看上去很诱人的果实，哪怕口水在口腔里酝酿得汹涌澎湃。运气好会碰上野山楂，红色熟透了的野山楂是山间无上的美味。野山楂树也有刺，可挂满枝头的野山楂却让我们无惧那些尖锐的小刺。我很快装满一口袋野山楂，嘴里也填得鼓鼓囊囊。野山楂粉甜中带点微酸，多年后我才知道它和山楂的味道很接近，只是比山楂小。山中有刺的植物很多，有些我叫不出名字，一次次被它们划破手指也没有让我长一点记性，要不就是它们善于隐蔽在灌木丛里，引我一次次上当。我的小手在芭茅灌木猫耳朵刺野山楂树以及别的说不上名字的荆棘里灵巧地游走，我的手伸向一株一株的野菊，那些缤纷的黄色的小花朵最终温顺地躺在竹篮里，像细软的毛茸茸的羽毛，浓郁的香味混合着秋天温煦的阳光，在我脸颊鼻端溅起欢快的浪花。我抬头看一眼高远的蓝天，它那么空旷明净，水洗过一般。流云淡淡，似缥缈的羽衣，似洁白的轻纱，在那样广阔无垠的蓝天里任性地飘过去。蓝天之下的大地山川，此时也格外空旷起来，夏日里挤挤挨挨密密麻麻生长的，浓腻得化不开的绿色植物，都停止了蓬勃生长的势头，颜色逐渐变深，变暗，以致暗出黄来。经历一个夏天的溽热与拥堵，我领悟到空是一种多么美好的品质，空旷的蓝天，空荡荡的大地，简洁的线条起伏，一种无垠的壮美，予人苍凉雄浑之美。我在扑面而来的风里，闻到了干燥的泥土的气息，还闻到了果实发酵的甜香。秋风浅淡，没有了夏天的黏腻与湿热，它是干爽洁净的，我的每一个毛孔都在这样熨帖的抚摸里，深呼吸。

国画里的菊花总有富贵之气，肥硕的叶片，蜷曲的花瓣富丽多姿。看到这样富丽堂皇的菊花，我却想起幼年村子后山满坡满坡的野菊来，它们细瘦的茎秆有种营养不良的孱弱，它们的叶片呈墨绿色，因为小而被忽略。这样貌不惊人的植株，开出的花朵同样细小平淡，总是会在赏秋的目光下被遗漏。可如果是满满一坡的野菊呢？它们一丛丛，一片片，乃至一坡一坡。简单的花卉单一地复制着，将一座山坡铺满，像单一却活力四溅的生活，像单一却永远无法让人看清真相的时间。可不可以这样说，人没有被复杂打败，却败于单一。当那些黄色花朵汇聚的浪花在秋风中翻卷起金色的波涛，你就会认识到它们惊心动魄的美。

秋天是平凡中见壮丽的季节，明明是向着凋零与肃杀走的，偏偏要涂抹出最壮美斑斓的秋色来。当野菊花被我们采摘殆尽，秋风一天凉过一天，万枫红遍、层林尽染的深秋即将来临。

草叶衰败，秋霜一寸一寸浸润
红，不一定都代表青春
有时只是一种消逝的方式
秋风，到底要往哪一个方向吹
黑夜　一如既往地轻吻黎明

二

说秋天是一个芬芳的季节，这似乎有抒情的嫌疑。芬芳这个词如今好像有些滥俗，其实不是这个词语的错，而是对文字对词语过分解读人为强加的后果。但面对一树金桂，除了用这个词，我找不到其他的词替代。清香，是优雅了些，规避了恶俗，可那种浓浓的香气用清香好像有些意犹未尽，就像一壶没有熬好的酒，力道远远不够。然而我为什么要规避？这个词本身无错，我尽可以更俗气些也无妨。我们总是活得谨小慎微，充满着荒谬的悲剧之美。当一切都不成为障碍，我只觉得芬芳这个词来形容桂花，不是太抒情，而是抒情度还远远不够。

我闻过那样的香味，随风袭来，可以绕梁三日似的。或曰有暗香盈袖。那种香味绝不盛气凌人，高高在上，而是像一张轻柔的网，将人轻轻裹住，人于是就解除了武装与盔甲，只想在这样的意境里，做个不问世事的隐士。"人闲桂花落"，在闲闲的秋光中看桂花飘落，是一种令人向往的美好境界。或者我们并不缺少桂花，缺的却是"闲"，是山中方一日、人间已一年的挥霍时间抵抗浮躁的任性。窃以为桂花是继菊花后的又一隐者，它理应生在山间，而不是跻身闹市。赏桂，可以选择一个有月光的夜晚，在秋月冷冷的光辉里，月与花不语，人与影对酌。

"八月桂花遍地开，鲜红的旗帜树呀树起来。"我承认这是一首优美的民歌，我经常会情不自禁地哼唱这首曲子，然而唯一值得商榷的是这首歌把桂花唱出激昂的调子来，这是否有违桂花的本意？如同前面所说，我一直认为桂花是一种淡泊的植物，它生长在山中，它墨绿而肥厚的叶片是光阴的沉淀，厚重的，像一些沉默没有说出口的哲语，最不济也是一首淡雅的小诗，而不应该是豪言壮语的歌词。我静静观察过一树金桂，我看那些金黄细小的花朵，像碎金，像星星，藏在墨绿的叶片里，万绿丛中点点黄，一首清歌小令。我还观察那些繁密的叶片，老绿色，秋光在每一片叶子上流连，像是给叶子打了蜡，我忽然觉得那些叶子有些假，那么厚，脉络分明，简直就像塑料仿真制造。看见过一句有哲理的话：真花的最高境界是像假花。一语道破天机。假被过多指责，被赋予太多原罪。可如果真得像假的一样、假得像真的一样呢？让人怎么分辨，又何从指责？如果真假难辨，那是否表明，被指责得多的反而是像假的真，而不是像真的假。如果真是这样，我们不妨先收回千夫所指的那些个指头，舒展开横眉冷对的眉峰，让时间去洗白，因为再精巧的假也会被时间打败。可世上总有那么些人，一叶障目，颠倒黑白，却自我感觉正义在握，酿就一些冤案错案。所以曹公说，假作真时真亦假。他是天下第一个明白人。

在这样浓墨重彩的叶片下，桂花就显得格外平凡——桂花原本也不以形出众。可你最终却无法忽略它们——它散发的香味不绝如缕，顽强地往你的鼻孔钻。这个时候人们往往会深吸一口气，赞叹说，好香！心情也会为之振奋。好香！这是对桂花由衷的礼赞。桂花花瓣细小，它存在的是一个微观的世界，如果我们将这个微观的世界拉近到眼前，就会发现哪怕是这样微小的花朵，大自然也是精雕细镂，绝不会像人类那样敷衍了事。桂花花呈四瓣（据说也有五瓣的），花瓣小却不单薄，丰润宛然。它色泽均匀，线条流畅，每一朵花瓣都有对称或匀称的形态，像一颗四角或五角的黄色小星。桂花以香气著名，其实它金黄细致的花朵也经得住挑剔的目光。

在我家，桂花却不是用来观赏的，真正的农村生活缺乏田园牧歌的抒情，而是让人不得不直面生存的真相。每年窗下那棵桂花开出星星点点的花朵，父亲就会在树下铺一块白塑料布。父亲手持竹竿，用力敲打桂枝，那些细碎的黄色小花，间杂着绿叶，簌簌飘落，像下了一场漫天花雨。敲打一阵后，父亲看看零落的枝头，放下手中竹竿，用一只干净的棕扫把把桂花扫拢收集起来，装满一竹篮。我的任务是跟随在街上中学读书的姐姐去卖桂花。

秋天的原野雄浑辽阔，深黛色的山峰一头连接着高迈的蓝天，一头连接着苍茫的大地。稻子收割过了，稻茬被秋阳晒干了最后一丝青绿，变成灰白色，呼应着即将到来的深秋。我居然有些怅然。从小我早熟得令人不可置信，或者因为我过早偷看成年人的书籍，那些厚厚的大部头的小说，青铜雕花一样的文字之美，像一束明亮的光束洞见我的困境，我经常莫名忧愁。而秋景又有一种扣人心弦的力量，它悲凉而壮丽，它咳血一般地涂抹出的斑斓色彩，都令我感受到了节气对一个自然人的呼应。

我跟着姐姐左拐右曲，在一条老街上穿行。后来我看见一间很大的屋子，堆满金黄的桂花。那些明亮的金黄色，将一间土屋点缀得金碧辉煌，让我看呆了。

姐姐用卖桂花的钱去肉摊割了一块肉，连同剩下的钱交给我，叮嘱我小心保管，要交到父亲手上。小时候我一直都是个听话的孩子，我从来没有怀疑过这点。生活呈现出相反的两面，现在的我越来越不愿妥协，可我不承认错在我。身边多的是纵容、容忍恶并认为理所当然的人，我微弱的辩解被淹没在众声喧哗里，显得无足轻重。多数时候我懒得辩解，但我不愿意随波逐流，我沉默地活在一个框框之外，顶着一堆惊诧的目光。那天我手提一块新鲜的猪肉，另一只手上，一张拾圆面额的钞票卷得紧紧的，被我手心的汗水打湿。那应该是我第一次看见拾圆面额的票子，这以前，我只看见过一分两分乃至五分的硬币，是大哥叫我跑路给的小费。我将那些硬币小心地收在一个塑料袋里，舍不得用，时不时拿出来摩挲一番。那时候我的神情大约很像巴尔扎克笔下的老葛朗台。

父亲接过我满头大汗拎回家的猪肉时，我的手指被系猪肉的棕叶勒出一道深深的紫色的印痕，那张满是汗水的钞票也被小心地交到父亲的手里。不错，能做事了。父亲笑眯眯称赞我，这就是对我的最高奖赏了。我是那么心满意足。我不会向父亲提出额外的要求，比如让父亲拿出一角钱来让我买水果糖吃，哪怕是几分，也好过没有。但我什么都没要。那时我就完全懂得了父亲的艰辛，无数次我看着父亲在田里劳作，汗出如浆，父亲的一件白色老布褂子上满是斑驳的汗斑。

菊花，桂花，于我来说，开在秋天的那些花朵，总是与生活紧密相关。我稚嫩的手采摘过的那些花朵，它们换来我的文具，换来一家人打牙祭的猪肉，换来父亲细密皱纹里舒展的笑意。秋天是那样的慈悲与宏大，还有那些开在秋天的花朵，它给我上了一堂严肃而又温情的劳动课，让我体验到劳动的愉悦与艰辛。在劳动面前，人将获得尊严，这是那些秋天的花朵告诉我的。

无可指证

一

夏湾终于在阳光下真实呈现，有种不真切的梦幻感。"朝辞白帝彩云间，千里江陵一日还"，从居住的小城到达夏湾，沿一条笔直的高速公路，也就一个小时。即便这样，好像我总也不能成行，工作与生活交织如一张密密蛛网，我深陷其中。因此，此地到彼地，小城到夏湾，我在其间奔波往返，哪一处都丢不下，又哪一处都安放不了我的焦虑。

高跟鞋踩过高高低低的土路，泥沙抚摸我的鞋跟。路边乡邻亲切唤我的小名，他们脸上憨厚拙朴的笑容，扑面而来一股泥土气息，他们风霜的面容有着岩石一般的硬度。

夏湾与泥土如此贴近，山是泥土与岩石的累积；地是泥土的容器；哪怕是水，它们也是无数水分子从泥土里分离，汇聚而成。夏湾的泥土，油润、肥厚。年年的枯枝败叶，坠落、堆积、腐烂，被微生物分解，化为泥土的一部分。人如同草木，一辈子走不出泥土的目光，人在泥土里勤扒苦做，最终寄身一抔土内，同枯枝败叶相同的归宿——化作春泥更护花。人是大地上遍生的植物，并不比植物更高贵。在夏湾博大宽广的大地上，泥土里，死亡与新生循环往复，新的生命自泥土中生长繁殖，蓬勃的欣欣向荣的生命，最终又化作泥土而永生。

夏湾的风，比其他地方要缓慢些，它从我面前缓缓淌过，像一条从容的河流。正是初夏，万物生长，生命在骚动，只有时间是静止的，夏湾是静止的。双脚一踏上夏湾的土地，心忽然就安静下来，好像是经历风浪险恶的远航安全着陆，我长长吁了口气。没有人逼着我做这样那样，没有车声人声喧闹声，无须伪装无须讨好谁不怕得罪了谁，我的心情就像眼前这条纯净的小河。它汩汩地，不动声色地流淌，透明的流水下金黄的砂石历历可见。这条并无名字的小河倒映着我的童年，如果小河能说话，它就是一部厚重的历史，关于夏湾，关于夏湾人的命运与去留。一些人消失在时间里再也没回来，一些人在时间里苟延残喘。时间真的静止吗？物理学上我们知道，静止是相对的，运动是绝对的，这是否说，我们的双眼看的只是事物的表象？有一些永恒的运动在我们身边一刻不停，如河水拍击堤岸，它就是时间，它滴滴答答从我们身边溜走，从指缝间，头发丝里。时间并不是我们以为的那样无色无味，它的这个特性让我们对时间失去了警惕，我们看不见它暗含的刀锋，能改变最熟悉的容颜躯体。比如，母亲一再佝偻的身躯，被岁月风干了的枣核般的面庞。每次回家都能看见母亲细微的改变，时间不动声色以滴水穿石的恒心镂刻着她的脸。有时我甚至一度恍惚，幼年记忆里的母亲去哪了？年轻的母亲的形象一再被模糊，刷新，我不能想起年轻的母亲。母亲照过有限的几次照片，都因为住所的变动而不知所踪。你母亲年轻的时候长得就像个花旦，邻居婶娘的话至今响在耳畔，但母亲的美丽终于无可指证，时间参与了篡改母亲娇美容颜这个阴谋。夏湾也从没静止过，这是幼时记忆里高大的村庄吗？面前这片低矮的瓦房，它们如此熟悉又如此陌生。我想它们太老了，它们普遍遭到新主人的抛弃，一律灰头土脸、歪歪扭扭蹲伏在蓝天之下。我站在一座石拱桥上，看面前这条小时候朝夕相伴的河流，温顺地、柔弱地穿过田野，奔着东方的朝阳像奔着一个召唤而去。

我的召唤来自母亲。我利用一切有限的空余回到夏湾，像河流奔赴大海，我奔赴母亲。

黑瓦白墙的老屋终于出现在我面前，村子西头的老树冠顶如盖，郁郁苍苍，看到它就像看到失而复得的过去。屋后的竹林越发茂盛，远看如一片葱绿的云朵压在老屋顶上。看到我，母亲惊喜又慌乱。喝水不，饿了不，母亲语无伦次，拿抹布将我面前的凳子擦了又擦。母亲的慌乱让我心酸。母亲越来越依恋我，看我的眼神也越来越讨好与小心翼翼。时间让我和母亲之间的位置有了倒置与互换，想起幼时，那么依恋母亲，母亲去劳动时哭哭啼啼屋前屋后寻找母亲。逢上下雨母亲不用出工，我开心地端个小板凳坐在母亲身旁，看她在笸箩里找针线，找顶针，为我们缝补衣裳，纳鞋底绱鞋面。我双手托着下巴，在母亲的故事里打着瞌睡，屋外雨声悠长，落也落不尽，像我漫长的等待长大的童年。也就是打个盹儿的工夫，恍惚间母亲已老，与母亲一同老去的还有这座老屋，还有夏湾。

沉寂的老屋有了些许热闹。灶膛里熊熊燃着的柴火映红了母亲苍老干枯的脸。锅里是母亲满心欢喜为我准备的菜肴。看母亲热切的劲头，好像我还是当年那个馋嘴的丫头。

坐在黑漆乌亮的八仙桌前，目光透过木格子窗，遮挡我视线的依然是小时候日日与我对视的青山。此时正是初夏，山川披翠，新绿叠着旧绿，真实的夏湾展现在我面前，这样粗犷的不完美，宽广的土地可以将一切包容在胸膛似的。原野寂寥，有二三农人点缀其间。屋里，母亲在为我烧煮可口的菜肴。一刹那，我恍若又回到了小时候。

二

如果时间的指针可以往回拨，如果真有时光隧道，我要回去看看三十年前的初夏是否与眼前一样，绿的原野，绿的山峰，碧蓝的天空被雨水擦得亮晶晶，田野上一样也有长腿的白鹭，扇动着洁白的翅膀悠闲飞过绿色的夏湾。

那时我太小，对于生我养我的故乡习惯视若无睹，对于父亲的慈爱以为会到永远，我不知道"永远"只是一个虚拟的词组，它指向一个不存在的谎言。是春天哪一场雨水浇绿了原野，又是哪一片白云漂染了父亲的鬓发，我全不记得。石榴花开得红艳艳的时候，父亲去地里割麦。父亲手拿镰刀，腰间别着竹烟筒。父亲的白布褂袋子里一定有一个四四方方的铁盒子，里面装满黄灿灿的土烟。父亲割麦累了的时候，就点上一锅黄烟，"吧嗒，吧嗒"。父亲抽着烟，眼神凝视着很远的地方。父亲想些什么，我从没在意过。我承认我是一个自私的人，我在意自己多过在意别人，哪怕这个人是父亲。从小我就生活在自己的世界里，我对身边的事物总是注意力不集中，或者是漠不关心。我被动地接受贫穷的事实，我自然地接受父亲的关爱，那时我整天想着的就是怎样离开夏湾，毫不犹豫地将夏湾甩在身后。繁重的劳作，填不饱的肚皮，补丁撂补丁的衣服，这一切都让我对夏湾毫无耐心。初中时，我开始拼命学习。四周仿佛漆黑一片，我看见父亲疲惫的笑容，他托举着我，用尽他自己微弱的力量。唯一的一丝光亮来自书本，除了努力啃书，我找不到出路。初中三年，我的目光从不留意书本以外的任何事物，我必须全力以赴，父亲那时只是我身后一个小小的黑点。在我的身高越来越接近父亲的时候，父亲的腰杆越来越前倾，向着大地卑微地俯身，这些我都无法说清楚具体从哪天开始。

对于父亲做的美食我倒是记忆深刻。母亲历来只抓农活，做菜粗糙，父亲偶尔会做美食给我们打牙祭。那时候一年到头难见荤腥，但再穷父亲都要从下乡贩子手里买点晒干的小鱼。咸鱼，鱼身银白、窈窕，附着一层淡淡的盐霜，闲闲地躺在小贩的黄色小簸篮子里，一股浓郁的咸鱼味扑面而来。

父亲兴冲冲吩咐母亲去地里摘辣椒，自己去抱柴草。我依然记得那样的场景。父亲在灶台忙碌，母亲在灶下添柴。偶尔会听见父亲责怪母亲：火小一点，煎鱼不能大火。父亲做菜郑重得几至虔诚，正如他做任何事的那股认真劲。终于开饭了，大伙捧着饭，眼睛都不由自主地朝那碗鱼里瞟：被煎成两面金黄的小鱼之间点缀着油绿喷香的辣椒，是黄金叶配绿宝石的富丽堂皇，虚无的人生在那一刻仿佛也有了着落。连那只并不起眼的粗瓷土海碗，此刻也因被赋予这一光荣使命，而变得高贵骄矜起来。

多年后我自己也烧过这盘家常菜，却无论如何吃不出当年的惊喜和味道了。多年后我一趟趟回夏湾看父亲，在父亲躺着的那片山坡上游魂样来去。父亲的坟上长满蒿草、芭茅，还有一种叫作绊地根的野草。若是在当年，父亲看到地里有绊地根，一定要连根拔起，让夏天响亮的阳光把它晒成枯草，再不能和地里的庄稼争夺肥料。可现在父亲却听任这种野草长满坟头。

我想三十年前的初夏和现在一定有什么不一样。那时候父亲健壮有力，父亲往田埂上拢新泥，用锄头脑在新拢的田埂上筑一个一个的小宕。我往每个小宕里丢三到五粒黄豆籽。当几场雨水下过，田埂上的黄豆芽节节拔高。芽片最开始圆而厚，小小的，像一粒粒绿色纽扣，纽扣慢慢长，最终变成黄豆叶，黄豆芽也开枝散叶，一株一株的黄豆将一条田垄塞得满满。那时秧苗也在拔节生长，父亲脚上套着草绳在田间踩草。父亲交替着伸出脚在秧苗间游走，以脚上的草绳除去还没来得及长大的杂草。原野青青，像一块巨大的翡翠，父亲穿着白布褂，镶嵌其间，是绿玉上一粒白色的砂粒。父亲的渺小与卑微，那一刻被无限放大。

三十年太短，短到只够我做一场梦。三十年又太长，长得像是恍如隔世。我明白，夏湾已不是三十年前的夏湾，眼前的夏湾那么空旷，而吹过夏湾的风再也吹不到父亲的脸上。

　　然而除了记忆，一切皆无可指证。

冬至， 在纸上记下我的恋旧

风变得冷硬，不是出门的好时候。我瑟缩在大衣里，看灰色天幕下同样灰色的长街，街两旁的梧桐树，孤注一掷向天空伸出光秃秃的枝杈。最后一片梧桐树叶挣扎着，在风里打着旋儿，被卷入车轮，倏忽一闪的身影显得格外悲凉。

记起来是冬至了，我是个不太关注节气的人，但信息社会无孔不入，网络、微信，都在提醒我，冬至到了。我不太喜欢冬天，因为那种坚硬，不近人情，更因为低温让我的码字效率大打折扣。然而，由得着我喜不喜欢？它就那么来了，坦坦荡荡，横扫一切。

朋友的电话一催再催，硬是把宅着的我拉出温暖的斗室，在寒风下匍匐着单薄的身躯，我不大提得起兴致来，哪怕知道都是同道之人，有共同的志趣。我封闭太久了，我固守在自己的小天地里，过着一成不变的生活，对一切热闹场所敬而远之。我这种毛病在冬天尤甚，往坏处讲我这人生活有点颓废，往好里讲，人法自然，冬天是清简的季节，万木凋零，色泽归一，绚烂归于平淡，呼应着大自然节气变化，人适合蛰伏，面壁、静坐、修行，像神一样活着与思考。

四季之中，冬天也带着修行者的神性表情，曾经的姹紫嫣红、浓荫滴翠，与其说是场热闹，莫若像一场放纵的爱情。各种的色彩，生长的欲望汹涌澎湃，一旦到得冬天，恍然顿悟，大道归一，天地一清。

携带着一股寒流走进那家夜宵店，空调人工制造的温暖很快融化了冷空气分子，我被冻得僵硬的脸庞也活过来。适时调整表情，寒暄、问候、致意。一个小锅子，几碟特色小菜，一壶煨热的酒，氤氲的菜香酒香里，外面寒冷的冬天遥远了。为冬至干杯！当一切理由都被用尽，词穷的这帮家伙终于又找到了干杯的理由。

我滴酒未沾，却有些恍惚。许是因为恰好逢着的冬至这个节气吧，要不因为，"晚来天欲雪，能饮一杯无?"在冬天酷寒的表面之下，自有一种淡淡的温情与诗意，在室温的作用下，忽然发现冬天的好来，它是个适合怀旧的季节。

随着年岁的增长，对于旧有种痴迷，仿佛旧的皆是好的。回忆，原本就意味着一种旧，带着年月暗黄的阴影，像一件留有自己体温的旧衫子，闲时拿出来摩挲摩挲，每一处皱褶里，每一根经纬丝线里，都藏着一个曾经的自己。那些死去的岁月仿佛都能在指间的触摸中活转过来。别介意我用"死"这个字眼，其实，死亡每天都在发生，比如由细胞的分裂而来的新陈代谢，每时每天，一个旧我都在死去，一个新我都在诞生。比如时间，昨天已经逝去，换来一个崭新的今天。死去的时间因为已无可追寻，在经过记忆的发酵后，变成一种美好的仅供怀想的场面，有种迷人的气息。

冬至前后天已经很冷，想来比现在更酷寒，那时没有温室效应，也没有现在保暖的羽绒衣、毛皮鞋。吃过早饭拎个火炉去上学，蹒跚走在寒冷的薄雾中，身旁水田结了厚厚的冰，调皮的男同学小心翼翼踩上去，并无异样，得意地冲路人扮鬼脸，脸冻成了红苹果。我脚底是母亲做的皮底布鞋（用穿坏了的解放鞋鞋底，缝上手工的布鞋面），踩在冻得坚硬如铁的路面上，有金属般的清脆声响。我身上的旧棉袄不太能抵挡住寒冷，我缩着肩膀，嘴里呼出的热气很快被冷空气稀释，寒冷越发像刀锋样逼来。冬天稀薄的寒雾附在头发丝上，变成一层细密而又亮晶晶的小水珠。我的头顶，浅灰色天空渺远空旷，架在四围的山峰上，爬到山顶会不会摸到天？这是小时候我经常想到的问题。以致有次二哥爬上我家后面那座最高的司空山，回来后我问，哥你摸到天了吗？哥哥笑着说，摸到了，光滑滑的。我的身边，瘦瘦的河水静静地流淌，河底的砂石清澈可见，一个平凡而又美好的冬日。

也有不上学的早晨，一枚苍白的太阳从东边山顶升起，给屋旁那片竹林洒了一层金粉，亮晃晃的。冬闲下来的村人们，屁股下夹着火炉，在老墙根下享受阳光的爱抚。我端着一碗热气腾腾的饭，靠墙根慢慢吃。荷花奶坐火炉上，从脑后发髻上取下一根银针，她一头长发就披散开来，那些枯黄的发犹如她风干了的脸庞，已失却了生命的丰盈。她挥舞着手中那把乌黑发亮的木梳，仔细梳理长长的头发，平日刻薄冷峻的脸有种淡淡的柔情，或许是想起她头发乌黑油亮的年轻日子吧。用木梳把头发逐一梳遍，她从木梳上捋下一把发丝，绕成一团，塞入老墙根的壁缝里。拢起长发，在脑后绾了一个髻，依旧用发针别上。于是她又成了我熟识的那个尖酸威严的荷花奶了。村子里年纪大些的老婆婆一律在脑后绾一个圆圆的髻，一张光溜溜的面庞或扁平，或尖瘦，再配上深蓝或黑色的满襟布褂，毫无新意。我一直不解她们为什么都要梳那种老气的发型，为什么不能梳两条长辫，或者索性剪了短发？这个疑问一直伴随我长大也没有获得一个准确的答案。我的身旁，几个叔爷长辈的老人，穿着油亮的黑布老棉袄，有的棉袄扣子不知所踪，在腰间绑条布带子。他们在淡黄的日光下惬意地眯缝着双眼，间或有人咳出一口老痰，奋力地吐向不远的草窠里，惊飞了一群叽叽喳喳的麻雀。一只狗走到竹林旁，倚着竹竿抬起后腿洒了一泡热气腾腾的尿，又跑回人群中，眼巴巴地盯着吃饭人的碗，希冀那些蠕动的嘴巴会滚下些许饭粒。稻场外的小池塘里，几只不惧寒冷的大白鹅在雾气腾腾的池塘里拨着清波，优雅如仕女。

冬日下的村庄是静谧悠闲、安详从容的，仿佛一幅古老斑驳的图画。

到了冬至，农活也忙好，闲着的妇女们，此时有了充足的时间来打点吃食，米粑、小麦粑、糯米圆子、糕粑，都是一代代传下来的做法，滋味隽永，与这一方水土相结合，成了一种颇具特色的地方美味小吃，到哪儿都忘记不了那种滋味。就像一个人的方言，带着重重的泥土味，鬓毛衰（cuī）了乡音还是改不了。即便是一种朴素的吃食，手巧的媳妇也能做出大境界。揉粉、搓团、做粑，在大锅里添水，放上蒸笼，蒸笼里装满了白白胖胖的米粑，架上松木劈柴烧旺了，红红火火的劲头也像这清贫却安稳的日月——只要舍得力气，肚子大抵能填饱。

寒冷的冬夜适合烧个热气腾腾的锅子，温暖肠胃，也驱逐身上的寒气，用的都是黄泥土炉子。炉子炭火烧得红红，架着的小铁锅咕噜直响，掀开来，白玉般的豆腐点缀在绿油油的青菜之间，诱人的清香扑面而来。青菜是菜园里拔的新鲜蔬菜，被滚沸的汤水只一烫，熟了，通体碧绿如翡翠，比它们活着时更绿，仿佛一季的生长只是为了等这一刻；豆腐是家磨的豆腐，石膏点卤，白如上等的好瓷，这样一锅青菜煮豆腐，简单朴素，却入心入味，并且随着岁月的沉淀而愈加滋味绵长，在舌尖缭绕不去。在父亲慈爱的目光下，我们埋头津津有味吃着喷香的豆腐。绿蚁新醅酒，红泥小火炉。晚来天欲雪，能饮一杯无？幼时黄泥炉子上小铁锅香喷喷的热气，足以温暖此后的漫长一生。

冬至，字面解释就是冬天到了，形象而雅致的名字，古人风雅，节气名一个个都素而大美。冬至之所以在我心中留下温暖的记忆，或许因为冬至一到就意味着闲散而富足的日子到了。庄稼上岸了，野草丰茂的大山枯瘦萧瑟，不用割草放牛的我吃着香喷喷的米饭，啃着从蒸笼里拿出来的热腾腾的米粑，想起上半年那些青黄不接、农事繁忙的日子。光是这点，也让我对冬至生出由衷的感激。

只是现在的冬至已不复旧味，年轻人都外出打工，村里剩下老人和孩子，坐在日头里，无所事事望着村口的公路。米粑再没人做了，有钱了什么都可以上街买到，然而也正因为容易得到，反而失去了那种只可意味不可言传的隽永滋味。荷花奶早已死去，村旁小山上，她坟头的枯草在冬阳下微微摆动，她已经奔赴了一种永恒的死亡，留给这世上的只有山头那座坟茔，以及我不确定的有越来越模糊趋势的记忆——记忆到底不靠谱，它只是对死亡的无济于事的补救。她死以前很可怜啊，眼睛看不到，躺在床上起不来以致长了褥疮。母亲告诉我。既然死亡终究会到来，母亲希望自己能有尊严地面对最后的时间。这是母亲也是村里老人的想法。不得不提，村里的老人越来越少了。荷花奶的死去意味着一个时代的结束，村里穿黑布棉袄的老人，穿满襟大褂的老奶奶慢慢消失，像冬至枝头仅剩的几片枯叶，说不定什么时候就会随风飘落。

母亲依然穿满襟褂，她不习惯对襟，裤子也不习惯如今的男式拉链，总之她不习惯的东西太多，如同我不习惯时下崭新的事物，我们的不习惯属于同一性质。她热爱讲述她的过去，那里有她青葱的岁月；我热爱在纸上记下我的恋旧，记下逝去的再也找不回的日子：满襟褂子、红泥小炉、黑布老棉袄。我知道，我的现在是她的过去，她的现在是我的未来。

中秋夜月

春花与秋月，人生之美莫过这些。"一轮秋影转金波，飞镜又重磨！"词人笔下的中秋夜月美得惊心，却也美得孤独。

冷月洒清辉，琉璃一般的世界，有一种梦幻的诗意，却也有一种诗般的清愁。

月亮地里，父亲郑重地取出一块大月饼，切成均匀的几块，我们兄妹每人分得了一小块甜甜的月饼。我留恋月饼在唇齿间的甘甜滋味，细细把玩、品尝。这样的场景如此熟悉，熟悉得几可触摸一般。其时，青碧的夜空深远高渺，一轮皎月俯视村庄。耳畔传来秋虫唧唧，父母闲话着桑麻，极远处传来一两声狗吠，但这些声音都只是波平浪静的夜的海面掠过的微澜，最后都消失在山村辽阔无边的巨大静寂里。曾经，静寂是我的乡村的底色。与世无争，日出而作日落而息，它仿佛从亘古以来就一直静静地蹲伏在岁月里，平淡自足。

当年如此平凡的场景，终于也蜕变成生命中不可再求的奢侈。村庄已不是原来的村庄，父亲也去了多年，物易人非，迷茫的中年面对飞纵即逝的时代，失重的落差与不适，在每一个月圆或月缺之夜，这样的不适如一只不屈不挠的小虫，将内心的宁静啃噬得千疮百孔。

物质是否一定要以牺牲精神为代价，还是浮躁仅仅来自内心的黑洞，这样深奥的思索注定没有答案。有多少年没有认真在中秋夜赏月？每个人都在拼命地与时代赛跑。中秋节，隔着屏幕问个好，五花八门的节日电子卡片之上，一轮圆月似幻如真，美轮美奂，取代了真实的明月，在网络刷屏。咫尺就是天涯，即便再亲的人，也难得一聚，各人奔着渺茫不可知的前方不敢停息。已经习惯了这样的中秋佳节，反倒是窗外那轮皎皎明月，被人们遗忘太久。

赶在中秋节前回乡下看老母亲，大包小包、千山万水地往家赶，只为看见母亲尝一口我亲手选购的月饼，脸上露出满意的笑容，这样的笑容可以抵消乘车的各种虐心各种累。陪着母亲一起回到儿时的小村子，村庄很静，只是已不复当初那种充满活力的寂静，而是一种空空荡荡的，荒凉的寂静。好在身边有母亲，我依然还可以做回当年的那个小女儿。回到自己的家，烧上一桌色香味俱全的中秋宴，家庭煮妇的生活烟火味十足。繁复、琐屑，生活，原本就是这样俗到极致吧，吃吃喝喝，闲话家常，就像浩浩荡荡却又些微混浊的河流，你抗拒那有些不洁的水面，却还是会被裹挟着奔向远方。然而，低到尘埃里，也自会开出一朵花来。这些年，在人生路上跌跌撞撞，在工作压力里疲于奔命，也没有忘记一颗热爱文字的初心。而记忆，那些珍贵的记忆，它们会溯着文字回流。

在文字里，我静寂的小村庄还在，它依然那么宁静自足。月色下，父亲的笑容温暖慈祥，父亲在仔细地分切月饼。一群半大的孩子热切地围在父亲身边，叽喳不休。

童年，老牛

春天究竟是什么时候悄悄来的，谁也不知道。风一天比一天软，田野里，起了层轻烟似的绿。枯寂的水田开始苏醒，被冰霜冻结的泥土，在春水的滋润下日益酥软，黑油油。暖洋洋的日光下，我大声朗诵着课文：春天来了，春天来了，冬天过去了……老牛安详地咀嚼着隔冬的草料，偶尔低垂一下长长的睫毛，对春的到来恍若未闻。

老牛是我的伙伴，这一点，由不得我选择。其实我很抗拒这种强加于我的安排，却无力改变。就像无力改变的春去秋来，花开花落。老牛神情和蔼，庞然的身躯却令我战战兢兢。不过它倒没有因为我的矮小而流露出丝毫瞧不起我的意思，在我身后亦步亦趋。

春天真的来了，紫云英热热闹闹，将水田织成一幅华丽的锦缎。"嘿!"父亲的叱喝似一声惊雷。老牛拖起犁铧，紫云英漫卷飞舞，瞬间被泥土吞没。春天原来这么残酷，它制造美，又将美毁灭给我们看，一点一点地，露出它冷漠的面容。拾起一朵残花，我小心地掸去泥土。"唰"，我听见竹鞭的啸叫。老牛抖了抖身子，加紧了脚步。我鼻子发酸，都怪这个恼人的春天。

池塘倒影里老牛庞大的身躯有点落寞，它迟疑半晌，响亮地喷出一口鼻息，开始大口大口地喝水。我摸了摸它黄色的皮毛，它下意识地抖动了一下，像是轻微的挣扎。"疼吗?"它沉默，温和地注视我，算是回答。它大大的瞳仁里，映出空廓的田野，还有我单薄矮小的身影。一只八哥停在它的脊背上，梳理乌黑的羽毛。老牛从容地抬起头，注视着远方，那里，浅灰色的暮霭拥抱了大地。

身后，淡蓝色炊烟升起。昏黄的灯火，从木格子窗棂里渗漏出来，给料峭的春寒注入了一丝温暖。不远处，邻人呼唤孩童归家的声音被风扯得断断续续。

这条陪伴我童年时光的老牛，有极温和沉默的大眼。后来曾向父亲问起过。"卖了"，父亲淡淡地说。老了，犁不动地，就卖了。这是极平常的，也是所有农家老牛的归宿。也许现在它已被宰杀。它们的生死，是村子里极平常的物事，就像种子与花朵，生根、发芽、开放、萎败，春荣秋枯。

又像是极不平常。它那温和的双眸，从容的步伐，了悟一切似的淡定模样，依稀还记得它凝望思索的眼神，像是要探寻它未卜的命运。

心里分明有种钝痛。那是一个夏日，我牵着牛绳，看着天空变幻不定的云朵发呆。想象中，它们是猪、羊、狗，或者，一朵花。忽然，那朵皎洁的花儿慢慢透出阴森的妖气，天空逐渐黯淡下来。要下雨了。我收回思绪，急急拽起牛绳。老牛仿佛也感觉到了危险，加快脚步。当它踩上一块光滑的石头时，坚硬的牛蹄滑过石板，笨拙的身躯前倾。一低头，牛角磕到了一块岩石，鲜血直流。我吓得哇哇大哭，手足无措。天空的云层越来越低，风吹起尘土，扑打得脸生疼。我边哭边死命拽牛绳，我看到老牛的眼角流下一滴混浊硕大的泪。

然而，一头日渐衰颓的老牛，等待它的将是被屠宰的命运。就像那片美丽的紫云英，在犁铧的刀锋下，迅速倒下，碾落成泥。春天真是一个残酷的季节，它孕育生命，又将生命带走。

村子里紫云英已经很少了，牛儿也不多见。那次回乡，不远处的一角水田里，一个农人操纵着机械犁，"突突突"，轰鸣声惊飞了一群七嘴八舌的麻雀。他的脚边，水花四溅……

润物细无声

父亲虽然是个农民，但父亲读过十几年书，算得是村里的文化人。并且父亲能写一笔好字，每年的农历年底，就有左邻右舍来求父亲写对联。

记得最多的是这样的场景，父亲从眼镜盒里取出老花镜戴上，然后打开方桌上的一大瓶墨汁，小心翼翼地将墨汁倒出一些到砚台里，又极郑重地在方桌上铺好纸张。一切就绪后，父亲就开始写字。墨香氤氲，父亲手持羊毫在纸上游走，一笔一画刚健有力，挥洒自如。父亲的字浑厚大气，质朴端方，像极了他方正的为人。

看得出父亲很享受这样的时刻，每写好一个字，父亲都细细端详，点头，微笑。父亲偶尔会摇头，这代表他对写出的那个字不太满意，如此一来，接下来的书写，父亲神色会更慎重，下笔更是力求推敲斟酌，不敢有丝毫的马虎。

写好的对联铺在地下，红彤彤，挺喜气。我喜欢这种安稳的喜气，俗，然而温暖人心。那一刻我仿佛感受到春的气息，暖洋洋，毛茸茸的，如果可以，我愿意把自己融化在这种气息里。

对联上的字墨迹鲜明生动，气韵流畅，墨色乌黑莹润有光泽，为了写对联，父亲每年都要买一瓶上等的墨汁。可父亲是那么省俭的一个人！我想起某年的六一儿童节，为了过节看电影时能有一双凉鞋，我对着正在麦场打麦的母亲哭了一个中午。那是一个响亮的夏日，毒辣的太阳炙烤着大地，脚底下的麦子被蒸出阵阵焦香，无数白亮亮的光线刺人眼目，它们包围着我，缠绕着我，令我呼吸不畅。我已经站在太阳下哭很久了，炙热，刀子一样尖利的阳光仿佛要榨干我身上每一滴水分，但为了那双梦寐以求的凉鞋，我倔强地站在母亲面前，幻想用泪水打动她。母亲不管钱，钱都在父亲手上，父亲是要将一分钱掰成两分花的，这我很清楚。可我认为我需要一双凉鞋，我希望我的泪水可以说服母亲，而母亲又可以去说服父亲。然而贫穷让母亲心硬。我恨透了这种坚硬，或者说我恨透了贫穷，它无视我的一个哪怕很小的要求，它让我的童年充斥着可耻的挫败感。我多想有一双粉红的凉鞋，那样，家境好的同学就不会以鄙夷的目光看我，老师肯定会对我露出亲切的微笑，就像对班上那个家境好、长得漂亮的女同学一样的微笑。我甚至将老师不批准我加入少先队的原因也归咎于我夏天缺少一双粉红的凉鞋。可最终，我哭闹的结果只是将自己弄得筋疲力尽，以及获得了母亲无济于事的声声叹息，我终究没有得到凉鞋。

可父亲居然买墨汁给别人写对联。

他们该付一点钱的。我一本正经地对父亲说。

父亲却认为乡邻请他写对联是对他的认可与尊敬，怎么还能要别人的钱。我愤愤于父亲的这种不合理，心中只觉得父亲"迂"。

父亲"迂"的例子还很多。有一段时间村里人偷树成风，因为每家的人口都多，需要生火煮饭的燃料也相应增加，可山上却越来越光。这样就有偷奸耍滑的人偷砍松树、松枝回家引火煮饭。父亲苦口婆心劝人不要砍树，然而收效甚微。但父亲却管束着我们，不让我们偷砍哪怕小手指粗的一根松枝。于是往往是这样，当别的伙伴在山上打扑克、吹大牛的时候，我们兄妹几个正在汗流浃背地砍柴，临走，他们背上一大捆松枝悠哉悠哉地往回走，我们则背着小小的一捆柴灰溜溜地走在他们身后。他们还会当我们的面笑话父亲的"迂"，并为自己的不劳而获沾沾自喜，扬扬得意。

母亲是菩萨心肠。那些脏兮兮的叫花子、傻子，孤苦伶仃的孤寡老人，他们都是母亲滥施爱心的对象。一碗红薯糊，一碗面疙瘩，一件旧衣一双旧鞋，母亲尽自己微薄的力量给他们送去慰藉，乐此不疲。然而母亲对我是何等的心硬，忍心让我在烈日下哭了整整一个中午，也不肯许我一双粉红色的凉鞋。我不理解母亲，如同我的不理解父亲。

可是多年后的我却发现，不知何时我自己也变成了一个做事认真、坚持原则、同情弱小的人。

是的，父母"润物细无声"的言传身教使我终生受益。

古老的爱情像传奇

我来你爸家的时候啊，他家就一双筷子一个碗。说起往昔的故事，母亲都是以这句话作为开头的。一说到父亲，母亲脸上就盛开一朵灿烂的菊花瓣，每一瓣里盛满的都是温馨与甜蜜。

我仿佛看到十七岁的母亲，清凌凌似一朵出水芙蕖。母亲不曾留下照片，但母亲无疑是美的，这是和我家相邻的婶婶告诉我的。你母亲啊，年轻的时候长得就像个花旦。婶婶的语气里满满的羡慕。花旦是农村人对女人最高的礼赞了。戏台上的花旦，柳腰、蛾眉，水袖，娇啼婉转，如泣如诉，恰如张爱玲笔下的"一缕诗魂"。听到这话我不以为然，我太熟悉母亲那张皱褶丛生的面庞。但婶婶的语气不容置疑。我遗憾不能看见母亲年轻时候的样子，只能凭想象构思其时母亲的形象，但由于缺乏真实依据，这种想象徒然无所依傍，可我又不能阻止这种想象。我对此已着了迷，并且不无悲哀地想，我为什么就不能如同母亲那般美丽呢。

父亲和母亲相遇很偶然，偶然一见，父亲就对母亲一见钟情。那年母亲十七岁，含苞待放的花朵。然而父亲家地主的成分使这个爱情故事进展很不顺利。外公拒绝了父亲找去说媒的人。谁都不愿将闺女嫁给地主，况且母亲十三岁时就加入了儿童团，那时母亲正是儿童团女子队的班长。

一天，区里干部陈区员在团会上不点名批评母亲，陈区员痛心疾首地说，有的人走错了阶级路线，贫下中农子弟走到地主的队伍里了。母亲的语气很平淡，但当年的母亲肯定痛苦过。想象得出来自家庭与组织的阻力让母亲彷徨无助，她毕竟才十七岁。母亲到底没有屈服，当即退出儿童团。有爱情做保障，母亲毫不犹豫地相信未来。

事情的转机是在母亲的祖母下葬的那天。

爱情也给了父亲盲目的勇气，就在母亲的祖母下葬那天，没有经得外公同意的父亲擅自做主，公然以准女婿的身份送去三牲等表礼，在满堂轩宾客面前对着外公响亮地喊了"岳父"。

外公的羞恼可以想见，可外公是爱脸面的人。父亲正是揣摩透了外公的性格，才自编自演了这场胆大包天的戏。然而在母亲的描叙里，父亲是不同凡响的，读了十几年书，斯文帅气有文化，虽然地主的身份如同一个咒语始终罩在父亲的头上，但这种政治上强加的称号并没有消解父亲的魅力。我怀疑外公到底是爱惜父亲的，他的反对也许只是那个政治为纲的年代里的一个惯性的决定，其实并不坚决，否则怎会让父亲有机可乘？

到底是父亲的魅力给他加了分，还是由于外公的好脸面，或者兼而有之，随着时间的流逝，这一切都成为一个无法释清的疑团。但值得庆幸的是，父母的爱情修成了正果。

"你父亲家那时真叫穷，一个碗一双筷子。"母亲总爱在我们耳边回忆。可以想见，一穷二白的岁月，哪怕有青春与爱情做点缀，都是历尽艰辛的吧。当然，艰辛之中包含着的是甜蜜，这是我从母亲讲叙起父亲的故事时从她脸上的笑容里读到的。

相濡以沫半个世纪依然恩爱不减，说真的，我看不懂父母的爱情，同时我也羡慕父母的这种爱情。在如今爱情速食的年代，他们古老的爱情接近一个传奇。

在这样的爱里，连时光也是无能为力的。

饮下一杯老黄茶

母亲托人带来一包茶叶，普通的炒青，用一张白纸极慎重地包好。

选最爱的细瓷杯，用滚沸的开水冲泡。我是俗人，喝茶属外行，玩不来花架子，只是，面对满满的一杯绿，一口，两口，仿佛我饮下的不仅仅是茶，而是一杯春天，要不就是一杯绿色的月光，却比月光更有温度更有质感。茶汤自我的喉头滋润至肠胃至血肉至每一个细胞分子，最后与物质的我水乳交融。月朗风清，精神的我也就一切安好。

于是，每晚夜读时，手捧一杯暖心暖肺的香茶，就变成一件极其郑重的事情。

岳西茶叶里名头最响的是岳西翠兰，属国宾礼茶。但我看翠兰仍如邻家小妹，秀色可人却无骄矜之色。茶汤浅碧、叶片如兰，翠兰的美有空灵之感，余香渺渺几可绕梁三日。炒青则味醇色浓，叶片厚实，最是提神解渴。翠兰与炒青，阳春白雪与下里巴人，差距不但表现在价格与茶味上，似乎已然趋向于一种精神上的审美，代表着两种对立的价值观。从这个意义上来说，茶如人生，我看也妥。风雅的功夫茶我这里就不饶舌，因为对于并不风雅的我来说总有一层隔膜，不如家常茶来得亲切。记忆中小时候的乡下是不舍得一杯一杯泡茶喝的，不过是抓一把老茶叶，放入家中唯一的白底蓝花陶瓷茶壶中，注满沸水，就是一壶解渴的老黄茶。白底蓝花的茶壶不知去向，如同许许多多的旧物，比炒青更低等级的老黄茶的滋味，倒是深刻。一个喝着老黄茶长大的人，简直只能算牛饮，大约要归于刘姥姥之流了。《红楼梦》第四十一回，黛玉因问："这也是旧年的雨水？"妙玉冷笑道："你这么个人，竟是大俗人，连水也尝不出来！这是五年前我在玄墓蟠香寺住着，收的梅花上的雪，统共得了那一鬼脸青的花瓮一瓮，总舍不得吃，埋在地下，今年夏天才开了。我只吃过一回，这是第二回了。你怎么尝不出来？隔年蠲的雨水，哪有这样清淳？如何吃得！"妙玉精雕细琢的茶饮功夫让人惊叹，只是在喝多了老黄茶的鄙人看来真是有些不值当，若真要那般讲究起来，短暂人生也不过扫一瓮雪品几杯茶的工夫，岂不冤枉哉！

周作人先生说，"喝茶当于瓦屋纸窗之下"，我很认同。瓦屋纸窗，黑白线条，一种简洁素净美，单是想想就觉得雅致，再有几个着布袍的鸿儒雅士，闲饮，清谈，人生清欢莫过如此。若是那瓦屋顶上再来一阵时紧时慢的淅沥雨声，如春蚕噬叶窸窸窣窣，绵绵不绝，如同时间，在一段缓慢的光阴里留下的足迹。当然，瓦屋纸窗现在只能遥想，都是旧时风流，如今的文人也都换上了洋装。无奈，我只好在文字里一再怀旧。

我家的老屋目前还幸存在，也算一大幸事了。前一段时间哥哥们商量说，回头要将老屋拆掉建楼房，我第一个表示反对。但反对的理由呢，我支支吾吾说不出来。难不成说，我要留下这瓦屋木窗的老屋喝茶听雨？那就很是贻笑大方的一件事了，保不准会成为一个笑料，发酵成一个娱乐事件。我哪有这样的勇气。这样想着，还是在纸上做做旧梦吧。

茶是我自小就熟悉的一种植物。我也采过茶。在我的故乡，当一场春雨浇绿原野，茶树墨绿的老枝上就绽出嫩绿的叶芽，一开始茶芽呈鹅黄色，那嫩嫩的鹅黄仿佛把春天所有的亮度都吸附了来，闪着珠贝的光泽，茶芽状如兰花，如雀舌，怯生生在风里摇曳，是春的柔嫩的手指。

女人们被这样的手指撩拨着，在家坐不住。她们带只小板凳，拎个小篾篮，散坐茶树下，手指在枝叶间穿梭忙碌，嘴上还不忘唠嗑，东家长西家短。她们的手指很快被茶汁染绿，那样的绿如同生长进了皮肤与血肉，一直要等到茶叶被采摘殆尽才会消退。

　　母亲在一盏孤灯下烘焙茶叶，这样的场景我很熟悉，只是如今少了在锅台上炒茶的父亲，母亲得单独做茶，而我仿佛也品出了今年茶较之往年茶的不同滋味。

　　我喝一口手中的茶，清香，有微微苦涩。

露天电影

饭后散步，看见广场在放电影。幕布拉在绿化带旁，一堆观众或站或蹲，有的被剧情吸引一直看下去，有些站了一会走开，继续散步锻炼或奔向匆忙的日子。我停下脚步，这不是因为电影剧情吸引我，电脑上看电影要看多少有多少。但我还是停了下来。

广场被一条小河分为两部分，对面接近车水马龙的街道，有两个球场，一些健身器材，此刻密布着黑压压的人群，打篮球、跳广场舞、小孩子蹦蹦床，喧哗之声被融入宽阔的市声里，成了城市声音的一部分。

一河之隔的这边就安静多了。因着距离，也因着绿树婆娑，树叶过滤掉了一部分噪声，声音就没那么刺耳，变成一种复杂而又空茫的声音背景，像一条流淌着的大河，由各种声音的水滴聚集成的水流。于是屏幕上人物的对白清晰入耳。"冲啊！同志们！"冲锋号吹响，人声欢腾，向着胜利的远方冲去。这是小时候看得多的战争片。

说不清楚什么感觉，好像一个埋头赶路的人被惊醒，抬头一看，那些清贫快乐的日子竟是过去了那么久，久得有点想不起来细节。

可那时并不觉得有多快乐，枯燥乏味的日子像门前树上数不清的树叶，"哗"，被风吹落一片，如翻过的一页日历，毫不可惜。那时以为日子可以一直过下去，像门前永不枯竭的河水，人都不会死的。况且就算见过村子里有老人走了，幼小的我也不会理解死亡的意义。在这样有些腻味的日子里，就有一天听到村里谁吆喝一声，晚上听说书（类似打鼓书）去哦。田里做事的男人停下手上的活。问一声，谁家？下屋场二根叔家接媳妇请说书。屋里的妇女也支棱起耳朵听得真切。赶忙放下手上事准备晚上饭菜，得早点吃了晚饭听说书去啊。

吃过晚饭都去了。妇人抱着孩子；姑娘拿着个绣花绷；婶子带着纳了一半的鞋底；男人一手拿根旱烟杆，肩上扛条板凳。无一例外每人手里都拎个炭火烧旺的火炉。二根叔家堂轩已坐了不少人，大家鱼贯进入，加入暖烘烘的人堆里。认识的赶紧打起招呼，粗门大嗓的。也来了？来了来了，哪能不来听说书呢。堂轩中央支了个鼓架，上面放了张小鼓。说书先生进来坐鼓边，扫视一眼全场，喝口水，先敲一段鼓，"咚咚，咚咚咚……"待屋里静下来，清清嗓子，说唱起来："话说那唐朝末年……"

后来露天电影逐渐取代了打鼓书。

往往是这样，哪个村子要放电影了，隔前几天十里八村都传遍了。眼巴巴等到那一天，早早吃过晚饭，除去城里读书的二哥，余下的都去。父亲打着火把，大哥扛条板凳，姐姐、小哥、母亲和我跟在后面，一行人上路了。母亲原本不要我去，因为每次回来我都睡在大人背上。但终于拗不过我再三哭闹，我一再保证自己会走回来。当然，回来依然睡在大人背上。

火把将黑夜撕开一道口子，父亲偶尔的咳嗽像一粒石子投入寂静的夜的湖水。我们急急赶路，兴奋地喘着气，将身后的村子越抛越远。距离放电影的大稻场还有一段距离，就能看见高高悬挂的幕布，幕布下黑压压的人群。场地中央一张方桌腿上绑了根长竹篙，顶端挂一明晃晃的大灯泡，照得四周雪亮。近了，看见桌子上照例摆着放映机，桌旁坐着个一脸严肃的男人，惬意地抽着别人敬的香烟，间或鼓捣着放映带。这个能摆弄机器放映出人物画面的放映员在我眼里是了不起的，会让我生出莫名的敬仰。

电影还未开始，稻场人声笑语，热闹非凡，呼朋引伴，骂小孩，唠家常。年轻小伙子乘着夜晚的掩护偷看好看的姑娘，更有甚者往女人堆里直钻，动手动脚，惹来一阵怒骂。被骂的老着脸，嘻嘻笑着头一低，脚底抹油开溜了。姑娘们三个一群两个一伙，穿上平时压箱底的衣服，打扮得花枝招展，遇上小伙子鬼鬼祟祟偷看，佯装作怒，直到他们一脸窘相跑开，个个笑得花枝乱颤。

电影开始了，人们的注意力开始被吸引，场地上的声音小下来，只偶尔有嗡嗡的议论剧情声。我去看电影纯粹凑热闹，看了一会儿觉得无趣，和旁边小孩子玩儿了。比我更不专心的是姑娘小伙们，银幕上的卿卿我我毕竟是雾里看花，有隔靴搔痒之憾，他们的视线总是被中意的异性牵引着。一场露天电影下来，不知成全了多少花好月圆。

村 雪

　　村庄是一个人最初的源头，携带着与生俱来的疼痛在我们灵魂深处守望。它洞晓我们一切的隐秘与心事。它又是一个很古老的父亲，在我们身后日复一日地老去，却又在千百次的想念中，融入体内，在我们生命里奔流。

　　就有一个这样的村庄时时入梦。瓦房、青山、竹林、老树，还有村子前面不知名的河流，哗哗流淌。

　　梦里，我的村庄总是飘着絮絮的雪。晶莹剔透的雪盖住了村舍、田野、小路、远山……看着白茫茫雪花飞舞，我开心地笑。我的身后，父亲慈爱的目光扫过茫茫原野，最后落在我身上。小莲，回家烘火，别玩雪，小心冻着。父亲的声音那样亲切温柔。父亲脾气并不好，可在我们面前一直都是个温和的人。知道了，你先进去，我马上就来。我脆生生地回答。瞅着父亲进屋，我却用穿了雨鞋的脚，在雪地上印下一串稚气的脚印。

　　是梦中的雪花下到我的脸上？醒来脸上湿湿的。拉亮灯，明亮的光线驱走最后一丝梦境，看看面前的衣柜，梳妆镜，长的帷幔般的窗帘，我才将自己拉入现实。恍然记起父亲离开很久很久了。

　　那时候的冬天，雪花总会不期而来。飘飘洒洒，简陋的村庄于是仿佛变成了一个梦境。

　　三十年前的那个雪花纷飞的下午，眼瞅着父亲进了屋，我走出我家稻场。我一路"咯吱咯吱"踩着雪，偶尔抬头看看锅底样阴沉的天空，雪花坠落，纷纷扬扬，密密匝匝自天幕纷至沓来。它们有的被寒风撕碎，叹息着，细粉样筛在地面上；有的似一片洁白的花瓣，无声地飘洒。它们还调皮地钻到我的脖领里，冰凉冰凉。我的脚印渐渐模糊，暧昧在一片雪白之中。毫不停留，我径直向前，往更远的村边走去。身后父母的低语渐远，村里不见一个人影。人们不愿离开温暖的火炉，跑到这寒风凛凛的雪地。伸出手，我想要捕捉一片雪花，它却钻进我的掌心，被我的温度融化，最后变成一点水渍。偌大的村庄不见人影，平日里那些吵闹的鹅，咯咯不停的母鸡，汪汪的小狗，忽然都没了踪影。雪花仍在飘落，有极轻极淡的声响，像梦中祖母细细的诉说。村庄太静了，静得能听见自己的呼吸。这么大的世界，我是唯一的主角，一想到这里，我兴奋得红了脸。我闭上眼，感受雪花蜂拥而来，我贪心地想要得更多。篱笆、村庄、汩汩流淌的小河，被雪掩埋的小路。

　　三十年是一个漫长的跨度，但是我依然能清晰地记得那个下雪的午后，白雪皑皑的村庄，幼小的我拥有一片宁静。我一直早熟，在别人忽视的角落里悲喜。如同现在，在文字里走神，完全忽视身边拥挤的现实。我只肯活在自我里，我无疑不是这个时代的佼佼者，缺乏极端环境里的极端生存技能，我更愿意活得随心所欲，简简单单。

　　那个下午的雪花记忆深刻，其实说起来那只是一个平凡普通的下雪天，但无法解释原因它就住进了我脑海里。要不就因为后来与故乡愈行愈远，再也无缘一场认真的乡雪。那时精彩纷呈的外部世界转移了我的注意，我再不会因为一场大雪而欢呼雀跃。人渐中年更枯索，减法的日子几乎都省略掉了风花雪月，少了一份赏雪的心境。

　　我记得，那一年的村雪，雪中的我，我身后父亲温和的目光。

如品人生如悟道

　　江南的菜式颇得小桥流水之神韵，讲究精雕细琢不厌其烦。绿就绿得珠光宝气，红则红得富丽堂皇，入目养心养眼自是不说，滋味也是富有层次感，甜咸酸依次由舌尖缭绕，像一阵温润的微风，向着内里深入，一点点渗透，若雨打芭蕉，苔痕漫阶，需要细品。这种品尝美食的过程，与其说是在吃，莫若说是在悟，悟道。

　　要不就像人生——总不会是单纯一种滋味。

　　去江苏张家港采风那次，美景一晃而过，倒是美食在记忆中留下浅浅印痕。

　　记得席间各色江南美食让人眼花缭乱，乱花渐入迷人眼，法力不深的我们终于听不进主人们侃侃而谈如数家珍，将一盘盘古典画风的美食吃了个杯盘狼藉。

　　最后上来一道菜名曰高庄豆腐，主人隆重向我们介绍，说在本地有悠久的历史，极好的口碑。我这人有怪癖，美食需先审视其色，如果色泽不佳，再怎样好吃都会败坏举箸兴致。色之后才是闻香识味。碰上色香味俱佳的美食，有如逢知音遇知己之感。

　　在饱食一通油腻美味之后，显出这盘高庄豆腐的好来。眼前的高庄豆腐依次整齐排列，像一串无瑕白玉，细腻、质感，闪着晶亮的微芒，掩映在绿玛瑙般的一丛菜蔬里，画风清丽雅致，艺术感十足。一直觉得豆腐是小家碧玉，却又能登大雅之堂。在我的家乡，豆腐一度是被当作荤菜的，缘于过去艰苦的日子里食物的匮乏。另外豆腐温和冲淡，煎炒做汤皆可，即使现在生活水平提高，豆腐依然是席上频繁出现的菜式。

高庄豆腐被如此隆重推出，那么它与普通豆腐相比如何？

怀着这样的疑问，小心翼翼夹起一块入口，嫩滑，口感娇娆，那种稍带弹性的柔软自口齿之间向着更深遂荡漾开去。忽地想起那句词：二十四桥明月夜/波心荡/冷月无声……不由感叹，确实是江南之物啊！一方水土养一方人，一方水土也养一方美食。那些与地域民俗已然血脉相连的美食，是多少个日月里人们所积累的美食知识的自动取舍，去芜存精，才汇聚成今天的洋洋大观。其实，每到一个地方我们之所以无比钟情于彼地的美食，正是缘于美食文化里蕴藉着的深厚的历史底蕴吧。

还真是这样。席间据主人介绍，张家港市凤凰高庄豆腐始于清咸丰年间，已有一百多年的历史。高庄豆腐制作精细独特，价廉物美。清末民初，已畅销常熟、江阴、无锡等地。高庄豆腐干则有厚型、薄型两种，呈绛色，质地细实，五香作料渗透入味，可闲吃或作下酒菜，风味俱佳。

现在吃的是高庄豆腐，高庄豆腐干也是一绝，可惜你们明天要走时间仓促，下次来一定欢迎品尝。主人微微带着抱歉说。

闲吃或下酒的高庄豆腐干确实令人向往。设想这样一个场景，选一个有着金色阳光的午后，和一二知己坐在茶楼里，一壶碧茶配一碟细细切过的豆腐干丝，背景音乐必是昆腔的咿咿呀呀，如江南的小桥流水缓缓流过心尖。

怀想一下罢了，细究起来人生哪有完美，这样也就很好了。人与人，人与美食的相遇，都是一段缘聚缘散，就像此刻从陌生到熟悉的人群，就像以前从未品尝过却被我们享用殆尽的高庄豆腐。谁知道下一次我们又会在哪里相遇？——遇见过就好。

豆腐脑

那天早上买了两根油条，看见卖豆腐脑的摊子就在不远处，心里一动，走过去要了一杯豆腐脑。

是的，是一杯。如今的早点小吃，为方便起见，都使用一次性餐具。我接过卖主递来的那杯豆腐脑，上面已加了两勺白糖，一根特粗的吸管代替了小勺子。豆腐脑软嫩润滑，无端地想到"吹弹得破"，心中认定发明这个词的人，定是位爱吃豆腐脑的主。吸一口，甘甜细滑，唇齿留香，有岁月绵长的幸福滋味。"煮豆作乳脂为酥，高烧油烛斟蜜酒"，看得出不特是本小女子，连苏大学士对豆腐制品亦是青睐有加的。唯一遗憾的是我对一次性餐具缺乏好感，未免心中暗恼卖家的不解风情。这样娇娆又颇具古风的风味小吃，本该用瓷碗盛放，才见得出郑重与赏心悦目。不由怀念起幼时乡下的老海碗，厚重质朴，被时间打磨的温润光亮，若是舀上一大勺豆腐脑，斯时，碗里即绽放一朵水嫩嫩莹莹然的云朵，竟是不忍心下箸了。

关于豆腐脑的记忆深邃悠长，一头连着遥远的小村庄。父母的身影在白气腾腾的厨房里穿梭往来。把磨好的豆浆倒入一口大锅，灶膛里架起熊熊大火，父亲时常查看锅内，一步一步有条不紊地操作。终于，新鲜娇嫩的豆腐脑就端到了我们兄妹的手中。父亲还很慷慨地在我们碗里加一勺白糖，有时是红糖。那年月，糖很金贵。大家欢欢喜喜地吃着（或喝着？）豆腐脑，眼尖的我发现父亲和母亲的碗里没有糖。"我喜欢吃不加糖的豆腐脑"，父亲说，然后，把那碗没糖的豆腐脑很香甜地喝了下去。我心里纳闷。但一个幼童的智商想不到更深一层的东西，这个念头只一转也就丢下了，我"呼噜噜"喝下了自己那碗甜甜的豆腐脑。

在异乡也吃过一次豆腐脑，其过程繁复。店家首先舀上来一碗新鲜的豆腐脑。而彼时餐桌上瓶瓶罐罐林立，它们分别装着：青葱末（或香菜末）、榨菜粒、酱紫菜、虾皮、香油、辣椒油、酱油、味精等。我学着朋友的样子，在我的那碗豆腐脑里加上榨菜粒、酱紫菜、虾皮、酱油、味精少许，然后淋上一滴香油；最后的点睛之笔，当然是来一小勺辣椒油了。尝一口，一贯温吞水润、甜而不腻的豆腐脑，此时变得鲜辣香浓，味美可口，端的是风味不同！

见我感叹，朋友狡黠地一笑，自得地说，怎么样，比之尔故乡豆腐脑之风味，有过之而无不及吧。我哪里肯承认，只能是摇头摆脑一番，颇有恨铁不成钢之意地说："'橘生淮南则为橘，生于淮北则为枳'。如今这玩意，哪里还有一丝豆腐脑的味道呢。"

其实，在说这句话前，我早就言不由衷地把面前一碗豆腐脑吃得干干净净。

吃着怀念

　　我们这块，有名的土菜叫八大碗，八大碗中有名的是虾米豆腐丁。如同八大碗的灵魂，嫩嫩的豆腐切成丁配正宗小河虾烹制的虾米豆腐丁，入口鲜香，口感娇娆水嫩，食之不忘。我吃过本地豆腐宴，满满一桌美食都是用豆腐配料，个个可口却绝不重样。为什么乡人对豆腐情有独钟？便宜呗。

　　豆腐最早可溯至汉朝，《淮南子》载：淮南王在八公山炼丹失败，得一白色糊状物体，入口香甜滑腻，遂取名豆腐。

　　想来美食亦如奇缘吧，有那么多玄而又玄的不确定性。淮南王丹没炼成，却无心插柳让后人口福大张，也许是冥冥天注定。就像苍凉红尘，芸芸众生，怎么偏偏遇到一个她？从此心有所系，情有所牵，成为各自眼里的传奇。

　　穿越两千年时光的豆腐，古老，娇柔，润泽，有白玉晶莹的质地。触之手感细腻，弹性十足，再坚硬的心顿成绕指柔。而捧起豆腐时的小心翼翼，极像热恋情人间的万般呵护。

　　幼时乡下日子清贫，有粗茶淡饭果腹尚不易，哪能顾到味蕾需求？农家孩子要是敢挑剔桌上饭菜，轻则遭到呵斥，重则爆栗子上了头。大白米饭还堵不住你的嘴？简直罪孽深重。于是大半年里是见不到豆腐的，临近年关，眼看春节将近，农人们方从自家仓里量出几升豆子浸泡，一向闲置的石磨忙碌起来，成天"咿呀、咿呀"叫得欢快。土灶下架起松木劈柴，豆腐浆在铁锅里煮得"咕噜咕噜"，加石膏点卤凝成块状，用干净老布包袱包裹，放在大石磨下挤压控出水分，豆腐就做成了。腊月半后家家厨房里白雾缭绕，整个山村沉浸在新春来临前的喜悦欢快之中。最兴奋的是我们这些小孩，因为知道自家的餐桌上马上就能见到香喷喷的豆腐了。粗糙日子，因了豆腐而生动起来。

豆腐切块，与猪肉一起以文火慢炖。这乡人常用的烹饪之法，简单，却有朴素的大美。彼时肉烂，豆腐清香中蕴含猪肉的鲜美，素与荤的最佳搭配。食之，入口滑溜，自喉间迅速一吻，即抵生命核心——贴心贴肺地舒畅。若以青菜取代猪肉亦可。青菜待豆腐煮到入味下锅，汤沸即起锅，撒葱花即食。粗瓷汤碗中，豆腐洁白如玉，青菜绿似翡翠。绿白相间，是大自然的本色。养眼，汤味纯正，可祛俗世浮躁之戾气。

论起本地有名的一道小菜，要算腌辣椒煎豆腐，不属八大碗菜系，名头却也不小。油锅烧热倒入食用油加热，豆腐切片入锅，煎至两面金黄，再放入大蒜、腌制的红辣椒同炒。这样炒出来的豆腐，辣香扑鼻。未食，口腔就分泌津液。食之，则外老内嫩，兼有辣椒大蒜的咸香，甚是开胃。而绿色大蒜配大红辣椒的喜庆感，入眼自有一种欢快明亮。

如今豆腐不再金贵，菜市场上任君购买，然而正因为得之太易，分明就不会珍惜——怎么吃也吃不出当初农家豆腐的醇香。万事万物莫不如此。

| 第二辑 |

山水卷

烟雨三千寺

路过长河的时候，雨丝更密了。之所以对这条河流发生兴趣，大约源于王维"大漠孤烟直，长河落日圆"的古诗。这里不是大漠，而是皖西南大别山南麓的太湖县百里镇。也不见落日，此时正是一个冬季的上午，车窗外还飞着细密的雨丝。长河这个颇具古风的名字让我对这条穿越百里镇的河流另眼相看，它从人烟稠密隔河相望的两排农家楼房里逶迤而来，它那雨天里稍稍混浊的水流裹挟着一些力量，在波浪连着波浪的涌动里滚滚流过。雨量的充沛使它一扫河流入冬后应有的枯瘦。它流淌得气韵生动，穿街过巷，在流过一座石桥，穿越一片田野后，消失在我徒劳的视线里。最终它将与长江之水汇合，融入这条中国版图上的大动脉里。

如果说长河的名字有大雅，那百里的名字则是大俗。百里镇因沿长河古道到县城一百华里而得名"百里"。路径不同却有相同的抵达，大俗至极仍为大雅。先民歌而有《诗经》；狩猎稼穑乃有舞蹈成。我是农民的女儿，我钟情于那些来自土地的事物，我深深迷恋泥土的气息，由此我爱上百里这个地名以及它背后深藏的与泥土同质的朴拙智慧。

说起来，百里和我有着极深的渊源。百里距离我的乡下老家只有十几公里，它和我的家乡店前镇同受禅宗佛地司空山的庇佑。我们分属不同县域但我们实则同宗，甚至这两地的居民说着一口相同的土话。幼时听乡人说的最多的一句话是"去百里啰"，言语之中有自豪与快乐，让百里这个地名深深嵌入记忆。可人生芜杂，总有些时间是用来浪费的，总有些相遇是被延迟的，我与百里的相见就这样被推迟了三十年。用人生的三分之一走入一座相邻的小镇，按这样计算，人生何其短暂。大地上又有多少如百里这样古风浩荡的小镇在等着我的进入，所谓苍茫也不外如此吧。用短暂的一生丈量无垠的浩渺，如同以有限的时间奔赴无涯的知识海洋。

去三千寨的路上仍要经过一条不知名的小河，河边是当地居民的农家小楼。这些殷实的农家，临水而居，在一条河边演绎自己平凡安稳的人生，如涓涓水滴汇聚成眼前这条波澜不惊的无名的河流。沿河堤而上，我希冀能遇上一位隐居的智者，他要么栖身于小街里巷，也可能隐于云雾深处的三千寨上。

纷密的雨丝在三千寨上织出一片空蒙的意境。天与地是那么接近，几至水乳交融。一棵棵茶树在雨雾里漫漶出一片葱翠的绿意，连雨丝也被染成绿色。但这种绿不同于春天那般绿得软绿得嫩，而是饱含一种坚硬，像老玉，有时间历练的沧桑美感。站在三千寨上，看山看水看雨看雾，一切都好。我想一个人年龄的增长其实是一条心路回归的历程，不管年轻的你会多么不羁，但千山万水之后总有一天你还是会回到内心，回到这身边的一山一水、一草一木，回到这古老又新鲜的大自然！

三千寺仍然妙在古而朴，在气质上，它和百里、和三千寨搭配得如此和谐。还没有到达三千寺，远远就有梵呗之音穿云破雾传到耳畔，佛音的无悲无喜无嗔无怨在这雨中寂寂的三千寨来得清晰又分明，我眼前的三千寨以及这烟雨中的三千寺忽然被赋予了一种幽远出尘的境界。一花一世界，一叶一菩提，连三千寨的一草一木也在静静聆听佛音禅语，浑然忘尘。三千寺分前殿、中殿、后殿，层层拔高，环环相扣，简朴古拙，却也自有气象。在前殿，那个带头颂经的师太为我们细细讲解签文，一口和我家乡毫无二致的方言让我油然而生亲切感。可打量面前这位操着一口本地方言的师太，我却发现她与我想象中仙风道骨的出家人有着不小的距离，或者说，她更像一位平易近人的母亲，即使她身披的那件长长的素色缁衣，也丝毫没有为她增添一丝超拔出尘的飘逸。

设若三千寺留给我的仅止于此，那么它则完全可以混淆于大地上任何一座普通的寺庙，我也就无须在此饶舌。那是在回程的路上，听熟悉此地情况的姐姐介绍说，三千寺收养了不少弃婴，那些孤儿如今都已长大，有的在外求学，有的在外打工。

听到这些话，我不禁为我狭隘的审美趣味而无地自容。我希望遇上飘然脱离尘俗的三千寺，却压根没想到它不避尘俗，并且在那里开出一朵美丽的人性之花。

石门坊读秋

如果说皖西南的山是一首雄浑的诗行，临朐的山则是一阕精巧的小令。临朐的山不高，多奇石，石头千姿百态，大片大片占据山体，简直有喧宾夺主的意味，但这也成就了临朐之山的独特魅力。

白石、红叶、绿树，石门坊的秋天呈现在我眼前的这三个元素，构成她绚丽无边的秋色。

沿石级而上，我确认我是在进入一幅斑斓的油画。游人如织，秋阳洒下一地碎金，石门坊的红叶在秋风中低回颔首。我想我是来晚了，那些红叶因红得太过用力，已隐约显出一丝黯然来。一个骑在骆驼上准备拍照的小女孩吸引了我的视线。她七八岁的样子，被母亲扶上骆驼准备拍照。身下的这个庞然大物令她不知所措，陌生感夹杂着恐惧感，这个还没有准备好的小女孩大声嚷着要下来，即使母亲的手还扶在她身上，也丝毫抵消不了她内心莫名的紧张。这情景让我似曾相识，这多像幼年的我，胆小、怯懦、敏感、纤弱，总是在危险还没降临时就妄图自我保护。

秋天并非悲凉的代名词，秋天同时还代表着丰收与自足。就在不远处农田边，一排排老树虬枝的柿子树，全都挂上了金黄的小灯笼，这些老柿子树，树干苍老挺拔，枝条盘旋遒劲，像一幅酣畅淋漓的狂草，在宽阔的大地上肆意扩张、舒展、延伸或者舞蹈（有舞蹈的态势，其实是静止的）着它们光秃秃的枝丫，秋阳给它们镀上一层金色，那些果实，则耀眼得有些招摇，高天、流云、和风、艳阳、山峦，甚至大地，仿佛都只是为了衬托那树、那枝，以及那一树树明媚的小黄果，衬托它们的鲜美与丰硕。红叶还是石门坊秋天绕不过的话题：山峦秀美，远远近近、层层叠叠地被镶红裹翠，红、黄、绿，所有不同的颜色细细密密地编织，浓浓淡淡地渲染，秋天从每一片红叶，每一根青草，每一枚果实里蔓延，润泽，生发开去。

除了漫山红遍惹人遐思，石门坊的摩崖石刻最宜发幽古之情。高高的一座石崖之上，一幅幅形态各异、古朴端庄的摩崖石刻。可惜有些佛像毁于"文化大革命"的浩劫，面目已模糊，但大部分石刻完好。石刻佛像古朴端庄，慈眉善目，离地较高的一座石窟内，有一尊巨大的卧佛，线条流畅，雍容典雅，令人叹为观止。抚摸石刻，似乎可以窥探那些隐藏在沉默岩石下的秘密——每一尊佛像后面都隐藏着一个鲜活的思想，虽然他们生命的个体已经消失在时间的无涯里，但总有一些永恒的东西，通过他们精巧的双手，以石刻的方式保留下来。

有山当然有寺。摩崖石刻旁就有一座巍峨寺庙，一路上佛音阵阵随风飘入耳畔。空灵缥缈，圣洁祥和之音为石门坊之秋平添一种超凡脱俗之美。

"读万卷书，行万里路"一直是一种理想的生活境界。在石门坊读秋，就是这样一次诗意的行走。我走故我在。

在天悦湾听禅

法国诗人兰波说："生活在别处。"很显然，人类对于别处、他处始终心怀期待。对粗糙烦琐的现实有多失望，对他处的构想就有多清晰，这个"他处"因无限接近内心的理想境地而变得生动完美。说到底，人骨子里都有对精致优雅生活的向往。

一直在寻找这样一个"他处"，它可以迅速抵达我内心，慰藉我无边的乡愁，就像我前世的一个想念。当然，我有理由怀疑我高蹈的愿望是否具有现实操作性。因为对于一个吹毛求疵的理想主义者来说，无数次失败的例子证明，现实永远会以它无可争辩的存在让你臣服。可朋友说，去天悦湾吧。朋友不容置疑的语气与神色让我记住了"天悦湾"这个名字。

不得不承认，人类好高骛远的本性，让我们多数时候将目光投得过远，以致忽视了身边的风景。比如天悦湾，离小城只有十几分钟的路程，依山傍水的所在，因天赐温泉而得天独厚，又有独具匠心的小众姿态。我喜欢小众这个词，它代表着一种品质与个性，一种特立独行的坚守。

选择在秋天的黄昏去天悦湾，真是相宜。于我来说，春天太艳、夏天太浓，冬天又太过严酷，唯有秋天，正是物华丰熟时节，从容、洒落、淡素，又有岁月凝练的自在丰盈。正是华灯初放，迎面而来的风里夹杂着淡淡稻花香，河水粼粼的波光，在田野间无声地逶迤，像撒落一地的珍珠粒。

来天悦湾当然要泡温泉。假山长亭、修竹古松，几丛清泉，自泉眼淙淙流入鹅卵石池畔，嘈嘈切切，大珠小珠落玉盘，"叮咚"不绝，余韵悠长。泉声仿佛流入的不是眼前大大小小的池子，而是流入我早已干涸枯萎的心田。感慨这样幽雅境地可以清修了。更喜一枚瘦瘦的月亮，泠泠地落在澄澈的温泉清波里，让人不由地就想跳进去捉月亮。当热度适宜的温泉水如绵软的绸缎，在每一寸肌肤上漫溢，我的坚硬一点一点被打败，身体重复柔软如初，轻盈饱满。温暖，一个久违的词语。它不仅指的是一种温度，更是一种内心渴望。在芬芳四溢的中药温泉水里随波荡漾，听耳畔水声泠泠、禅乐悠悠，四大皆空，物我两忘之感顿生。相较于佛家精深微妙的禅理佛说，我这个方外之人更愿意把禅看作思想升华的至境、万川归宗的一种内心领悟。如果说温泉水是上天赐予这块土地上子民的福泽，那么在天悦湾听禅，则可看作精神上的一次清洁。

我一直定位自己是一个小众的人，小众的天悦湾当然能在我内心投射，引起共鸣。

春到太平湖

　　住在太平湖畔的渔村，抬头蓝汪汪一泓碧水，水天相连之处，一线远山，在天光水色之中，极轻浅，似有若无，无端想到"眉是青山聚，眼是绿波横"。

　　湖畔农田里，油菜花开得正闹，大片大片粉艳艳的黄，仿佛从天泼洒的阳光，总让人心雀跃，生出欢喜。西晋文人张翰曾诗云："暮春和气应，白日照园林，青条若总翠，黄花如散金。"在我的心里，油菜花是邻家女子，黄衫绿裙的可人儿，一颦一笑，都是一曲春的赞歌。桃花羞答答，开在我们行走的路边。往往，在太平湖畔，在乡间小道，不经意，一转角，远远的，谁家灰色瓦楞下，粉白的围墙边，矗立一树烟霞。我爱看桃花，那种喜气洋洋的粉艳，明明极俗气的颜色，却开出一种人间气象来。你能想象没有桃花的村庄吗，几乎每一座村庄都与桃花不离不弃。你也不能想象没有桃花的春天，画家作画，勾一线远山、一脉春水，水边一树桃花争闹，春天也就从纸上呼之欲出。古人也喜桃，桃花开在《诗经》里，"灼灼其华"的光芒穿透时间的维度，深入后人的心中。虽然今日桃花已不是昨日之桃花。

　　"去年今日此门中，人面桃花相映红。人面不知何处去，桃花依旧笑春风。"春风吹过，人面桃花相映红的女子在哪里？总有些故事在春天里在桃树下发生。

记忆的阀门洞开

春天穿透你厚厚的盔甲

热泪　流了一个世纪

桃花雨　淹没四月的村庄……

　　我想描绘太平湖的春天却不能，我承认我笔拙，我也得承认语言的
局限性。语言从来就不能贴切地表达自然，只能是力不从心，在大自然
的边界晃晃荡荡。比如此刻我试图用语言来捕捉，它们就会伶俐地遁
去。我只能说一说它的安静。

月光　湖水，村庄

一天就是一年

或者　一年就是一天？

静　是永远的主题

滴答　滴答

我听见时间的声响

……

　　我记得它的安静。我们如同被抛入一个脱离时光轨道的真空，我恍
惚觉得此处一日，俗世只怕真的已经一年了。

我们被抛弃在时间之外

这座沉默的小镇

只有湖水　窃窃私语

只有金黄色的油菜花　齐齐呐喊

喊出春天的心事

　　在这里，时间仿佛是静止的，以致我有一种错觉，好像我真的抓住了逝去的日子，一些失却的美好好像都来得及慢慢找回。风软绵绵地吹过我的脸颊，我的身体，吹过春天。蓝天盛满云朵，大地宽广幽静，甚至让我以为能听见花开的声音，或者种子的萌芽。我们到湖边去玩，菜地里油菜花晃着我的眼，碧绿的青菜长势喜人，肥硕的叶片里叶绿素堆积满满，以致菜叶看上去附着了一层油脂。渔村的人们就掐这样的菜叶，用大火炒了，绿油油的一盘端上桌，让我们吃个热火朝天。我在湖边走走停停，因为寂静，我能听到阳光发出嗡嗡的声响，好像太阳是悬在头顶的一架热力发电机。阳光嗡嗡响着在湖面冲撞，在菜地里盘旋，有时碰到我的脸上热热的。不但阳光有声，寂静也是有声音的，这是我经常会有的感觉。物理学说没有绝对的静止。其实也没有绝对的无声，在再静的深山老林我们都能听到声音，风吹树梢，鸟儿啼唱，蝉鸣山静，泉儿叮咚，但我们不会认为吵，只觉得那就是静。当然，如果是一个内心焦灼的人，他听到的就只有内心的喧嚣，会盖住这一切的天籁。

　　一颗安静的心，才能契合自然界的呼吸。

　　在太平湖渔村的几天，恰逢风和日丽，很幸运地让我们饱览了一番湖光山色。走那天却意外碰到阴雨绵绵。不过，都说黄山风景区之美，雨中最具风味，这话有理，江南雨，雨江南，没有雨的江南自是少了楚楚风致。回程路上，车内的我，眼睛一刻也不放过窗外的美景。彼时，车窗外的黄山风景区，云雾缭绕，如幻似真，当是时，天空上下一色，全被笼罩在空蒙烟雨之中。这样的背景下，黄山村落更显素净、简洁、端庄之大美，另平添几分朦胧缥缈之态，远看，活脱脱是一幅宣纸画就的水汽淋漓的泼墨山水。我恍然明白了徽派建筑的真谛之所在。

　　黄山，当得住如诗如画的美名，适合安放一颗疲顿的心，譬如我。

走不出的是乡愁

行走总是意味着走出自己的经验。与有着大别山中小江南之称的冶溪镇相遇，身体的每一个细胞都在告诉我，这是个不同于我居住的地理概念。

冶溪镇与我居住的城关同属岳西县，因边邻武汉，加之地势低矮平缓，和城关相比温差有三四摄氏度。城关此时乍暖还寒，可车子一旦进入冶溪境内，立即就感觉到暖意扑面。仿佛我们行驶在一条季节的河流，越是抵近冶溪，春天愈深愈浓，整个大地都蒸腾着一股蓬勃的活力。历经一个严寒酷冬与早春低温折磨的身体亦如这大地上任意一株花朵，绽放开来。

人生苦寒，有关春天的记忆却温暖。大自然终究是仁慈的。这样想着的时候，我正行走在冶溪的河堤上。青草开始泛绿，似有若无的星星绿意，厚薄不均地铺呈在枯黄的母根上，我知道不久后这些绿将茂盛、壮大，像绿色的火焰燃遍河岸。春天总是给人以希望，新生的幼芽在枝头、在泥土里，在人心里绒绒地长出来，一开始是嫩黄，如鸡雏软嫩的嘴壳，然后慢慢地被一场又一场春雨染绿，直至覆盖整个大地。"春草年年绿，王孙归不归？"喜欢王维诗的清新脱俗，虽然到底是悲哀了些。

冶溪与我有着极深的渊源，是我第二个故乡。在冶溪，我度过人生最重要的少年时代。这个鲜花遍野的小镇，参与过我的青春，喂养过我的理想。

　　重新行走在冶溪的大地，如此郑重缅怀我的少年，这是第一次。过往在春风的吹拂下一点一点被还原。记忆真是个奇怪的东西，连最强大的时间对其亦是无可奈何。比如现在的我，一踏上冶溪的土地，二十多年的时间岁月忽然就变成弹指一瞬，好像我一伸出手，就能真实地触摸到过去。而我还是当初那个青涩少年，正手持课本自油菜花开遍的田野里起身走向课堂。

　　油菜花曾经是冶溪最惊心动魄的春景。我坐在油菜花地里手捧课本，朗读。语文、英语、政治，甚至物理、化学，我会把那些佶屈聱牙的句子定理公式通过我的声音交付给每一朵油菜花，我相信它们能听到。那时的生活，封闭但向上，虽然整天除了学习还是学习，每天重复千遍地背诵，做题，晚上熬到深夜。但有一种力量在激励自己，有一种朦胧的召唤来自远方。一天又一天，我坐在油菜花地，看书累了就看花，那样明艳艳的黄，如同阳光直接泼洒到田野，灿烂夺目，我是不能长久凝视的。于是我看天，蓝得娇艳欲滴。我喜欢瞎想，让思绪跟随悠远的白云飘到天边。天边有我的寄托和希望，说不清楚的更新鲜的约等于理想的生活。我就那样与油菜花朝夕相伴，三年的春季，算起来是多少小时多少分钟多少秒？没有谁能像我那样与油菜花建立过这么深厚的感情。油菜花，花两性，辐射对称，花瓣四枚，呈十字形排列，这是百度上的内容。平凡无奇的花朵，每一朵花都可以被淹没在千万朵相似的花朵里，一种没有自我精神的花朵。中国人性格里不喜欢太过绚烂直白的东西，说话讲究欲语还休，风景讲究曲径通幽，中国画的一种技巧叫作留白。然而油菜花不懂这些，它不管不顾、兀自千朵万朵地绽放，单一的风景，大规模的复制，每一朵细小的，粉黄色的花瓣一模一样、千篇一律，可千万个单一与平凡汇聚起来，如水滴汇成河流，如河流奔赴大海，那种宽广与深邃、壮丽与辽阔又是哪一种花朵可以媲美？！这样平凡普通的花朵，因千万个自我的复制而创造了不凡的美丽，重洗我们单一的审美经验。油菜花以它自身的努力向人们喻示着什么？一切皆有可能。植物的智慧，不言，却深刻。

那时候的我就是一朵开在枝头的油菜花，平凡无奇，淹没在相似的青春面孔里。那些单调的日子现在想起来却珍贵而不可再得。初中三年，我努力学习，为着一个朦胧的目标。学习之余我还要克服成长中的烦恼。例如，我变得比过去更爱美，哪怕最朴素的旧衣服，我也想穿出最有品质的样子来。不看书的时候，我悄悄掏出口袋里的小镜子，一遍一遍看镜子中的自己，熟悉而又陌生。我还爱在某一个人悄悄经过我宿舍窗下的时候吹口琴，吹那首我最爱的曲子《梦驼铃》，其中有一句："风沙吹老了岁月，吹不老我的思念。"我被那两句击中，地老天荒似的。我每次算准那个人晚饭后拿着课本经过我窗前，而我的琴声适时响起。我相信那个人会听见我的口琴声，露出会心的微笑。那样细小而无法释怀的感觉更多时候给我带来困扰和烦恼。我渴望长大，和那个人一起，长到可以面对面道一声"嗨，你好啊"，然后手拉手去看日出，去流浪。那个人是谁？早已不能清楚记得面容了，只记得是个有着羞怯眼神的安静的少年。他坐在我后排，成绩并不如我好，但他有一双羞怯明亮的大眼睛。

来到冶溪，我不得不提到一条叫作"溪河"的河流。冶溪的又一名字就是叫作"溪河"，由此可以推理出这条河流与冶溪的血缘关系。溪河的源头是东方红水库。那座水库的名字与一个时代紧密相连，那是个正在离我们逐渐远去的年代。大刀阔斧、跃马扬鞭已是昨日的风流，只有这座水库的名字，记下了过往那段重整河山的岁月。那座水库我去过，很久以前。那里四面青山环绕，水库的水绿莹莹、深不可测，盯视久了，就会觉得身上也有了阵阵寒意。绿色一直是被歌颂、被感恩的颜色，是生命的颜色。但在东方红水库，我看见了绿的莫测，像命运之手。"水能载舟，亦能覆舟"，这句话一直是封建王朝用以警戒自我的良言金句。在这里，并没有生命与感知的水被赋予了使命感，代表着最底层的力量，可以温驯如奴，却也能在某一个时刻冲破阻碍，毁坏一切。

我就这样与一条河流对话。这条自东方红水库蜿蜒而下的溪河，日复一日忠实地完成它的使命，滋润着这块土地与土地上的子民。"人不能两次踏进同一条河流"，赫拉克利特如是说。这是我看过的最深情也是最悲情的哲学论句，一切都是在变，在消耗，在衰亡，没有什么是永恒。所以看到河流我容易伤感，我仿佛看到时间在我面前缓慢却迅速流过。这条映照过我少年时代的河流，我再次进入已经是一个忧伤的中年。

一条河流可以无视我的伤感，它看见过多少衰微与生长，它可以冷眼打量一个人的一生而不动声色。眼下，我能感受到一条在春天里重新焕发生机的河流，河水在潜流暗涌，它知道它将迎来自己又一次的壮大与辉煌，一切都在它的预料之中，由此它尽可从容，它的流速缓慢、悠长，在阳光下如一面平滑的镜子。一条河流也可以衰老吗？其实在故乡或他乡，我看见过很多衰老的河流，枯萎的，再流不出一滴甘泉。有一次，我到小时候上学的学堂去，那时候是在一个老祠堂。我想走小时候走过的那条青石板路，可此路已经不通，它曾经担负着的交通的重任早已交给与它隔河相望的对面的一条油光水滑的水泥公路。在没有脚步丈量的日子里，它天天萎缩，最终死亡。等到我看到它时，只有一家门前象征性地有一段青石板，其余的都被住户围堵，堆上杂物，面貌全非。而它曾经依傍着的那条小河，小时候记得每次上学都有很多女人在里面洗涤衣物，"啪啪啪"，洗衣石上的捣衣声捶得天响地响，夹杂着女人的喧闹和笑声。可眼下那条小河枯死了，像一节遭雷击而死亡的树木，它的河道里堆满垃圾，塑料袋、易拉罐、食品包装袋，这是个盛产垃圾的年代。河道里没有一滴水，如一个已经死亡的人干涸的泪腺。站在那条河边，我看着和它相邻的那些农家小楼，一律瓷砖贴墙，两层三层的小楼房，光鲜亮丽，它们看不到一条河流的死亡，我却能看见楼房们空虚的华丽。没有什么是永恒的，赫拉克利特说得对，眼下的溪河，和我记忆里相比，它不可避免地混浊了些，偶尔还能见到河边的沙滩与草地受到轻微程度的损害。我总是那样煞风景，我无意窥见一条河流的伤痕，就像我无意凭吊我的青春，却总与过去撞个满怀——残酷的真相逼视我去正视体内正在发生着的令人沮丧的变化。

此次来冶溪是初春。遗憾没有遇上油菜花开的季节。开在我青春枝头的油菜花的记忆终究只能是记忆。或者农人根本就没有种植油菜？一路上看到田野空旷，略显萧瑟，难得一见油菜作物。种田不赚钱，农民都选择出去打工。我能理解他们致富奔小康的良善愿望，但依然为错过了油菜花的春天而念念不忘。

也许一开始我就错了，我以为记忆可以对抗时间，以为只要循着源头寻找，过去的美好就会触手可及。其实，在时间的外力下，改变无所不在，背叛无所不在。

在一家农舍前，我欣喜地发现一株开得正旺的桃花，如粉似霞。这株开花的桃树像一束光照亮了这个略显阴沉的春天。"桃之夭夭，灼灼其华。"古人真是智慧，只这两句就让后世多少形容桃花的句子黯然苍白。唯有崔护的"人面桃花相映红"，或可稍稍平分一点秋色。其实，桃花是很喜气的花朵，它的绯红、它的亮丽，就能点燃整个春天。犹记少不更事时，因喜桃之艳丽，总爱采来插个满头。喜欢桃花朵朵开，喜看它在春日下开出一树的娇艳明媚，唯此才觉岁月安好，春色满人间！

细看眼前的花朵，淡粉色，娇柔、纤小，偏又精致异常。大自然的巧琢天工让一切的人工雕饰都自叹不如。即便是一株平凡的花朵，也无不是极尽精妙。

我站在桃树前拍照。我是个平庸的不称职的摄影者，我总不能拍出更唯美更具冲击力的风景片来。前面说了，我是开在枝头的一朵平凡的油菜花。平凡是我一辈子必须背负的，是我痛苦和快乐的根源。后来我迷上了写字，可依然没能改变我平凡的命运。我是一个平凡的写作者，我不能将我的文字组合得更好，正如我是一朵开在枝头的平凡的油菜花，不能在千万朵里被剥离、被注目。或者，平凡是我少年时，在我坐在油菜花开遍的田野里朗诵背书胡思乱想时就已经被注定了的吧。一个小女孩从自家屋前走过来，好奇地打量着我，打量着我手中的相机。她被春风吹得绯红的小脸恰似一朵粉面的桃花。小妹妹，我给你拍照，和桃花一起合影。她羞怯地看着我，最终好奇心战胜了害羞，她站在桃树下，露出开心的笑容，我定格了这美丽的瞬间。

如果把我的镜头往右转，镜头里就会出现高高矗立的司空山。"横看成岭侧成峰，远近高低各不同。"如果当年诗仙上的不是庐山，而是司空山，那么我相信他也会写出这样的诗句。这座禅宗发源地的古老的山脉，此时和我的家乡店前镇那边视觉里雄浑伟岸的山体不同，从冶溪这个角度看，司空山显得峭拔、冷峻。映衬着山下河堤的古树、宽广的田野、河流，构筑出冶溪独特的田园风光。

说到冶溪的古树，值得写上一笔。冶溪的古树之多、之奇，已令这个边远小镇颇负盛名。在冶溪行走，迎面而来就会遇到一株古树，让人有乍然相逢的惊喜。在冶溪镇中心街不远处，就看见一株树龄有 310 年的古树，虬枝如铁，莽莽苍苍。即便是初春里枝条光秃，还未发出新枝，它依然树冠如盖，气势凛然，让人油然而生敬意。一棵饱经沧桑的古树，它已活成了一页沉甸甸的历史。

在古树下倾听鸟鸣与风声，一切都是这么熟悉，又是这么美好。在这里已没有嘈杂的市声、争执与计较，只有大自然的天籁之音隐隐可闻。浩瀚的春风鼓荡，一只蜜蜂在菜花上盘旋、吹入鼻端的也不再是汽车尾气呛人的味道，而是菜花粉甜的香气。我想起了与此一山之隔的故乡，此时亦是娇蕊含羞春水流的婉转旖旎情境吧。我愿意亲近每一座田园，并把它当作我的故乡，一朵花、一滴水、一只竹篮、一把笨拙的板凳，都能让我重拾过往，我固执地想要得到更多，那些生命中原初的悸动。

甚至在这家农家酒店的幽静后院，一畦菜地、一排扎得很整齐的竹篱笆，也让我徘徊惊喜了很久。

行走总是意味着走出自己的经验，可走不出的是记忆，是古老的无法慰藉的乡愁。

不可说，一说即错

"读万卷书，行万里路"，这是一种境界。如此或可解释我热爱行走的动机。然而生存的困境在于你永远都只是生活流水线上的一颗螺丝钉。鉴于此，我珍惜每一次的行走。行走，并不可简单地解释为自此地到彼地，而是意味着你暂时抛下了人生的重负，遵循自己的内心，投入一场纯粹的行为艺术之中，这就是行走的魅力所在。

因缘一次笔会，来自五湖四海的文友同聚江苏张家港凤凰古镇。早在此之前，江南就一直令我情牵。在我的意念里，江南是天边一弯蛾眉月，荡漾在小桥流水的碧波里；是油纸伞飘过的空蒙雨巷，一个丁香花般结着愁怨的姑娘。是否越是无缘得见，才更易起相思？像闺怨诗中的古代女子，举首望明月，低头问流水，我心心念念之间都是远方的江南。

人类的天性就是对远方期许过高。二十一世纪的江南，其实所保留下来的古典因子也真是非常的有限。在苏州，因急着赶路，只记住了我投宿的小宾馆附近街道上流水般喧哗的车流声，唰唰唰，像流星划过天际，汇入更远的城市的洪流，除了尾气，并不曾留下什么轨迹。摩天大厦将灰色的天空切割成不规则的块状。行程关系，苏州没有做过多停留，惋惜久负盛名的苏州在我印象里只是中国地图上任何一个城市的翻版。高楼、人群、车流，灰暗的天空，园林在想象的空间里若隐若现。

张家港宛然一个小苏州，仍旧城市的格局，尺码小了些，和我想象的江南有了距离。还好有凤凰古镇，一个"古"字引人遐思。来时正是冬天，小镇铅华尽洗，私下认为江南的冬季亦是美的，有蛾眉淡扫的洗练。

奚甫塘其实是一条穿街而过的河流，河水依依环绕着恬庄老街，乍一看仿佛这水并不曾流动似的。江南的水大约都是这样吧，与吾乡的水相比，它们少了激越奔腾，类似此地人款款曲曲的吴侬软语。我不明白为什么一条温婉河流被叫作塘。而眼下的这个古镇也会有一个"凤凰"的名字。按当地文友介绍是皆因这里有一座凤凰山。所以我说的凤凰古镇不是湘西那个鼎鼎有名的凤凰古城，而只是张家港版图上的一个小镇。

恬庄老街有清代的建筑，历经百年风雨依然华美堂皇。高高的马头墙、雕琢精美的木格子小窗，古典建筑的美在于那种铺张到极致的精工细作。在那样缓慢悠长的岁月里，与其说他们雕琢的是艺术，莫若说他们雕琢的是时间。这与他们所处的那个年代一脉相承。就像古典画里常见的仕女，精致的妆容、钗环玉佩，步步生姿。可她们分明又是收敛的，不事张扬的。这也许就是古典历经几千年传承依然魅力不减之处吧。杨氏孝坊，榜眼府，每一处都有一个深藏在时间里的故事。只是在导游的解说里，这一切被概念化、符号化。短促的走马观花里，我们并不能穿越厚厚的时间去抚摸那些曾经是活泼泼的生命个体。我们之间隔着时间的深井，无力企及。

奚甫塘脉脉流淌的清波让人思绪悠悠，可惜并不见有小船咿咿呀呀摇过来。我奢侈的江南梦里想象自己是江南清丽的女子，着一袭红衫，荡一只小船，采莲。或者是那摇着小船的阿娇，曾经在一个人的心上被唱了又唱。

当地文友说，来张家港凤凰古镇一定要去河阳山歌馆。河阳山歌馆是一座仿古建筑，曲水流觞，亭台水榭，冬日寒风吹拂得遍身冰冷，却也吹皱一湖碧波。这座人工湖里的水，丝缎一般，绿得有些诧异，是那种亮丽的绿，或者蓝，不由得想到巴金先生笔下的"女儿绿"。

河阳山歌馆再怎么仿古，依然不能掩饰这座建筑之新。在建筑上，新是一个硬伤，没有时间积累的底气。然而，当你听到河阳山歌的刹那，你就会原谅这座建筑的历史之短了。"杭育斫竹……嗬哟哟……杭育削竹……嗬哟哟……杭育弹石飞土……嗬哟哟……"穿越六千年时空的《斫竹歌》在耳边回荡，这与其说是歌，莫若说是调子，围猎的调子。古老的调子里，我眼前浮现河阳先民们围猎的场面：面对神秘莫测的大自然，面对凶猛的野兽，为了生存，为了克服心中的恐惧，他们唱着《斫竹歌》，削竹为剑，勇敢地与野兽搏斗。在恶劣的生存条件下，人类就是这样一步一步朝前走去。有时想，人类不啻是一个奇迹，削竹为剑，围猎为食，在艰险的大自然中顽强地生存下来，留下一部厚重的历史，可谓伟大。而更令人可钦可叹的是，六千年的时间该是多少生命的传承与积累，可先辈们围猎而食的调子也就是耳畔的这首古老的河阳山歌却依然响彻大地。这与其说是一首古老的山歌，莫若说是一部人类生存的史记，其沉甸甸的厚重力量让人振奋与感怀。

"南朝四百八十寺，多少楼台烟雨中。"此时的古镇冬阳晴好，并不见迷蒙烟雨，但面对恢宏壮丽的永庆寺时，我忍不住想到这两句诗。明黄色山墙，赭红色的木梁和门柱，金黄琉璃瓦在日光下灿然生辉。占地八十六亩，面积一千五百平方米，依山而筑的永庆寺气势非凡。

史载永庆寺始建于东吴赤乌年间，迄今已有 1500 余年历史，为南朝四百八十寺之一。梁大同二年（公元 537 年），由陆孝本舍宅扩建，由此扬名。唐天宝十二年（公元 754 年），高僧鉴真和尚最后一次东渡日本，应永庆寺住持常达邀请，行前参礼此寺，再从黄泗浦登船东渡日本。永庆寺历史上最著名的是一百零八罗汉堂，其中罗汉姿态各异，生动逼真，或喜或怒，变化无穷。《水浒传》作者施耐庵曾隐居于该寺文昌阁内写作，所以有施耐庵先生的一百零八好汉是受永庆寺罗汉堂一百零八罗汉影响一说。其实，如果追本溯源，好古派如我又难免失望了。因为真正永庆古寺已毁于1958年的浩劫，面前这座寺庙乃后期重建而成。按说这也是可以想见的了。在中国伤痕累累的大地上，又有什么是能幸免的。虽然我们总是一再诅咒时间，并且在时间的外力下，沧海确也能变桑田，但我们不得不承认，相比于人祸，时间反而仁慈。

来寺庙当然要拜佛，虽然我不是佛教信徒。我认为真正意义的佛教，其实是内心的一种救赎，一种安慰，是摒除自身妄念以达到内心清明的一种大智慧、大悲悯。

奇怪的是一尊金色阿弥陀佛圣像的右臂上竟然长出了小小的一朵灵芝，或许真的是源于佛的神秘力量？谁又说得清呢。

过大雄宝殿，眼前豁然开朗。一尊高约20米的四面观音佛像赫然矗立眼前。慈眉善目的观音，仿佛能洞察我等心事。佛自有一种隐秘力量，再狡诈的人在面对佛的刹那，都有忏悔心、领悟心。只是尘海茫茫，容易湮灭人的慧根，只有大修为大智慧的人方可保持心性纯洁澄明。可佛曰：佛不语，禅不说，一说即错。一说即错，是的，语言为人类设置很多陷阱，语言又有太多不能准确表达思想的缺憾，可絮絮叨叨，纷纷扰扰的人类，若真能体悟佛"一说即错"的深深禅意，世上也就没有了没完没了的烽烟与战火。

一说即错，或许，我洋洋一篇凤凰行走的所谓文章，也只是佛眼里的末流之技吧。并且，又或许，随着我语言的愈来愈深入，其实早已远离了我思想的初衷？文字的无力感，岂不悲乎！

不可说，不可说，一说即错。那么，还是就此打住吧。

水畈之秋

"秋气堪悲未必然，轻寒正是可人天。"眼下，轻寒倒是未必，天气却正是可人。这个秋日毫无肃杀气象，倒像是小阳春了。

许是气候晴暖吧，人家门前栅栏里鲜花正开得招摇，疏懒如我，对花草向来只知欣赏其色、香、态，却从不细究每一株花草的品种与名字。就这样疏疏淡淡走进水畈村，好奇地打量每一户农家小楼里的烟火日子。收拾得洁净的农家小院，自来水池子上一把碧绿的青菜，门前吊着的一串红得耀眼的辣椒，朴实、家常的气息就在这一菜一蔬里氤氲、荡漾开来，像一个一个的日子，妥帖、安稳、喜气，有光阴沉淀的厚重力量。一头发花白的老人坐在门前矮椅上晒太阳，满脸深密的皱纹里，是与岁月和解的沉静安详。"中国十大最美乡村"，这样的殊荣并没有惊扰他们安静绵长的乡居生活。

早已入秋，茶园却依然浓绿，远望像一块块温润的古玉，又似绿色的毡子，在田野里兀自葱翠，漫漶，与如黛的远山相接，入眼尽是深浅不一、层层叠叠的绿，深沉的绿，浓得化不开的绿，绿是初秋水畈村的背景色，大笔大笔的泼墨山水。"却顾所来径，苍苍横翠微"，从茶园小径漫步而过，我也成了万绿丛中的一株向阳花了。惊异于这个地处天仙河畔的村庄，温暖的气候，淳朴的民风，秋的节气也在这里停步不前。举目望去，远山秋叶未红，层峦叠嶂，水畈村红瓦白墙的农家小楼一字排开，静卧在青山脚下绿树丛中。"结庐在人境，而无车马喧"，如此的水畈村，实在可以媲美陶翁笔下的田园。

秋阳淡照，晓风徐来，垂柳依依，池塘水清且浅，秋水盈盈一脉间，可惜临水照花，没有倾国倾城貌，如斯美景，忽然想起《牡丹亭》里的杜丽娘，纵如花美眷，却枉叹似水流年，人如花，花映人，悲春复思春，深闺深深深几许，有的只是青春荒凉无边的寂寞。想来，如若能在水畈村的如歌田园里听一曲昆曲多好，品丝竹檀板音韵袅袅，听柔美唱腔珠玉滚盘，伴着秋风飒飒，秋虫唧唧，清歌妙律共萧萧秋声，宛然天籁，如此，方不负此等山川美景吧。

野菊花零星点缀在村前屋后，山坡地畔。桂花大约已开过，我所住的小城，街头里巷，有不少的桂树，树身老迈，树叶葱茏如墨绿云朵。早在一个月前，穿行在小城的大街小巷，老远就有清香扑面而来，近见细碎金黄的小花朵，在绿叶丛中芬芳，自在自足。桂花，如有着一颗诗心的女子，没有夺目的姿色，却腹有诗书气自华。桂子，有美女作家在文章里淡淡抒情，这样称呼桂花的芳名，唯美，温婉，让人感念秋天的好，闲适雅致，秋天当是这样的吧。其实，在水畈，桂花开没开过，我有没有错过桂花盛开的时节，都不打紧，"人闲桂花落，夜静春山空"，这样的句子读来齿颊留香，这样的意境让人流连低回。

我站在水畈，感受清清寂寂的时光，感受万物静好，真想抓住这一刻，这每时每刻都在流逝的时间。我一直渴求无欲无求心如止水的境界，世俗的触角延伸不到，物质的嚣张跋扈也无能为力。在水畈，恍惚片刻之间找到了这种意境。小河边，一群鸭子踩着清波，夕阳余晖洒落一河金穗。一只水鸟停在芦苇上，凝视对面河岸，要不就在凝视远方。

芦苇　水草

野菊花的秋天

一只水鸟飞越黄昏

水畈的黄昏

老山羊在落日里歌唱

它知道什么呢

白云在更远的山峰

它也懒得听

它只关心　风的去留

　　我惋惜池塘没有荷花，哪怕是枯荷也好。"留得枯荷听雨声"，可在秋雨纷飞之时，与古人一起听秋，听秋声寥落，潇潇淡淡一曲秋歌，领略秋的薄凉滋味。

　　池塘边的甬道用鹅卵石铺就，一颗颗珠圆玉润的鹅卵石，整齐排列、镶嵌、延伸。踩在鹅卵石上，一脚踏进了童年，幼时的夏季，几乎都待在河边，戏水、玩沙、捉鱼、捞虾，或者干脆将鞋子脱掉，光着小脚丫，踩着河边浑圆的鹅卵石，趔趄着前行，光滑的石头摩挲着小脚丫，麻酥酥的感觉传遍全身。想起来，和大自然亲近已经是很遥远的事情了，遥远得就像前世。想想也真是怅然，其实，多少年来，我们以为每一次的奔跑都是接近自己的理想，可是一回头，才发现自己已经偏离了初衷。

　　还是回到现实来吧，回到水畈村，"暧暧远人村，依依墟里烟"。在水畈村枕一溪烟月，做个好梦，梦里，炊烟袅袅，村庄如画。

梦里水乡

如果梦可以选择，我要做这样的一个梦。

浅淡色水乡，青色雨滴斜织在花纸伞上，丁香花在雨里吐出细细的清香。石拱小桥上，年迈的阿婆颠着小脚，脸庞笑成一朵菊花。石拱桥下，一只小船咿呀荡过，年轻的阿娇唱着童年的歌谣。

江南是远古的乡愁，在诗词在歌谣，我们一唱再唱。小学时候，跟在老师后面读："江南好，风景旧曾谙。日出江花红胜火，春来江水绿如蓝。能不忆江南？"清脆的童音，曼声吟哦，虽少不更事，遥想那美丽画面也不觉痴醉。那是与江南在文字里的初次相遇。长大后的江南则是昆曲的余音袅袅，细若游丝的美，无端让人想到"弱不胜衣"，想到贵妃出浴"侍儿扶起娇无力"。阴柔的，典雅的，这样的水乡是中国文化的源头和血脉。

没有到过真正的水乡，所以才有想象力来弥补不足？我天生是个幻想家，是幸也是不幸。小时候看小说，把自己幻想成女主人公，看电影，把自己幻想成女主角，也只有在这样的时刻，才觉得不可忍的庸常生活也有了期待的理由似的。我出生山中，多数时候我活在诗中而不自觉，只有在远离故乡的那一刻，才会回想那些被鸟鸣唤醒的清晨，被蛙鼓歌唱的黑夜；那日日相对的青山绿水，那草尖滚动的晶莹露珠。然而圣人说，"仁者乐山，智者乐水"；有梦的人说，生活不止眼前的苟且，还有诗与远方。在远方，有我热爱的水乡，流连低回烟波千里。

中国文化在水乡浸润千年，水乡与文人相互成就，水洗濯了文人的心胸，文人为水注入深刻的文化底蕴。"蒹葭苍苍，白露为霜。所谓伊人，在水一方。溯洄从之，道阻且长。溯游从之，宛在水中央。"我每每读《诗经》，就觉得老了一千岁。那样迟慢简素的光阴，干净的爱情，在隔河相望的彼岸。我们只能远望，想念，低首，却涉不过那河——缓慢流淌的时间的河流。在水一方。两千多年前那湾澄澈的水，流淌在诗经里，也流淌在后世每个人的心头，《诗经·蒹葭》读来由此让人怅然若失。蒹葭，秋水，这样的词语咀嚼在嘴里，有古气静气，可清心洗俗。我每读此诗，眼前出现一幅素淡的中国画，几丛淡墨，两抹烟云，在水一方的佳人，因道阻且长，看不清面容，让后人千载之下犹是念念，如国画中的留白。中国诗书画艺术，表现形式各有不同，却自有相生相通之处，不同的路径，相同的抵达，追求的是同一种境界——美的境界，也即王国维在《人间词话》里极力推崇之"意境"。所以中国书法，泼墨淋漓皆是画；表现在诗歌文学，则是典雅、蕴藉，那种欲进却退，欲语还休，一点而带面，一道阳光而折射出万紫千红，却又只是鸿泥雪爪，风过无痕，同国画留白有着异曲同工之妙。

　　看山不是山，看水不是水，那是因为山水里住着文章。曾往黄山太平湖畔住过一个礼拜，当那一汪澄碧的湖水在我的视野里穷尽，最后和一线远山交会时，清楚听到内心"咯噔"一声，一些久不触碰的坚硬，已如阳春的白雪，一点一点融化，活泼泼地泛滥。躺在湖边，看青天淡水，春光无限，听鱼儿唼喋，水鸟浅翔，阳光像浸在奶油里的金色丝线，甜蜜的，温暖的，带着油菜花薄薄的清芬，蜜汁样浸润我全身。我枕着一顷碧波入梦，满耳都是桨声欸乃，虫鸣唧唧，世界万物花开，春天如此美丽，湖水寂寂，大地安静。其实桨声只是我的错觉，或者说是我心里的声音，摇着木橹小船的阿娇是看不到的，生活总是会给你留一些小小的遗憾。看着突突奔驰的机帆船，如一把利剪，划开蓝色绸缎一般的水面，对于一个患了怀旧症的人来说，终觉美中不足。

如果梦可以选择，我要做这样的一个梦：淡青色的水乡，我坐在一只乌篷船上，看春水一幅天上来，温暖满人间。

与一座古老的山脉对峙

　　与一座古老的山对峙，很难不产生渺小之感。司空山，小时候我们听得最多说得最多的一个名字，就像说我家的菜地水田，可并没有想过因何而名。长大才知此山大有来头，在未知与知之之间，忽忽已是时间飞逝人已中年。山还是那座山，人不是彼人了。

　　说是相传战国时期有位淳于氏，官居司空，一生为官清正，后隐居此山，故名。二祖慧可在此山传衣钵于三祖，经千年风霜雨雪，传衣石上似乎还能听到两位禅宗老祖的偈语。李太白游此山留下诗行，明进士罗汝芳镌刻的"太白仙踪"四个斗字依然清晰可辨。司空山古时也是兵家必争之地，古城墙的墙体黑色，被风雨剥蚀成斑斑驳驳，呈现时间本来的面目。

　　二十年后再登山，有种与故旧相逢的喜悦。清明过后，天气照例的好，阳光灿烂地摩挲着我的面颊，给山中的草木镀上一层亮光。绿的绿得逼眼，红的红得热烈，主要是映山红，学名杜鹃花，一丛丛，一簇簇，像一束束火焰在山林沟壑燃烧。盘旋而上的石级，蜿蜒钻入丛林，愈上，地势愈陡。有溪水飞流直下，撞击岩石作珠玉点点，水雾拂面丝丝清凉，偶有入怀便倏忽不见。沿途都有溪水相随，叮咚声不绝入耳。攀过扶梯又是石阶，一回头，山的右侧就是七级浮屠，它看起来那么近，然而又是那么远。七级浮屠石壁料峭、犀利、陡峭，那些嶙峋的石壁，阳光辉映有金属般的质感，熠熠生辉。崖壁斧劈刀斫，耸立如屏，难怪当年诗仙有"断崖如削瓜"的惊叹。

断崖上，时光留痕

岁月的刀伤，入骨疼痛

一个声音在问

是谁，安排了我疼痛的命运？

二十年对于一个人是个不短的人生跨度，但对于沉默的山脉真是短暂到可以忽略不计。登山以前我有无数的猜度，等到逐一找回记忆里的地形特征，才知道时间对于一座坚硬的山脉也有无力感。甚至去到上院的那条小径旁密密的细竹，都还是二十年前的模样。

我和姐姐一起登山，身旁还有许多不认识的人，路上居然遇到几个城里人，手拄竹棍，形容狼狈，被我们这些山里人暗笑。从小身在山中，登山对于我来说只是体力的挑战，至于爬山太容易了，自小就会，虽做不到如履平地，也是从容自若。

穿过那丛翠竹，峰回路转之间视线豁然开阔，寺院前几株野山桃顶着无数粉红的花蕾迎接我们，后面露出红墙碧瓦的庙宇，司空山上院到了。这是一座崭新的庙宇，原来那座石头垒砌的小庙还在，只是石门紧闭，闲置不用了。这大概是山中变化最大之处，建筑的热潮不但席卷红尘，净土亦不落后。我们坐在上院的厨房里歇息。厨房面积很大，灶台铁锅，收拾得干净整洁，案板上放着碧绿的瓜菜、火红的番茄等，居然一派人间烟火气象。

顶峰的攀爬更见难度，有时要手脚并用。岩壁上建起了手扶栏杆，新一轮的景区建设正在酝酿，时间没有改变掉一座山脉，人力的改变正在进行。我习惯性地跺跺脚，听见脚底发出空洞的声音。小时候就听乡人说，司空山里面是空的，上山顶时候用脚跺地，听到的是空响。更有人断言司空山山体里隐藏有好几条龙。那一年发大水，我在县城读书，在家的母亲就很肯定地告诉我说司空山里有一条龙飞走了，在门前田畈打滚，很多人看见，以致河面石桥被撞断。我告诉母亲那叫泥石流，是一种自然现象，但母亲压根儿没听进去，如同山脚所有的老百姓，他们愿意活在一种想象里。这样的传言我当然不信，只是也解释不了跺脚为何发出空响。总之关于司空山的传说很多，都是山下的百姓口口相传，当不得真，也无从考证。

上得山顶，视线里众山一小，大地莽莽苍苍。我仔细辨认着自家的屋顶，只看见屋后那丛竹林，是辽阔画面中的一滴绿。山顶风大，衣衫被吹成一面风帆，阳光的温度也被稀释，我找到二十年前和同学合影的地方，当年的笑闹仿佛还在耳畔。那时我坐在最右侧，低着头，傻傻的样子一度被同学取笑。一如当年，我手扶石头对着崖壁下才只看一眼，一股震荡人心的幽深与空旷冲入我恐高的眼睛。赤壁丹砂是司空一大景。我不敢想象当年采朱砂的人是怎样克服人本能的恐高，把命运交给一条绳索，在陡峭悬崖采朱砂入药。现在医学发达，再也没有人会冒着身家性命去崖间采朱砂，只有山风从山崖吹过，阳光静静照着朱红色的石壁。

时间凝固，一座山脉
千年不过你打坐的一瞬
奇崛，冷漠，矗立
矗立大地，矗立云端
矗立于生命不老的记忆
矗立于过去今天未来

矗立于渺渺时间长河
永远有多远？
看到一座山，会明白什么是永远

妙道山小记

通往五河镇的盘山公路，像传说中的天梯，我们似要爬入渺渺的天际。但还未上得天际去揽日月，车身忽又曲折向下，我们又宛如踏上了通往地心的魔幻之旅。雾忽然升了起来，也可以说是云，白，浓乳一般，在我们脚下，而且大有把我们吞没的趋势。我瞄一眼车外，已是一片白茫茫的虚空，面包车负着我们如冲出洪水包围的诺亚方舟。此种奇观皆因五河镇低海拔的原因，一不小心我们就成了遨游云海的仙人。

同行的小朋友说："我要到那片云海里去。"惹来一片善意的笑声。我想那位小朋友说出了大多数人的心声。

妙道山里没有道，只有我们熟悉的山的气息。清新的空气，满耳的鸟鸣，树叶在风里摇晃，露珠沾满小草小花。山是这般的平凡，好像千篇一律，却又百看不厌。"相看两不厌，唯有敬亭山"，这其中的敬亭山可以换成任何一座山的名字，也可以是面前的妙道山。

鸭嘴石的巨石像是由谁不经意的抛掷堆积而成，没有任何匠心的堆积，横放，竖立，圆形石，方块石，造物主任性而为，胡乱堆砌，看上去仿佛会随风坠落，其实严丝合缝。我相信除非是地壳运动，否则一千年后还会是那个样子。

脚踏上观景台的不锈钢，心就悬起来，明知是牢牢焊在悬崖上没有危险，还是双腿发抖。偷瞧一眼脚下，层层叠叠的绿，那绿深深浅浅，在风里摇荡起伏，如绿波翻涌的水流，吓得赶紧一步跨下，踩上坚实的土地一颗心才落下。

紫柳园是妙道山的一个重要景点。一处平缓的山地，遍生着千年的紫柳。紫柳的名头很大，并不是它们有多好看，而是它们的树龄最大的已逾千年。植物的生命力让人敬仰，是时间对它们格外仁慈？人因为生命之短暂，出于对时间的敬畏，对历史有固执的迷恋，一棵活了千年的树可不就是历史，只是它们不说话，没有文字没有语言，时间的秘密都藏在它们的年轮里。怀着这样的想法我也以不同凡响的眼光打量它们，仿佛我看的不是一片树，而是一群活神仙。但它们看上去也仅仅是树而已，或亭亭，或虬曲，不管人类施以它们何种仰视或探求的目光，它们只是活成简简单单的树。然而又有什么不一样？在这片静静的山地，周围是长满平凡灌木的山体，如同我家屋后的山，这些普通的山峦呈环绕之势围住一块千年紫柳，自成一园，好像是一群守卫者保护着一群美丽的精灵。对，精灵，我找准了我的感觉，紫柳园里有一股神秘的气息，好像这里真的住着精灵，这是我的直觉。也许这也是山的气息，山让我们无比熟悉，然而山也是神秘的，有谁能说真正的了解一座山？

在观景台上偷窥的绿色河流就是大别山峡谷。从紫柳园出来，我们沿一条路下到峡谷，再沿着峡谷的溪流而上，路上筑有茅舍吊桥，溪水清澈，带点淡绿，水深，绿意便浓，若是水浅，就成写意的绿了。

我们要去的是青龙瀑。先是远远听见水声。转过一道山嘴，但见九天之上飞泻而下的一匹白练挂于石崖前方，其势矫若惊龙，疾如奔马；其声似春雷滚滚，战鼓急鸣。那石崖，也因着水的经年冲击而光滑圆润。前赴后继的流水，自崖顶纷纷坠落，撞击岩石作飞花点点，荡得墨绿的深潭泛起一池涟漪。我抬头，峡谷顶上一线远天，像条宝蓝色的丝带，一片白云在上面悠悠荡荡。

笔墨间

青丝绾成结

女子发称青丝。其实青丝最早并不特指女子美发。在古代青丝可指青梅切成的细丝；《乐府诗集·相和歌辞三·陌上桑》："青丝为笼系，桂枝为笼钩"，其中的青丝则指的是青色的丝线或绳缆。除此之外，青丝还有指马缰绳，琴弦，韭菜，古人用词之任性直让今人如我只有羡慕的份儿。后李白一首《将进酒》诗："君不见高堂明镜悲白发，朝如青丝暮成雪。"普及广泛。借诗仙伟名，青丝比喻头发成为定论。有时想，是否因为"青丝"谐音"情思"？但看古代小说戏曲之中凡与青丝有关的故事没准都与爱情沾边。青丝一缕赠情郎，青丝在古代是女子赠送情人最高规格的定情之物，因为身体发肤受之父母，不敢毁伤。

古代女子云鬟高绾，珠环翠绕，端的好看。这其中，堕马髻名气最大，让人念念。堕马髻始于东晋，兴于大唐。堕马髻据说是东汉权臣梁冀的妻子孙寿发明的。《后汉书·梁冀传》："寿色美而善为妖态，作愁眉、啼妆（妆）、堕马髻，折腰步，龋齿笑。"李贤注引《风俗通》曰："堕马髻者，侧在一边。"寿，孙寿，梁冀妻。另有一说：发鬟松垂，像要坠落的样子，故又叫"坠马髻"。堕马髻在唐天宝年间，又始出现，发式微有变化，基本特征不变。浪漫的唐人将蔷薇花低垂拂地形态，譬作堕马髻式。看唐代仕女图，堕马髻配丰腴精致面孔，安详自如有盛世丰衣足食的慵懒美，让人无端向往。

现代社会西风东渐，今日美女们一头秀发再不能如古代女子翻出百般花样则是很可遗憾的一件事。"当窗理云鬓，对镜贴花黄"，忽忽已是昨日旧梦。从本质分析，似乎一头干练简洁的发型才配得住这个讲究速度且女权主义旗帜高张的年代。

现代女性虽百炼成钢，娇滴滴弱女子变身女汉子，却难逃基因里千百年积淀的古典迷恋，由此一头秀发总是要尽量翻出百般花样。

女子秀发，要说变换花样，也无非长、短、直、卷，再怎么折腾亦是万变不离其宗。闲暇回顾近几十年来曲折回环的女子发型史也可算茶余饭后极好的一笔谈资。

二十世纪七八十年代，女子为着参加劳动的便利，加上当时社会风气使然，所以基本是麻花辫子一统天下。甭论美丑，人人两条乌黑的大辫子，从某种意义来说正好可满足人人平等的政治年代话语需求。到了九十年代，伴随着港台流行文化劲风疾吹，"好浪漫好可爱"的琼瑶式美女，一袭披肩长发仙气十足让审美单一的内地女大呼惊艳，于是一夜之间大街小巷都是"黑头发飘起来"。只是也许因为改革开放初期物质步伐还没有跟上狂飙急进的精神躁动吧，营养不良的美女们一头披肩长发观瞻效果似乎并不理想，或暗黄或枯干的发质让人气馁，离仙的飘逸不啻相差十万八千里。

离子烫的空降终于解了这千古一恨，让百折不挠追求一头美发的现代女子松了一口气。于是一夜之间，甭管脸蛋美丑人人一头骄傲的绸缎般的长发。但科技普及下一视同仁的美发配给亦有一个弊端，在美女们是很仙的纯纯长发，配上丑女则违和感太强，未免让人无缘消受。都是美发惹的祸。

新世纪的到来让发型更加变幻多端，与这个喧嚣热闹的新世纪对应的各种花哨发型轮番上阵，长发短发蘑菇头，单是卷发就有满头卷、大波浪、爆炸式等款。最后的最后，发型上黔驴技穷的时尚一族开始在发色上大动干戈。某天走在大街上的我忽然发现满眼彩发飘扬。赤橙黄绿青蓝紫……让少见多怪的鄙人眼花缭乱以为来到异邦，又或是疑心穿越到《西游记》中的妖怪洞府。

　　流行总在回环往复，如今满大街的彩发又让位于自然黑。烫发也由于打理太过烦琐，收敛了它摧枯拉朽的流行风势。

　　不过，流行再怎么往回走，披着一头瀑布也似的黑发的现代女子，再也不会有谁剪了青丝赠情郎。爱情达人们也唯有在故纸堆里追寻缅怀这仪式感极强的浪漫情事了。要不就是，在这个爱情速食的年代，又有谁会傻到以为一绺青丝当真就能挽住君心似我心？

画眉深浅入时无

　　年少时看过一本杨贵妃传，具体书名记不真切，但对其中虢国夫人"淡扫蛾眉"的描述印象深刻。后来才知这也有出处，唐张祜《集灵台》有云："虢国夫人承主恩，平明骑马入宫门。却嫌脂粉污颜色，淡扫蛾眉朝至尊。"正是不爱浓妆爱淡妆，却丝毫不掩其天姿国色。

　　早在三千年前，我们的古人就曾在美女的那两道柳叶眉上大做文章。《诗经·硕人》里有对女子容貌不厌其详的描绘：手如柔荑，肤如凝脂，领如蝤蛴，齿如瓠犀。螓首蛾眉，巧笑倩兮，美目盼兮。这些形容女子美态的诗句，被后世广泛引用，成为形容吟咏美女的圭臬。看来，张祜"淡扫蛾眉"的佳句也只是对前人的继承并发扬。

　　蛾眉的正解应该是蚕蛾触须似的弯而长的眉毛。但我总觉得所谓的蛾眉，大约应该如天边的蛾眉月，淡淡弯弯的一抹，轻轻浅浅，虽少了圆月的光辉，却多了柔媚曼妙的风致。试问，又有谁禁受得起那一泓清水的眼波上，如烟似雾，楚楚绰绰的两抹蛾眉月的万千风姿呢？怪不得，自古文人总是在那两道细眉上浓墨异彩，大书特书了。

　　最有趣的是张敞那老头。据《汉书·张敞传》记载：京兆尹张敞和妻子情深，妻子化妆时，他为妻子把笔画眉，被长安人笑为"张京兆眉怃"。后这件事被他的政敌添油加醋告到皇帝老儿那里，汉宣帝乃亲自问张敞，张敞坦然对曰："臣闻闺房之内，夫妇之私，有过于画眉者。"这让他的政敌、那班伪君子们哑口无言。汉宣帝听罢大笑，更爱其才，也没有特别为难他。从此"张敞画眉"成为千古佳话，为那些自命风流的文人雅客们所追慕，尤其羡煞天下多少女子。

随后还真有一个效仿张敞的，元邵亨贞《沁园春》中写："扫黛嫌浓，涂铅讶浅，能画张郎不自由。"原来诗人效仿张郎给夫人画眉，却不得法，反被夫人嗔怨，乃自嘲。看来，画眉也是一件技术活，不是人人都能为之。不过，也可解读为，要么张敞画眉本领高超，甚得夫人欢心，要么也有可能，张敞夫妻感情深厚，那么，他画的眉毛是浓或淡，是粗或细，都能让夫人赞许，那样才是画眉的最高境界。因为，他借画眉传情，套用一句网络流行语，哥画的不是眉，是情感。正是，执子之手，与子偕老；一蔬一饭，一针一线；把绵长的日月过成相知相依的安如，张敞夫妇堪称完美婚姻的典范。

中国文人历来崇尚含蓄内敛之美，而眉毛，因性征不特别突出，被文人们不吝赞辞，就不难理解了。自古至今，描写女子眉毛的诗句词语车载斗量，前有古人的"蛾眉"被用到泛滥成灾，近有曹雪芹描写林妹妹的"两弯似蹙非蹙罥烟眉"，已成无人超越的经典；最不济的是现代作家，好词好句都被老祖宗搜了去，只好笼统一句"柳叶眉"了事，面对先人的文学高峰无法逾越。

要说描叙女子眉事，颇为动人的一首诗是唐朱庆馀《近试上张水部》："洞房昨夜停红烛，待晓堂前拜舅姑。妆罢低声问夫婿，'画眉深浅入时无'？"把新婚女子娇羞可人的情态刻画得丝丝入缕。想来她是深爱她的夫婿的，所以很在意她在夫婿眼里的形态，于是，化妆完毕问她的夫婿"画眉深浅入时无"，我画的眉毛怎么样，好不好？想象得出，问出这句，她一定是满面红霞，眉目含羞。

现代女子也画眉，不过更多的人图省事，干脆去美容店一文了之。文出来的眉毛，毫无个性可言，一样的起伏，一样的眉峰，一式的深浅与粗细，比起千年前，让意中人提着一杆羊毫，像瞻仰艺术品一样满怀爱怜地端详你美丽的脸蛋，仔细斟酌，其郑重程度不亚于画一幅丹青，然后酝酿，最后，细细地、温情地为你描出那呼之欲出的两道黛眉，那么，我们今天的文眉，该是多么的了无情趣啊。

美不美是个问题

因女人的小心机，女人之间从来都是既亲密又提防，天生就是隐形的对手。如同张爱玲在《谈女人》中所写："由男子看来，也许这女人的衣服是美妙悦目的——但是由另一个女人看来，它不过是'一先令三便士一码'的货色，所以就谈不上美。"在此基础上的观点认为，女人上街会找长相差过自己的女友相伴，新娘找伴娘也只会找不美的那一个，绿叶衬红花的原理。诚然，女人之间的这种对峙先天存在。

所以，如果一个女人看到走过来一男一女，她看的绝对是那个女子而不是她身边的男人。我相信真理一样相信这话。又如果对面的男人是自己在意的那个，这边的女人就不免含着酸意将他身边女子挑剔至每一根头发丝，并拿她与自己暗暗比较。该女子仪态万方人品一流，这边心里自惭形秽也要摆出不与为伍的姿态；该女子资质平庸乏善可陈，这边内心沾沾自喜之余看那男子也带了同情之色。说男人以貌取女，女子之间同样如此。

之所以对这话像相信真理一样毫不怀疑，除了女子之间紧张的同性关系导致彼此格外关注，还因女子是适宜观赏的品种。而男子实不以颜值论短长。表现在爱情上，一个男子爱女子，总不免歌颂她弯弯眉，秋水眼，樱桃嘴，把女子当作一朵花来欣赏。沈从文在《西山的月》中向爱人情意绵绵倾诉："在山谷中的溪涧里，那些清莹透明底出山泉，也有你底眼睛存在：你眼睛我记着比这水还清莹透明，流动不止。……

当我从一面篱笆前过身，见到那些嫩紫色牵牛花上负着的露珠，便想：倘若是她有什么不快事缠上了心，泪珠不是正同这露珠一样美丽，在凉月下会起虹彩吗?"可见再伟大的男子亦不能免俗。而女子爱一个男人，则是把他当神一样膜拜着，既是神外貌大约也算不得什么要紧事。

但太美的女人又例外。《莺莺传》里张生（原型就是作者元稹）对美丽的莺莺始乱终弃不算，还斥莺莺为"必妖于人"的"尤物"，薄情到令人齿冷，虽是封建伪君子的道貌岸然，确也是男人"祸水"意识作祟。故君主误国总有个担恶名的红颜，也是男权社会毫不意外的逻辑推理。不过张莺莺之流，比起杨玉环马嵬坡下玉殒香消又只能算是小不幸。女子红颜薄命可见一斑。男子因美遭天忌的也有，《晋书·卫玠传》："京师人士闻其（卫玠）姿容，观者如堵。玠劳疾遂甚，永嘉六年卒，时年二十七，时人谓玠被看杀。"太美而易夭也不仅仅是一种天命说，现实中也有生存土壤。春花易凋，因其鲜艳妩媚，总会招来风雨摧之，赏花人采之。《红楼梦》里晴雯遭撵，面对宝玉质问，袭人分辩说："太太只嫌他生的太好了，未免轻佻些。在太太是深知这样美人似的人必不安静，所以恨嫌他，像我们这粗粗笨笨的倒好。"袭人这话有掩盖自己告密行径的深深机心，但话很在理。"木以不材得终其天年"（《庄子·山木》），哲人庄子早就阐释了这点。这样看来，太美除了予别人视觉上的愉悦，于自己竟是件不祥之兆，还是不美的好。

女人不美不行，太美又招祸，真真是难坏造物主。其实任何事情都没有绝对。嫫母虽丑却成为后世女子品德的楷模，美丽又贤良的女子历史上也大有人在。这样说来，女人要成就一番事业最后拼的还是智慧，美不美都不成为问题。

夜航船：野趣可玩

读《夜航船》适合眼下这个细雨霏霏之夜，雨声滴答阶前，有风簌簌吹过，原本并无寒意的春夜乃因着这缠绵不绝的雨意就料峭起来。"春潮带雨晚来急，野渡无人舟自横。"韦应物笔下的那个夜晚与今夜大约无二致。野渡无人舟自横之野趣大可玩味，有寂寞无言的清欢，让人心生向往。偏偏手中的这本《夜航船》与野渡也有那么一点儿关联，如此甚好。

《夜航船》的文字依旧是干净利落，增一字则肥，减一字则瘦，短小精练，盈盈不堪一握耳！偏张岱又能不囿于狭窄的篇幅，在有限的空间追求无限的境界，其功力不可等闲视之。容貌部散漫随意，正合枕边消闲。比如："潘安甚有姿容。少时挟弹乘小车出洛阳道，妇人遇者，无不连手共萦之，竟以果掷盈车而返。"（《容貌部·掷果》）古代以掷水果表情达意，类似今天的九百九十九朵玫瑰，古人的一片天真浪漫尤为可喜。有反倒：左太冲绝丑，亦效潘安乘车游市中，群姬乱唾之，委顿而返。张孟阳亦丑，每行，小儿以瓦石掷之，满车。（《容貌部·乱唾掷瓦石》）。古人的爱憎分明令人莞尔。当然，受时代局限，此书中亦有一些偏激的封建糟粕思想，如《容貌部·割鼻毁容》中记载了一个叫高行的节妇，丈夫死后，为拒绝梁王礼聘，自己持刀割去自己的鼻子。这种在当时所谓烈妇行径，其人性之扭曲令人心惊。《夜航船·四灵部》，则分明就是一部《山海经》，一路读来，在天马行空的怪诞传说中想象上古洪荒，自有一番奇异的审美。《夜航船·荒唐部》里，更是各路妖怪大显神通，荒诞不经，诙谐有趣，在引读者会心一哂之余，夜航船之苦途长旅已然消磨了一段。张岱《夜航船》中的小条目皆信手拈来，不循章法却自有章法，不做文章通篇都是文章。透过这些通透自如的文字，我们仿佛看到四百多年前的那个鸿儒，坐在一叶扁舟之上，面对一灯如豆，正侃侃而谈。想来以陶庵老人之渊博，断不会遇到"且待小僧伸伸脚"之尴尬事，也算为序言中出丑卖乖的士子挣得几分面子回来。

细细想来，《夜航船》中的古人迷信方术与咒语，今天看来或许愚得可笑，但敬天敬地敬神灵，这何尝不是一种大敬畏。而自以为是的现代人，但愿不要像那个自作聪明的门者，以血涂门，嘲笑老姆迂腐，却画下了一个谁也不能预测的结局。

鬼趣横生的世界人不懂

读《阅微草堂笔记》，正逢严冬，天寒，霜厚，室外飒飒冷风吹落枯枝败叶，几疑是狐鬼现身。

与《聊斋志异》相比，纪昀先生的狐鬼录并不重视情节，而志在劝勉，引人为鉴。一个是朝堂学者，一个是在野才子；一个正襟危坐以微言晓大义，一个借人鬼狐妖之恩怨缠绵写世态人心。《阅微草堂笔记》属笔记体，言简意赅，叙事明快，篇幅短小，夹叙夹议。然篇幅短小未免有意犹未尽之憾，夹叙夹议又必然导致枯燥有余、鲜活不足。当然这也符合纪昀朝堂学者的身份——你别指望他会放下架子如蒲公那般让他笔下的狐鬼成天为爱要死要活，也体现其劝人向善苦心孤诣之所在。

不过，相比蒲松龄塑造的爱情至上的浪漫狐鬼，纪先生笔下之鬼亦颇多鬼趣。他们多不凶煞，机灵古怪。更有狂狷之鬼、促狭鬼令人捧腹。例如鬼做人形对人谈鬼，口才倍佳，宏篇巨论，滔滔不绝，让听者频频点头正在五体投地之际，忽作杳然。原来此高发议论者，本身就是鬼。呜呼，鬼之趣味性情实是超脱了鄙俗之人乎？其实鬼比人可爱。如此篇，交河及孺爱俩老儒，月夜散步，至一荒原阒寂处，怕遇鬼，心怖欲返，遇一扶杖老人，对其阐发程朱二气屈伸之理，疏通证明，词条流畅，力证世间无鬼，曰岂不闻阮瞻（晋朝无鬼论者）之论乎？正在二老儒心悦诚服，齐叹宋儒见理之真，远处来了数辆大车，老人起身告辞，道明乃泉下之人。俯仰之际，欻然已灭，空留两个目瞪口呆的老儒生。读到此，每忍不住莞尔一笑。人皆爱伪饰，鬼却善自嘲，其实鬼比人有勇气。自己调侃自己，引以程朱之理旁征博引，知识可谓渊博，最后自己解开谜底，像一个恶作剧的小孩看着呆若木鸡的两个老儒，想象得出此鬼一定是露出得意的坏笑吧。如此极具娱乐精神之促狭鬼，真是让人笑得打跌。

此是鬼装人，还有人饰鬼。制府唐公执玉尝勘一杀人案，有鬼浴血跪阶下申冤。谁都以为该是一曲冤情大白的戏份儿，可故事却出现惊天逆转。原来后查明喊冤的根本不是鬼，而是身手敏捷的盗贼受囚犯指使化装鬼类，以求脱身。幸亏最后真相大白，才没有让奸人得逞。

鬼装人，动机纯洁，不过为捉弄儒生，至多是显示其无碍辩才。可后文之人装鬼，却是出于颠倒黑白的不良动机，两相比较之下，境界之高下立见。这也就是人不如鬼之处：鬼狂狷可亲，人心机深重。

蛀书虫的故事则令人可悲可恨。有家奴喜读书，某天看到魏三兄的女人三嫂在树下做针线，倦了，闭目养神，而她的孩子就在距离井边不远处玩耍不慎坠井。蛀书虫谨守男女授受不亲教条，不赶紧提醒三嫂，却踱着方步赶到集市去找魏三兄，后果可想而知。食书不化至此，简直成了社会害类。封建教条思想戕害生命个体由此可见。

闲暇读《儒林》

小说，我钟情于明清白话小说。与更早年代读物比，明清小说因距离现代较近，字里行间少了佶屈聱牙的生词僻字，少了一层隔。且多用白描手法，笔触细腻，娓娓道来之间，就为我们精细描摹出那个年代的风情画卷，引人遐思。恰似此刻这个午后，闲读《儒林外史》，窗外是二十一世纪滚滚红尘，物欲蒸腾富贵喧嚣似真如幻，而纸卷上那个古意斑驳的年代，却真实得几可触摸。最难得笔底虽一派市井繁华，烟火味十足，却自有一种静气。闲、静，是明清小说所独有的一种气质，乃当代小说所不具备。或许因为今日世界再无静气可言吧。

《儒林外史》是讽刺小说，但吴敬梓的可贵在于他写人物并不脸谱化。著名的吝啬鬼严监生虽然临死前耿耿不忘灯盏多点了一茎灯草，以致死都断不了气，直待他夫人剔除掉一茎灯草后方安心闭眼。但也就是悭吝如斯的此人，当初其兄长严贡生惹出事端脚底抹油一走了之之后，却是他花费十几两银子上下打点衙门以平息事态。后为将小妾扶正，两位舅爷每人就封了一百两银子，更不谈平时招待两位舅爷吃吃喝喝。吝啬鬼其实在人情上颇过得去，相比其兄的奸诈狠辣，要可爱得多。

《儒林外史》中还有一个颇可玩味的人物马纯上马二先生。马二先生因屡试不举，以选书为生。选家马二先生的一番关于"举业"的宏论可谓俗极、迂极。吃货马二先生饭量大，嗜肉，第一次去拜访蘧公孙，听说留饭，便有欣然之色。后席间一大碗煨得稀烂的猪肉被他吃得干干净净，还吃了五大碗饭。他自己素日伙食则清苦得很。可并不富裕、吃相鄙俗的马二先生，却在关键时刻挺身而出，为使蘧公孙避祸毫不犹豫将自己的束脩九十二两银子给了差人，事后也不要蘧公孙奉还。这就让人很可钦佩了。后马二先生去往杭州选书，在饱览湖光山色之余，作者一再写到他的吃食：吃了几碗茶；橘饼、芝麻糖、粽子之类小吃买几个钱的，不论好歹吃一饱；又在乡人手里买几十文饼和牛肉，尽兴一吃；在看到湖沿上酒店里的蹄子、海参、糟鸭、鲜鱼时，忍不住喉咙里咽唾沫，又没钱买吃，只得走进一个面店，十六钱吃了一碗面。吴敬梓如此三番五次描写马二先生旺盛的食欲，以及与食欲不相称的干瘪的钱包，大有深意。因为相对比马二先生前面为朋友豪掷九十二两银子的壮举，此刻他的清贫自乐怎不让人油然而生敬意。在西湖沿上，马二先生遇到一群富家女子，头上珍珠的白光，直射多远，马二先生低头走过，并不曾仰视。穷不慕富，写出其作为读书人的安贫自尊。于此，一个有血有肉、仗义自守的穷儒形象被刻画得栩栩如生。

书中描写马二先生一张黑脸，谈吐迂腐，吃相粗俗，相反的是其思想虽受科举荼毒，却纯良未泯，一再扶危济困，乐善好施。至于他好心向人推销他的"举业论"，大约也出于希望他人"成材"的良善愿望吧。想一想，他可不就像身边的一位熟人，喋喋不休地向你灌输成功论、官场学，俗不可耐，却会在某天你落难时，毫不迟疑地伸出援手。

只是，在今天这个普遍追求利润、效率与回报的社会，金钱操控之下，欲壑难填的人心就像传说中的黑洞。再要寻马二先生那样古而拙的人，已是很不容易的了。不亦悲乎！

知识分子的精神标杆

　　庆历四年春，范仲淹以如椽之笔记载一座名楼的修建。"先天下之忧而忧，后天下之乐而乐"，发千古之浩叹，妙笔写下锦绣华章。从此，一座楼，一个人，就以这样不老的姿态活在历史册页里。

　　岳阳楼因范仲淹而名传千古，范仲淹因一座楼而被世代铭记，互为因果，互相造就、成全。在时间与空间穿越无碍，文字的力量可见。

　　《岳阳楼记》中佳句比比皆是，作者信手拈来。纵横捭阖之际，文字已如浩浩汤汤的洞庭湖水，灵感的火花闪耀，才情万丈一泻千里，端的气势如虹。"若夫淫雨霏霏，连月不开；阴风怒号，浊浪排空"，排比句的运用得当。这些句子仿佛挟雷霆万钧之势铺天盖地而来，也唯有胸怀情怀如范仲淹者方能纵情挥洒如斯，一气呵成，睥睨后世而成绝唱。

　　奇怪的是这样一支雄浑之笔，抒情起来却美得无以复加。文中第二段，"至若春和景明，波澜不惊，上下天光，一碧万顷……"此段依然是排比句。范公的排比句运用到出神入化之境，在使人审美愉悦之时，读者也能感受到作者无与伦比的气场，用今天的话来形容就是霸气侧漏。许多作家在谈论写文章时总是强调文章贵在"气"，这话大有道理。气一方面是作者学识、思想的无形渗透，另一方面是作者人格魅力的集中体现。气贯穿全文，无形无态，却能为读者所感受、所领悟。在描写方面，范公依然是独步芳草，后人只能看见他高大的背影而徒唤奈何！如"沙鸥翔集、长烟一空、皓月千里、渔歌互答"，这些清新脱俗的句子或曰成语今天已然成为词宗，被后人一再吟哦、引用，奉为圭臬。

　　然而一篇文章要想成为千古名篇，单是描写与抒情远远不够。雄奇、美丽的句子只能表明作者审美别具一格或者说遣词造句独具匠心。一篇文章，好词佳句是血肉，思想当为支撑整篇文章的骨骼。文章的思想决定其境界的高低。《岳阳楼记》之所以能流传千载，离不开它高标独帜的思想境界。文中最后一段，"先天下之忧而忧，后天下之乐而乐"是为本篇的点睛之笔也，于此，全篇文章得到了升华。如果没有这样的思想架构，《岳阳楼记》也仅是车载斗量的万千美文之一，最终只能化作沧海一粟而激不起文坛的浪花。所以，"不以物喜，不以己悲""居庙堂之高则忧其民，处江湖之远则忧其君""先天下之忧而忧，后天下之乐而乐"这些千古名句，都是整篇文章的中心思想，是脊梁。这些文字所承载的思想，既反映了作者高尚的道德情操与家国情怀，也是后世知识分子衡量自身的精神标杆。山高月小，水落石出，《岳阳楼记》最终从那些庸庸之流中分离出来，成为经典。

　　个人认为，人格魅力与高尚品德是不受社会意识形态所制约、左右的。"先天下之忧而忧，后天下之乐而乐""不以物喜，不以己悲"，这些封建知识分子的信条，今天依然有它的进步意义。设若做领导的都能"先天下之忧而忧，后天下之乐而乐"，何愁国家不能发展，百姓不能安居乐业；而如果每一个公民都能理性、客观看待事情，提升自身修养，脱离低级趣味，摒弃浮躁、虚荣、功利的现代社会流毒，做到"不以物喜，不以己悲"，淡泊自守，平和安然，又何愁社会不能文明进步，生活不能欣欣向荣。

　　"先天下之忧而忧，后天下之乐而乐"，范仲淹的大声呼吁可谓振聋发聩，它直指人性的"小我"。隔着千年时间长河，这样的声音依然令我们警醒、自省。伟哉范公！

秋天抵达海子书房

秋天的太阳也有着金黄的颜色，如麦粒滚过汗湿的双手，大地也是金黄的，整个被浸润在蜜汁一样软软的阳光里。金黄，代表着高贵、温暖。其实我是很想把秋天用一种明亮的语调、明亮的颜色来叙述的，私心里对于萧瑟的事物颇有抵触，对于人生中过多的深刻、沉重心怀偏见。可海子故居——查湾，就在眼前，即便我还没有准备好，我都要与一个深刻的灵魂相遇。

"丰收后荒凉的大地"，秋天在海子眼里是悲凉的，越来越远的故乡在海子眼里是悲凉的。"黑雨滴一样的鸟群"此刻掠过查湾的天空，树木、河流、谷仓，以及面前这座"布满哀伤的村庄"，进入查湾，海子的诗歌意象已不再是一种虚幻的象征，而是一种真实的呈现。天才的诗人以生命捍卫诗歌的高度，以纯粹对抗日渐陷落的外部世界，他稀有金属的品质成就他诗歌王者之位，但我不能释怀的是面前的这位母亲，她脸上更深切于悲痛的安静。"你这么长久地沉睡究竟为了什么？"我想我不理解海子，为什么要以那样一种极端的方式走向他的"麦地"，而把深重的苦难留给一位无辜的母亲。海子故居里，我凝视诗人澄澈明净的眼神，天真的笑容，一刹那我理解了海子。他为诗歌而生，他向往天堂圣洁的美丽。他不愿脚染尘埃，他拔高，无限拔高自己，终于化作一只无翅鸟，宁愿消失不愿坠落。

海子书房里，摆放着诗人生前爱读的书，墙上挂满名家的书法。然而，诗人身后有多荣耀，生前就有多寂寞。他是一颗疼痛的麦子，他无边的、广泛的孤独让他无可依傍。这个苦苦跋涉的精神赤子，他有多骄傲，就有多脆弱，让我们每一次想起都会热泪满怀。诗人的朋友西川说，"海子死于道"。我认同这句话，他以神性的洁癖来要求肉体凡胎，结果，精神胜利，肉体败亡。面前一张铺设简单的木床，让我恍惚有一种错觉，仿佛诗人并没有离开我们。其实，诗人从来不曾离开过我们，"春天，十个海子全部复活"，我相信，你已站在黎明的另一端。你如此热爱光明，不惜加速自燃，烛照无边"黑暗"。

"风吹在村庄/风吹在海子的村庄/风吹在村庄的风上/有一阵新鲜有一阵久远……"此刻的风，正越过我的发梢，吹在海子的村庄。青瓦脊上，阳光与风在交谈，或者在谈着雨水、庄稼以及今年的收成吧。树缝里细细筛下几点阳光，跳跃着，不远处有几个孩子在嬉戏，这些活泼泼的小生命，让我对眼前的这个秋天充满希望与感激之情。生命是负累的，然而也是真实的，有着脚踏实地的丰盈与充实，一如这个果实累累的秋天。

我思想的触角无法抵达诗人深邃的灵魂，但站在查湾，站在这座普通而又美丽的村庄前，我暗暗祝祷，我希望在过去、将来查湾都只是一个，海子也只有一个。让黑暗尽情拥抱大地，黑暗的尽头，就是光明。

生活表象之下的河流

从某种意义上来说，疼痛其实就是人生的一个注解。这与悲观不悲观毫无关系。比如姚岚老师的《疼痛》小说集开篇同名短篇小说里的小主人公"我"，未到可以承受人生苦痛的年龄，依然不能幸免地饱尝疼痛滋味。这样的例子可以举很多，《梦中的枫香》里滥情导致悲剧发生的"张家宝"老师，《孝子》里忠孝不能两全自认并没有很好尽到义务的罗小琴，《滴水之恩》里考公务员而屡屡不得的大学生万小兰。

如果我们可以谴责《茧》里面的主人公安然薄弱的道德意识，以致将自己导入情感的怪圈，作茧自缚最终独咽苦果，并且认为这多少有其偶然性，那么国叔、憨哥还有等待安置的小黑，这些苦苦挣扎在底层的人物则代表着生活中的大多数，他们是微不足道的小角色，但他们也曾怀揣过美好的理想，只是最后都不敌现实的骨感，在各自悲苦的人生旋涡中随波逐流、毫无作为，只能被动接受命运的宣判。他们原本都是芸芸众生里良善质朴的一员，却被现实嘲弄，在无奈接受疼痛的人生之时，也多多少少直接或间接、明里暗里地想要对命运以牙还牙。国叔对妻子的冷落无视、憨哥数次闪过给继女下毒的念头、小黑的迷恋赌博间接导致准老婆被杀，这些都属于他们对命运本能的反抗。只是他们的这种反抗丝毫无益于自身命运的改变，却只能让更弱势更善良的身边人受伤。他们原本是受害者，但在某一种情绪的酝酿下亦会变身为害人者。虽然这不是他们的初衷，然而在光怪陆离的现实面前，一个没有坚强意志与强大思想做后盾的灵魂，极有可能实现从善到恶或间接作恶的概念置换。这值得我们注意。

迟子建说，"作家的笔要像医生的针，把社会的脓包挑开"。姚岚老师以悲悯之心关注这个社会最底层小人物的命运，他们被时代洪流所裹挟，演绎着各自或苍凉或悲壮或咎由自取的人生，他们走向命运的身影显得无助，也令人警醒。正如姚岚老师在后记里说的"对耳闻目睹的一些事一些现象，可能比别人思考得多一点，假设得多一点。思考与假设的初衷，无非是想给他人或后人一个提醒，无非是想我们自己少走些弯路，少些损失，让我们面前，多一些善良与美好的景点和暖风。"当然，无可置疑，姚岚老师做到了这一点，即让后人警醒的初衷。并且远不止这些。警醒之余必然会有思考，思考当下，思考未来，思考一直以来我们失去与得到的；未来需要坚持与拯救的。

姚岚老师的小说集命名为《疼痛》，并且也确实写出了主人公们疼痛的命运。但这些却是以一种圆融、通透、成熟，甚至几分自嘲的干练的文字表现出来的。姚岚老师不是那种语不惊人誓不休的写作者，少了些张扬与凌厉，文字却也因之多了安稳与沉静。读她的小说，你可以很放心，仿佛面对一位诚实的朋友，坦然可以交心，并不必担心她的文字里设有什么暗局。譬如一部《红楼梦》，经学家看见《易》，道学家看见淫，才子看见缠绵，革命家看见排满，流言家看见宫闱秘事……又有后世红学家索隐成癖，恨不能拿放大镜去一个标点一个标点勘察、注解，虽然满足了读者的好古猎奇心理，却也怎一个累字了得！

作家止庵曾在一本书中说："文学的确只是文学，但一切文学最终都是哲学。"是的，如同面前的这本《疼痛》小说集，它并非仅仅写出几个小人物的人生悲歌，它指向的是生活表象之下更深邃的河流。

纸上的情怀

"我愿意把一束光看成几根疏朗的树枝，风吹过，鸟栖过，露珠骑过。我还愿意把影子看成一个鸟巢，里面藏了几朵梦。"这是黄亚明《别对世界撒娇·光与影》里的句子。这样的散文叙述方式，让我们联想到作者前诗人的身份，我们眩晕于这样唯美而气韵灵动的句子——像裹挟着花朵与泥土芳香的气息；或者，是一串清脆的鸟鸣，在翡翠般的空谷跳跃而过。我相信这就是诗般文字的力量——诗是语言浓缩的精华。

故乡与童年，是诗人永不枯竭的灵感源泉。在作者笔下，故乡安静地沉睡在大别山深处，温暖、明亮，一切美好的情愫："风是静的，尽管它刮得人脸生疼。月光是静的，像流水从山的沟腹淌过。偶尔的野花开在不为人知的角落，微微蜷曲的花瓣，羞涩、甜美……"这样的村庄我们很熟悉，仿佛就流淌在我们的血液里：银子一样的月亮地里，花儿星星一样眨着眼，无边的绿色麦浪，风的手指儿拂过，是大地起伏的音节，满天的繁星，为这个微不足道的夜晚点上奢华的千千灯盏。这样的村庄代表我们曾经有过的纯洁的农耕生活，一直住在我们的记忆里。"现在，城市之光切割得人心支离破碎，文明和古典，进退失据。"即使这样浪漫的抒情，也掩盖不了诗人"忧患一书生"的本来面目，作家痛心地看到，"钢铁与泥土的距离，越来越远"。在向所谓的文明、后现代文明大张旗鼓进发的道路上，我们看到，文明的利刃，手起刀落，割断了人与大自然的血脉相连。作为一个有责任感的作家，一个追求着"诗意地栖居于大地"的诗人，作者不能不忧心忡忡。这也是任何一个有良心有担当的写作者，与当下的距离，所有焦灼与痛苦的根源——人类已离最初的童年越来越远。

由此，我们只能去纸上寻觅那些失落的情怀，一味沉醉。"童年永是屋檐滴漏一样的笛音。"作者深情款款地回忆，那份遥远的类似永远的乡愁一样的时光，时光里的那些人，那些事，那些物，那些青草的记忆："母亲曾是故事里的故事，一位勤劳的纺织少女，容颜映在青苔密布的井壁。她的巧笑仿佛见证了偏僻乡村的无辜，她的对大自然的追怀、忧伤，都隐藏在我横于唇边的一管笛孔中……"

读他的书，必须适应他华美、绚烂，张力极强的叙事风格。同时还要努力跟住他跳跃、灵动的思维，才不会把自己弄丢。他的文字，是"雀鸟在露珠上踩过，一跳一跳的，羽毛在蓝空中划过"。

但即便经典，他也不会佶屈聱牙掉书袋让人敬而远之，而是要写得趣味与生动。在《煮星星》里，他为我们上了古典主义浪漫派的一课："关于'飞天'的途径，我们的祖宗具备超级想象力，历来就有幻想派和实用派在交锋。幻想派认为，祖先黄帝是骑着龙到天上去做神仙的，征服洪水的大禹也曾经驾着龙到天空游玩；仙人王子乔骑的是鹤，秦穆公的女婿是乘龙的萧史，女儿是跨凤的弄玉；传说中的周穆王访问西王母的时候，曾经乘一辆'黄金碧玉之车'，日行万里；而作为主人的西王母，则乘一辆更为华丽的'紫云车'……"从古典主义梦幻般的神话传说，到余光中后现代的抒情"星空，非常希腊"，再到我们朝真实的星空迈出可喜的一步——"神七"飞天，这代表着我们在科技上伟大的进程，具有划时代的重大意义，因为它"关乎我们的衣食住行，更可能关乎到人类的第二出路"。到此，几千年的仰望星空，我们才真正地由幻想发展到现实——飞天成功！终于，可以"以天地为炉，熬一锅微凉的星星和夜色"，想想都美。

如果说，在《光与影》篇里，对文明蚕食自然的担忧还表现得委婉与隐晦，那么，在一些专栏评论里，黄亚明则收敛起文人的矜持与优雅，更多地为我们展现了他作为专栏作家所特有的犀利的、敏锐的文风。一切伪现象，皆经不住他洞察秋毫的目光的无情剖析。作家是时代的良心，有责任和义务为人们解析解构这个令人眼花缭乱、似幻失真的当今社会；为人们鞭挞浮躁、物欲横流的现象，以起到引领人们思想走向，正确导向人生意义与价值的作用。

虽然作者诗歌般的语言很具时尚与美感，我们甚至隐隐约约能窥见一丝后现代的影子，这符合"70后"作家这个群体理想主义与唯美主义交织，传统与现代融于一身的特征，也很能符合这个时代阅读的审美需求。但我从不怀疑作者是一个颇具责任感与使命感的作家，这在他的专栏与随笔文字里处处可见。且书中散文、随笔，到专栏，内容广博，从古典到现代，从文学到社会现象，庞杂的文字涉猎，甚至艰深的学术点评，从这可窥作家深厚的文字功底。

人如其文，文如其人，大有道理。

贴着地面低飞

以我这样的一身俗骨，听三观很正的交响乐，那只是猪鼻子上插葱——装象。一头扎进流行乐的热闹才是我辈的救赎之道——清汤寡味的人生实在需要偶尔来点纵情声色。老是高高在上做神仙估计精神嘉奖大于现实乐趣，不然中国的神话故事里也不会有那么多愿意与凡人私奔的仙女。

狭隘的生活趣味所限，鄙人虽一直标榜自己是流行乐的铁粉，世界级大腕却认不了几个。以至《泰坦尼克号》主题曲风靡大街小巷，一时让我惊为天人。2013 年席琳·迪翁在春晚与宋祖英合作一曲《茉莉花》，让对中国明星面孔审美疲劳的观众包括本人眼前一亮。在宋祖英银铃叮当余音袅袅穿透力极强的典型东方音色面前，席琳·迪翁略呈中性之美却不乏女性妩媚的嗓音毫不逊色且一上场就直击人心，之后华丽的飙高音，技术感极强又有浑厚的丹田之音打底，泰山崩于前而面不改色，一气呵成收放自如，不愧欧美乐坛天后称号。背景亦美轮美奂，一群仙女般的芭蕾舞演员，轻盈宛转的舞步，搭配东、西两天后端的气势不凡。

但是且慢，在《迷声》中，作者吴克成却在写"灵歌天后"阿蕾莎·弗兰克林（Aretha Franklin）时，言之凿凿地说，在阿蕾莎·弗兰克林面前，席琳·迪翁只是小娃娃，穿着尿不湿，开裆裤都没资格缝上。让人大为震惊之时，也就油然生出一股冲动，想要一睹阿蕾莎·弗兰克林美人上马马不支的无敌胖美人丰姿，听听她那"让人 high 到爆不用枪指着脑袋安静不下来"的"有灵魂有肉体"的演唱。

无疑，《迷声》这本书写得极为好看，有乱花渐欲迷人眼的缭绕之态与审美愉悦感。在那些跳跃、灵动、俏皮、摇曳生姿却也不乏泼辣的文字里，我们听见天王天后们或慵懒或野性、或澄澈或昂扬的歌声，夹杂着迈克尔·杰克逊的喘息与尖叫，瑞奇·马汀通了电的屁股也从文字里不安分地跳跃出来，颠倒众生。音乐之美在于它与心灵息息相通，一首好歌仿佛是从灵魂深处一路唱来，又仿佛是上天赐予人们心灵的甘露。所谓"此曲只应天上有，人间能得几回闻"。在中国，几千年的儒家文化熏陶下来，即便是音乐也不自觉与这种中庸的文化审美合拍，讲究含蓄典雅之美。但几千年一个路数看下来，再怎样的满汉全席也难免吃出鸡肋的味道。而欧美文化，作为一种后来居上的新兴文化，其活力无限体现在乐坛上，就是各路大咖搞怪，让人看到眼花，却又欲罢不能。其实，艺术都是相通的，乐坛说到底，也不外传统与先锋，此长彼消，此消彼长。

《迷声》的作者吴克成一看就是浸淫西方乐坛甚深，深受欧美天王天后荼毒，且乐此不疲的流行乐发烧友。最难得他以一笔活色生香的文字，在纸上定格欧美乐坛天帝天后们的天籁之音，以及他们曾经青春无敌、桀骜不驯的身影，即便岁月流逝，人生跌宕，也丝毫不掩祖奶奶祖爷爷天王天后举世无匹、霸气侧漏的巨星风采。时间对他们是无效的，他们的光芒只会随着时间的推移愈加熠熠生辉，如"蚌在沙的打磨下，化泪成珠"（作者语）。

如前面所说，世界级乐坛大腕认不了几个的我等，看看《迷声》这样指点乐坛江山的文字，实可取到拨云见月的明灯效果。在他如数家珍罗列文字的娓娓道来中，也为我们上了一堂生动的流行乐课程，虽偶有语不惊人誓不休一家之言的噱头嫌疑，其实也是爱之深意之切的真情流露。

　　与又红又专的主旋律歌曲撇得很清，绝不拿腔拿调地假装不食人间烟火，并时不时地以趣味盎然的文字来一番自黑。吴克成"贴着地面低飞"（作者语）的姿态，呈现出的却是一派生机蓬勃，如同生活本身。

初恋闪耀神性光辉

看金庸先生作品可谓多。快意恩仇、宝剑琴心的江湖有热血，有道义，有刀光剑影，有家国情仇。与江湖纷争伴随的是惺惺惜惺惺的高山流水，是流泪眼看流泪人的小儿女情态，总能拨动心底微妙的那根弦。

一名爱幻想的小女子，阅尽金先生苍苍莽莽、黄钟大吕般的诸多作品，若说最感兴趣的是家国情怀、绝世武功，那只能是骗人。诚然，年轻时我最感兴趣的是小说男女主人公爱之绝唱，酣畅淋漓又缠绵悱恻。金先生是写武侠小说的高手，也是写爱情的奇才。私下以为正是有金庸先生的才子多情，才会有这样直指人心的爱情文字。在每一段惊世恋情里，读者仿佛都能窥见自己的影子。试问谁不曾有过为爱拔剑而起、长歌当哭的青春年月呢？读金庸时我年幼，未能领悟爱的各种柔肠寸断的妙处与痛楚，却也恍惚有情到深处人孤独的大悲哀。

金庸作品中堪称完美爱情典范的要数郭靖与黄蓉。韦小宝情多到滥成为女权主义者的声讨对象，英俊多金并不能给他加分；杨过与小龙女的爱情感天动地，却好事多磨让人神伤。且杨过复杂的家世、背负的深重情仇又让这个少年眼神阴郁，可敬不可亲，完全无法抗衡暖男一枚的郭大侠。

我想，黄蓉与郭靖的爱情之所以大获人心，皆因他们纯洁、无瑕的爱，是我们初恋的写照。曾经我们也任性地爱一个人，捉弄他、体贴他，看他手足无措的呆样，如同郭黄初遇时傻傻的欢喜。与其说我们喜欢郭靖与黄蓉完美的爱情，莫若说我们心心念念忘不了的是乡愁般的初恋。

初恋之所以令人难忘，是那个爱着的男孩还天真未染，没有日后的油腔滑调与掩盖很深的机心。《射雕英雄传》里的郭靖是个很乖很纯洁的孩子，感情专一心地善良，对美丽华筝投怀送抱视若无睹，对蓉儿痴情一片，完全符合女性对男人自欺欺人的完美构想。

愈往后，男人愈不靠谱。暴力、撒谎、花心，让女人爱恨不能皆是痛。

可江湖到底也只是纸上的童话。童话的结尾都是：王子公主成婚了，他们过着幸福的日子。仿佛商量好似的，所有的爱情故事到这里集体结束。至于婚后的他们如何在几十年如一日的耳鬓厮磨中吐故纳新、推陈出新，呵护他们的爱情，使其能经受时间的考验，作者都有点语焉不详。其实大家都明白婚姻实在没什么可写，情节冗长，令人昏昏欲睡的剧情。男女主人公生一堆小孩，发福、身材走形，在锅碗瓢盆里争争吵吵、鸡毛蒜皮，俗到可憎，却毫无拔高的可能，因为这就是生活，我们是凡人，做不成爱情的无脚鸟。这也许就是为什么在金庸先生的《神雕侠侣》中，婚后养育郭芙、郭襄的黄蓉和郭靖，虽然一再被作者在字里行间强调为感情幸福、举案齐眉的神仙眷侣，读者如我却只品出高鹗《红楼梦》后四十回味同嚼蜡之憾，像被人用了掉包计的人物。最不能理解的是曾经聪明绝顶的黄蓉，难逃家庭妇女的鄙俗，不辨对错让小杨过从郭家出走，小小年纪尝尽人情冷暖。或者这就是婚姻吧，婚姻的残酷性在于它总会将一场倾世爱恋变成一段平庸故事，将最完美的男主女主变成路人甲路人乙。最美的爱情不是凡物，带有仙气，经不起人间凡俗的烟熏火燎。

时间能打败传奇，婚姻输给了时间，初恋却因时间的擦拭愈加闪耀光辉，这真是个悖论。既然如此，相遇一场纯洁唯美的初恋吧，如同《射雕英雄传》而不是《神雕侠侣》里的那个古灵精怪的蓉妹妹，和忠厚老实的靖哥哥，一见缘起，相爱就是懂得。如此的爱情，因接近神性本质，一次就够。

读书的况味

　　关于读书，清代张潮说："少年读书，如隙中窥月；中年读书，如庭中望月；老年读书，如台上玩月。皆以阅历之深浅，为所得之深浅耳。"颇以为然。深得读书之味，张潮可谓书痴是也。外国书痴亦多，代表性的有萨特，"我是在书堆中开始我的生活的，就像毫无疑问地也要在书堆中结束我的生命一样。"简直为书而生，为书而死了。

　　这般饶舌只因本人也是书痴一族。第一次阅读大部头小说是三年级时候，小说名《呼家将》。自父亲枕下搜出这本书的我兴奋不已。它握在手里很沉重，它惊人的厚度表明它来自我陌生而又渴望的成人世界。怀着一种隐秘的快乐我开始了阅读，原来这本令人敬畏的大部头小说并非想象中的高不可攀，不知天高地厚的我感叹：成人书亦不过尔尔。

　　后来的小说阅读就显得顺理成章。小学课余生活基本就是在找书。偷大人书看，和哥哥争一本书痛哭流涕，这样的糗事伴随着我的整个童年。最大的收获是某天在大哥枕头下发现一本《红楼梦》，恍惚记得是朱红色封面，绘有飞檐翘角的古建筑，庄严典雅。彼时读四年级，此书半文半白的叙事语言给我的阅读设置了一些小小的障碍，但这依然不能阻止一个书虫啃书的速度。遇到看不懂的字就跳过去，追着宝黛二人的名字看，这样囫囵吞枣的阅读居然也能让我一知半解。那个苍凉美丽的故事为我掀开一个神秘世界的面纱，那里有欢喜，有泪水，有生生死死的爱恨交织！经典的力量无与伦比，烛照混沌初开的蒙昧岁月，敏感早熟的种子暗自萌芽。一次又一次的经典阅读如饮陈酿，同时饮下的还有时间、青春，人生的滋味。

回忆我如饥似渴的少年阅读时光，总会想起一位初中女同学，鹅蛋脸，大眼睛，颀长的身材。她初一时候和我同班，父母是曾经的下放知青，后来在区政府工作。由此她转学过来，第一次出现在我们面前时，我就感觉有一种咄咄逼人的压力，让我内心生出卑微之感。——其实她是位温和的女生，但她身上所独有的不同于农民子女的气质还是令我自惭形秽。奇怪的是她很快和我好起来了，真不可置信。现在再回头想，那时的我穿一身不合身的衣服，多半是姐姐淘汰下来的旧衣，早已过时的款式，令矮小的我更显土气与笨拙。小学的时候，因为年龄小经常受到同学欺负，加之家境不好，久而久之我便在自己和别人之间划出一道防线，或者说是鸿沟。可那位女同学完全颠覆了我此前的经验。她每天骑车带我，不嫌弃我的呆笨与木讷。她吸引我的还有一点，那就是她父母为她订了《少年文艺》，每期的《少年文艺》她看完，都会应我的要求借给我看。初中一年，我看过多少她的《少年文艺》，不记得了，书中那些我同龄的人的故事也一概记不得了，时间把它们漂成一缕淡淡的墨痕，但当初阅读的快乐记忆犹新。并且，毫无疑问的是，我在里面是吸取过营养的。

才女张爱玲说："童年的一天一天，温暖而迟慢，正像老棉鞋里面，粉红绒里子上晒着的阳光。"我想，我的童年，就是在书籍温暖的阳光里，迟慢地走过的吧。多少年后回想，还能感觉那种温度。

我不能形容我对书籍、对阅读的执着，书籍为我打开了通往另一个世界的大门，这个世界比现实的世界要有趣得多，精彩得多。它能克服我与生俱来的自卑，也能克服现实世界中那些咬啮性的小烦恼（张爱玲语）。当然，那时候看书是无选择地读，全凭我肤浅的爱憎。

写作以后，阅读更勤，相当于每天的吃饭穿衣，这时的阅读已经有了一种冷静的眼光，它不再像年轻时那样激情洋溢，也不会全盘接受，而是会边阅读边思考，把别人的经验变成自己的积累，在别人的智慧里重新打量人生，会在某一瞬间幡然领悟。阅读，使同等长度的生命体验增加了密度与厚度，人生因此而丰饶，而沉甸甸，如即将丰收的累累果实。

纸上旧时光

　　"关关雎鸠，在河之洲"，中国古典文化之余音绕梁，五四新文化运动却以如火如荼的态势一路高歌猛进，在全中国掀起一场文化的革命。统治中国文化几千年的文言文因其小众性，士大夫性，制约阻碍着文化传播的广度与速度，因之被新文学领军人物诟病，白话文乃得以大行其道。在这样的大气候下，"激流三部曲"（《家》、《春》、秋》）的语言遂用的是典型的白话文，也由此才会令当年只有四年级语文水平的我可以毫无障碍地阅读这样大部头的小说，以一个孩童的眼光打量一个家族命运的衰落，成长的岁月里多了一份对人生最初的思索与叩问。多年后有过数次的重温此部经典，沿童年的足迹回溯，倥偬的时光乍现，如慢镜头的重播，发黄的胶片里人物与场景俱在，阅读让记忆复苏。

　　若置此书于当时的社会背景下来考量，"激流三部曲"当属新文学，它的新不但在于它形式之新——没有佶屈聱牙的古典语言表达，以新文化运动倡导的白话文来叙述一个旧式家庭各类人物的情感纠葛以及命运走向，另外还在于它思想之新——对腐朽没落的封建思想的全然否定或颠覆，渴望一种全新的生活。书中主人公觉慧等进步青年在黑暗面前不妥协，不屈服，怀揣梦想，去抗争、去追寻、去求索，为当时迷茫的人们指出道路，虽然朦胧，但前方光明隐隐绰绰，激励人心。《家》的结尾，觉慧出走，标志着旧式封建大家族的瓦解与新势力的反抗，星星之火已经点燃，一个全新的世界在向年轻人招手。《家》中，对作为挑战旧势力代表人物的觉慧，作者寄予了无尽的希望。他是作者钟爱的人物，且作者对其着力最多。觉慧亦是我年少时的最爱，那时年轻，有热血与勇气，有黑白分明的爱憎，有反抗一切的自大幻想，梦想能做出改变世界的惊天壮举，因之特立独行，颇有反抗精神的觉慧在我心里能迅速引起共鸣。一个不屈于旧势力的新青年，他的言行举止，投影在一个少年的心中，就像给人类带来火种的普罗米修斯，是英雄的化身，光明的使者。此外还有他和鸣凤门第身份悬殊的爱情，在那个封建势力还竭力占据人们意识形态高地，不甘心被围剿的年代，也够惊心动魄。觉慧的爱情符合他身体力行的平等、民主的思想意识，带着挑战旧秩序的睥睨不群，像是立意要给腐朽、破败，却又在做垂死挣扎的顽固的旧礼教一个当头棒喝。可鸣凤最终还是死在旧制度下。新与旧的交锋，两种力量的较量结果决定着其间人物的命运，夜还漫长，悲剧时有发生，年轻鲜活的生命屡被吞噬，可毕竟，那一星光亮，已经照亮了黑暗的世界，而黎明，就在前方不远处。琴是《激流》里新女性的代表，剪发，接受新教育新思想，为自己的爱情敢于斗争，对于这个人物，自始至终，作家不吝热烈赞美之词。琴的身后，会站着越来越多的新女性，女权意识的觉醒将为全中国的女子迎来历史的春天。与钱梅芬、鸣凤等沦为旧势力牺牲品的传统女子相比，琴是勇敢幸运的，作家借此提醒我们抗争的必要性，如果你选择做觉新，作揖主义只会葬送掉自己与身边的亲人。思想决定命运，只要去努力，未来其实更多地掌控在自己的手中。

虽然巴金先生素以语言的朴实无华著称，全书没有一处之乎者也、子曰诗云的旧语言痕迹，但在我看来，其实《激流》骨子里不乏深刻的古典性，不过它的新文学的斗争姿态遮蔽了此点。书中描写的高家大公馆，有亭台楼宇、水榭歌台；有松林茅屋、假山回廊，中国式园林建筑，好一个清幽的所在！一群纯洁的花季男女，或月夜弄箫、把酒临风；或嬉笑林间、平湖泛舟。乱世里，那梅花怒放、竹影摇曳的高家大花园，成了一群青年避战乱、寻慰藉的桃花源。这是古典的中国元素在书里的一一呈现，从一个侧面，它为我们描绘了一个世家精致典雅的生活，极易引发读者浓浓的怀旧情结。

旧秩序的分崩离析无可避免，现代文明的劲风终将吹遍神州大地，社会发展的进程远非个人力量所能左右。然而绕了一大圈，今天再来看，文明有文明之悲哀，落后有落后之可取，对比老祖宗风雅却极具审美的旧生活，如今的现代人丢失的东西太多太多。

敬仰与缅怀

看到一篇介绍，作家梁衡先生三临常州拜谒秋白纪念馆，于1996年挥就写下了《觅渡，觅渡，渡何处》这篇文章。

出于一个女性的本能，对于一个世纪前发生在这个古老国度的那场伟大的革命，我保持一种远距离的敬意。对政治天生的抗拒，对宏大叙事的敬畏而表现出来的逃避与躲闪，这可能正阐释了"女人天生不是政治动物"与"男人都是政治动物"这样二元对立的命题。然而，引起我一探究竟的是那条名叫觅渡的河流，这条名字独特的河流让我走近一个如雷贯耳的名字——瞿秋白。

不能说我对瞿秋白事迹毫无所知。——那不大可能，以秋白先生的不朽。只是说，我产生了一种热切地，想要了解近一个世纪前那个嵇康式人物悲情命运的冲动。

瞿秋白纪念馆前有一条河，叫觅渡河，觅渡，多么贴切的比喻，难道这仅仅是一种巧合？想当年那个落魄的世家子弟，自这条河上出发，去寻觅渡引自己精神的方舟。而此时的中国，乱哄哄的末世景象之下悄悄孕育着惊心动魄的革命火花，光明前的黑暗，现实的中国也亟须渡引向着彼岸的理想之地前行。

黎明前的夜色最浓。一个孱弱的书生，骨子里还存有旧文人的浪漫情怀，却终于被卷入革命的洪流，被举到洪峰浪顶。都说无限风光在顶峰，然而顶峰之上也是最危险的地方。文人式的激情与使命感让他不辱使命，却又在政治斗争中暴露出文人从政致命的缺陷——太温情，或者还有天真吧。缺乏一个政治人的杀伐决断，甚至机谋。政治不是书本上白纸黑字的理论，一旦落于现实就突显它森厉的本质。

看秋白先生的照片，文质彬彬一书生，如他临刑前写就的《多余的话》的阐述，他骨子里原来还是渴望做一个真正的文人。如果他仅仅只是做一个文人，而不是共产党的领袖，或者才是他最相宜的人生。那样，他的人生将被改写。

《多余的话》里有着太多的纠结，或者还有不甘吧，有对政治、斗争深深的厌倦。我能理解一个深受老庄哲学浸淫的文人，他的内心其实是渴望宁静、向往归隐。然而阴差阳错，命运使他成为革命的急先锋，生活呈现出相反的结论。

渴望改造世界，追求真善美，梦想用自己的力量去传播光明的火种，经过一番艰难求索，最终实现自己救世济国的宏伟愿望。他表现出来的是政治家的大刀阔斧干革命，其实骨子里做的仍是几千年来文人治国平天下的旧梦，只是被装在革命的新瓶里。

《多余的话》里有着自我解剖的初衷与自黑般的自嘲，并字里行间深深流露出自我纠结和对主义空洞理解的自省。这与一个顶天立地巨人一般的烈士在我们的观照里有着多么大的思想落差，但这只能是我们被一贯灌输的革命教条定义所桎梏。这无损于秋白先生的壮烈伟大。面对敌人的利诱毫不动心，从容就义，慷慨赴死，他是一个真实的革命者，而不是戏台上涂脂抹粉的"烈士英雄"。今天再读《多余的话》，隔着将近一个世纪的时光，我们还能感受到他思想脉搏的跳动。从这个意义上来说，他是永生的。

二十一世纪的今天，我们已能更理智地回视那场中国历史上惊心动魄的革命战争。为着后来人的幸福生活，前驱者献出他们的热血，他们被永远载入史册。而革命中路线、思潮的争执与斗争，今天看真的是恍然一梦，再回头百年烟云尽散，人世间已是沧海桑田。好在，时间终归给出了答案。

觅渡觅渡，这条意义非凡的河流仿佛一个隐喻。我看到青年的瞿秋白从这里出发，去寻觅渡引他的理想。他向着隐若的一丝光影飞奔，如扑火的飞蛾，燃烧自己哪怕将黑暗照出瞬间的光明也在所不惜。

可是，他只是一个文弱的书生。一想到这点我的心里就隐隐作痛。

我敬仰于一个革命者的瞿秋白；我缅怀一个浪漫文人的瞿秋白。生的伟大，死的光荣！

人生是场盛大的怀念

人生是一场盛大的怀念，如今的春天总有些不对了，比如燕子不来，兰草花再也难以看到。那天我路过一片山头，居然只看到零星的几株杜鹃，在风中孱弱摇摆。我在微信上这样和朋友说。

我该抱怨的远不止这些。河水不再清澈，沙滩已被蚕食，路上车子太挤，小城书籍不多，而我的记性和视力一样差。在我的一篇文章中我写道：我对这个世界满含挑剔，对我自己也是。和人见面不会讲话，应酬吃饭端起酒杯忘了对面是谁。我想写诗，灵感不来；我写文，通篇不合时宜。

如果是在二十年前，我会在一张木桌上，摊开信纸，用了忧愁的语气写信给远方的友人。我手握钢笔的姿势有多少年没有温习？就像燕子不来，时光不再。那多半是晚上，灯光昏黄，流着蜜和奶的地方。如果不赏月，我喜欢关紧门窗，我坐灯下，在纸上打开自己。纸让人信任。我摩挲着纸，纸面还残留着树木的体温。当它还是属于一棵树的时候，会不会想到有一天要承托我的水样忧愁。

在信纸上，我写断句：微雨是否湿了江南？我打马而过/思念，生长在城市里的一种植物……为赋新词强说愁，矫情得可以。

我总是耽于幻想，这我知道。文字让我的幻想有了寄托，在文字里，幻想不再是大脑沟回里的思维之光，而变成了实实在在的墨迹，妥妥地安放纸上，让我有现世安稳之感。

与友人絮絮叨叨，与亲人话家短里长，我把文字安放在信纸上，以一枚小小邮票遥寄。长城邮票，八分钱一张，用糨糊粘好，投进绿色邮箱，切切等回信，不是情书也有了情书的望穿双眼。现在还能给谁写信呢？还有谁会有耐心倾听一个人带了烦恼的语气，唠唠叨叨说着一些细而微末的隐痛。

我还会把文字安放在日记本里，软面抄、塑料本，密密麻麻记下我隐秘的心思，写了撕，撕了写，最后不知所踪。

现在，我把文字安放在文章里，一个一个的方块字，十指如飞在键盘敲击，好像我是一位高超的钢琴家。黑色方块字就这样被一个一个安放在它们该处的位置，有时删除有时添加，有时将它们从后一句插入前一句，仿佛是孤军深入的奇兵，这些密密麻麻的方块字都是我手中的兵士。我坐在电脑前时而闭目深思，时而手指飞动，调兵遣将攻城略地，神气得像一位真正的将军。然而作文是如此艰难又如此魅惑。"出名要趁早呀！"张爱玲的惊世一呼虽然蛊惑人心，响应的也只寥寥，那是天才的底气，天才到底是有限几个。

我写不好文，读书也读得浅。清代张潮说："少年读书，如隙中窥月；中年读书，如庭中望月；老年读书，如台上玩月。皆以阅历之深浅，为所得之深浅耳。"我人已中年，读书仍是隙中窥月，似是而非。但有时想，以业余的心情读书写字，未尝不是一种快乐。就像幼时读红楼，不求甚解，囫囵吞枣，生僻字一律跳过，只是追着宝黛的名字看，居然也有几分懂得。中年读红楼，若有所得，若有所失。红楼是一曲宝黛恋之哀歌，也是一次生之孤独的大书写。青埂峰下的顽石，不在红尘中走一遭，如何能明白镜花水月的虚幻与渺茫。

十几岁我喜读席慕容，她的文字华美，像织锦，也只能配青春。中年只合读张爱玲。张爱玲的文字乍一看是雕花小木楼的精美，是丝绸旗袍上牡丹盛开的富贵底气，也是弯弯曲曲弄堂里的烟火人间，但这一切都有着一种苍凉的底子，这种苍凉则似西风夕照，晚霞满窗，看似极为矛盾的两个极端，她却结合得这般天衣无缝。苍凉成绝响，也就有了金属质地。

一般都是这样，当夕阳暗黄色光影爬满卧室青色布帘，一轮皎月慢慢升上夜空，一盏灯，一个人，写字、读书，绿茶相伴。那一刻，周遭忽然安静下来，安静到可以毫不理会身边嘈杂的世界。

从小儿书到《红楼梦》

　　王祥夫的小说《上边》里，刘子瑞在外的儿子回来了，"刘子瑞的女人揉着面，忽然就伤心了，伤心的是儿子马上又要走了，可当时他是那么点儿，那么点儿，在自己的背上，不肯下来多走半步，好像是不知出了什么怪事，儿子怎么就一下子这么大了。"母亲是伟大的，母亲也是苍凉的。看小小的人儿一天天大，一天天远，恐慌、不知所以，却拽不住时间的无力感，如同刘子瑞的女人，反反复复一个愚蠢又多余的问题：儿子怎么就一下子这么大了！

　　想起多年前的女儿，那么小的一个人儿，端端正正坐在小椅子上，翻开自己的小书煞有介事地朗读。

　　那是我买给女儿的第一本书，花花绿绿的封面，翻开来，里面是一首首通俗的儿歌。记得刚买书回来，女儿看见我手中的书，兴奋得圆脸通红，乐不可支地跳起了自编的舞蹈，花裙子旋成美丽的花朵。

　　与许多望子成龙的父母不一样，我买书给女儿的初衷并不是为了让她认识更多的字，仅仅是希望这本有趣的小书能给女儿带来快乐。我一直认为每个孩子都应该拥有一个无忧无虑的童年，并且自始至终反对将儿童过早拉入成人世界的竞争之中。

　　我开始一字一字地教女儿发音，女儿终于读熟了那本小书，都是一些顺口溜样的小儿歌，读起来朗朗上口。其时女儿正换牙，缺了门牙让她的发音很可笑，但即便这样亦不能怀疑她读书的虔诚。她短小的身子前倾，肥胖的手指在书本上游走，目光专注，声音响亮。而且，往往，正看书的我会被趔趄跑来的女儿打断：妈妈，这个字我不会读。待到学会后转身要离去，她忽然发现我手上的《红楼梦》。哇，这么大的书！妈妈认识好多字，妈妈真厉害！更多的时候，我会和女儿一起朗读那本小书里面的儿歌，那些朗朗上口的句子当年曾经带给我们太多的欢乐。

如今女儿已长成亭亭玉立的大姑娘，我还远没有刘子瑞女人那么衰老，但我亦不能克服地茫然、失落、伤心了。孩子长大原本是件喜悦的事，然而又仿佛哪里不对劲，好像我们都上了时间的当。那个胖乎乎的小人儿啥时就变成了大姑娘呢？如同刘子瑞女人，我经常反反复复想着的也是这个问题。

女儿的那本小书也早已遗失在某个时间的拐点，抓不住一点慰藉的想念，我甚至一度恍惚，我真的为女儿买过那本书吗，女儿真的获得过那本欢乐的小书吗？时间的残酷在于它的无知无觉，它使我对自己的记忆也产生了怀疑。

现在女儿在读厚厚的《红楼梦》，正是当年我读过的那本。女儿已然忘了她曾经对看这本大部头小说的妈妈的景仰，也不会跑过来问：妈妈，这个字怎么读？

一本薄薄的小儿书到厚厚的《红楼梦》，之间是女儿点点滴滴的成长。缓慢，也迅速；很长，亦很短！

人与自然相依存

话说每年的旅游旺季一到，新闻总是看得人胆战心惊。比如某游客攀上雕塑拍照，又比如一对恋人不顾阻拦在长城上涂鸦。更有出境旅游者在国外被屡曝不文明现象，让中国人在国际上的形象大受损害。

每年的旅游季，看着那些爆料的新闻，像看到公共场所里狼藉的西瓜皮瓜子壳，让人陡然生出面对人性的无力感：某些国人，文明旅游难道就这么难？

记得当年入小学读书，老师指着墙上红艳艳的"五讲四美"带领我们读：讲文明、讲礼貌、讲卫生、讲秩序、讲道德；心灵美、语言美、行为美、环境美。这些老生常谈的话题放在今天依然不过时，可见国人在素质进化的道路上有多举步不前。想想也很可怕，那些不文明的游客一副成年人面孔，居然还没有学会小学生都知道的这些基本素质要求。

其实，中国乃礼仪之邦。想我们的祖先，峨冠博带，学而知礼，礼而好学，谦谦君子也。古代士大夫崇尚孔孟之道，而孔圣人一生以倡周礼为己任，"克己复礼为仁"。孔子问礼老子更是中国思想史上一大空前绝后的盛事，是道家儒家思想的一次大碰撞，闪耀出智慧的光芒。正是有老子、孔子这样的先贤圣哲对礼的倡导，才会余泽千古，熏陶出一个泱泱礼仪之邦。

可是，比照今人的不文明，我迷惘困惑。如果人类是越进化越冥顽，越进化文明越倒退，那么是否会有那么一天，人类将在无自我约束中葬送掉几千年的文明？自我毁灭后再来一次生命的艰难进化之途？如果这样，将是人类史乃至进化史上的大悲剧。

也许有人认为我危言耸听。然而，看看这个乱哄哄的世界，雾霾、沙尘暴，甚至核武，无不是人类任性贪婪的后果。

还回到旅游，几年前笔者本地论坛发生过一次网民大论战，起因是一些具有保护环境意识的网民在某次登山途中遇到有人偷挖珍稀映山红下山。这种珍稀的映山红名多枝杜鹃，只适宜于生长在高海拔高寒山区。按说那些偷挖的也都是当地居民，肯定也了解它的这一生长特性，移栽下山就是变相毁灭，但即便这样他们还是因为贪婪而大施黑手。其令人不齿的行径遭到了环保意识强的网友的网上爆料，双方在网络论坛大打口水战。虽然最后正义方在舆论上大获全胜，可到底也救不回那些珍稀植物。这些人暴殄天物的行为令人发指，行为已然违法。近年来当地森林派出所屡屡出动警力打击这种违法行为，还是不能完全杜绝这种丑恶现象。

见得最多的还有游客乱甩垃圾，那叫一个任性。至于后来的清洁工或者义工组织辛苦登山捡拾，则不在他考虑的范畴。这样不文明的现象比比皆是，让人痛心。

那么，在旅游路上，我们如何讲"礼"，做一个文明的游客？

遥远的公元前523年，孔子问礼于老子，在黄河边，面对滔滔河水，孔子不由叹曰："逝者如斯夫，不舍昼夜！"

老子听闻孔子此语，道："人生天地之间，乃与天地一体也。天地，自然之物也；人生，亦自然之物。人有幼、少、壮、老之变化，犹如天地有春、夏、秋、冬之交替，有何悲乎？生于自然，死于自然，任其自然，则本性不乱。"

好一个"天地，自然之物；人生，亦自然之物"。诚哉哲人所言，人要"任其自然"才能本性不乱。笔者认为在这里亦可以解释为，人要任其自然，不违背大自然的规律，才能与大自然和平共处。面对人性的枝枝蔓蔓，孔圣人亦有"不学礼，无以立"的谆谆教导。两千多年前圣人大哲的话语，隔着时间的莽莽苍苍，至今仍飘荡在耳边。再举目望望我们伤痕累累的大地，那些走在旅游路上或即将走上旅游之路的朋友们，是否会有一些深刻的感悟呢？

如孔圣人所言，一日克己复礼，天下归仁焉。如果每个游客在旅游途中都能做到克己复礼，克制自己的欲望，那么天下归仁也就理所当然了。

是的，人与自然，相依共存。爱护我们头顶的蓝天吧，爱护旅游路上每一处风景。

追寻高密精神

　　我想那是一片苍茫的原野，血一样的落日下血一样红的高粱穗子，一直烧到天边。虫鸣声响起，此起彼伏，这些大自然的歌手，它们歌唱着生命，爱情，以及又一个黑夜的即将来临。视线里苍绿的高粱叶子挤挤挨挨，窃窃私语，风来，鼻端就有一股高粱清新的草木之气弥漫。我知道如今高粱地里再也没有"我父亲"闻到的那种甜腥味，那种诡异的、令人心生不安的甜腥。喋血的时代已一去不返，入侵者被驱逐，家园重回安静，各种事物按部就班，蓬蓬勃勃生长。但轰轰烈烈的故事就此一代代流传。那些精灵一般的高粱，看见过"我奶奶"白玉的身体，花一样绽放在黑泥土上，绽放在土匪头子、抗日英雄余司令的眼前，惊心动魄。天地遽然安静，高粱羞红了脸；它们还见过热血的高密男子，扛着土枪、齿耙，各式武器，穿过浓雾遮蔽的高粱地，义无反顾地向日本鬼子开进。

　　时间推进，天的尽头，原野把落日一点点吞尽，黑夜如一幅巨大的黑色丝绒自天幕滑落，月亮升起来了，蓝色的月亮、金黄色的月亮，车轮一般、硕大无比的月亮。猪十六，一只自由主义、英雄主义情结深重，多才多艺的猪，肩负隔世情仇，在那轮饱满圆月的指引下，顺河而下，逃离杏园养猪场，去追求如火如荼的新生活。蓝解放，一个倔得像一头驴的单干户，在那轮明月照耀下拾掇着他的一亩六分地，他的蓝脸在月下璀璨如一颗蓝宝石。那个硕大如轮的月亮在我眼前熠熠生辉，伴随着那块黑土地，上演着悲欢离合、生死轮回。

　　所有的故事不期而至，涓涓流淌成一条汩汩的河流，我目送它们远去，鲜活驳杂的气息扑面而至。

　　墨水河的河水闪烁如银，间或有鱼儿跃出水面，露出肥白的肚皮，星星倦怠地眨眼，大地沉睡，风儿停止了叹息，一颗流星划过天际，拖着长长的尾巴。这样静谧的夜晚并不平静，一场大风暴正在酝酿。日本人来了，机枪、炮弹、轰炸、死人，黑土地被鲜血浸透；抗日别动大队、共产党爆破大队，解放、阶级斗争、"大跃进"、改革开放，高密东北乡在历史的洪流中震颤，伤痕累累，却又生机勃勃。迎面走来在硝烟与饥饿中苟活的上官金童，金发蓝眼，英俊挺拔，却虚有其表，十五年的劳改生涯仿佛一个真空设置，让他与时间脱了节，当他重获自由，突然被投放到改革开放后面目全非的高密乡。他惶惑不安，面对灯红酒绿之下隐藏的陷阱，他甚至怀念曾经的劳改生活，他很不适应目前这个生猛的年代。当然，他最终也成了新时代的弃儿。

　　我在这片熟悉得似乎可以触摸得到脉搏的黑土地上寻找，那些沼泽、草甸子、河堤、高粱地呢，它们是不是还在那里？虽然我知道，城市化发展的脚步无法阻挡，中国版图上的每一寸土地如今已是天翻地覆，就算是高密也逃不脱发展的洪流，但我还是固执地寻找。或者，我寻找的更是一种精神？是高密儿女敢爱敢恨、壮怀激烈一如"红鬃烈马"般的精神？

　　这块黑土地向来不生产高大全的脸谱化人物，但这块土地上从来不缺英雄，它们是活生生、有血有肉的英雄。

　　其实，我无数次地在高密的黑土地上跋涉，追寻，都只存在于我的意念，或者说存在于我无比真实的梦境，地理意义上的高密，我没有去过。但这并不是问题的关键，因为，如今的高密，已经成为一个文学符号与阵地，我有理由追寻。

红高粱烧到天边

　　平原在眼前扩张，辽阔、空旷、壮观，大手笔的写意画，简约美，视线也因此有了无限延伸的可能，可以穷尽到天边。这样一幅黑白版图上，夕阳是最浓墨重彩的一笔。秋天的落日略显消瘦，红黄的一枚，在白杨林里躲躲藏藏，然而这些都无碍它的光辉穿透树林，给大地抹上有限的一笔暖意。白杨是平原上最常见的植物，以方阵出现，臂膊林立，齐刷刷指向天际，不过其灰白的中庸色调与天空仿若一体，从而消弭了剑拔弩张的对垒姿态。

　　这就是高密了，无须车内几位高密文友提醒我也知道。虽然几天相处我们彼此混熟，但他们奇怪的方言佶屈聱牙，给我们的交流制造困境；他们魁梧结实的身板让我这个南方人不得不经常保持高山仰止的姿势，而且他们并非如我想象中的讷于言，敏于行，尽皆善谈。这颠覆了我对山东汉子木讷不善言的预想。

　　是的，我先入为主的猜度毫无理由，就像眼前的高密市，一眼看去和我见过的任何城市并无两样，街道、路灯、人流、公交，城市所有的元素都有。甚至，这样似曾相识的街景，让我有种错觉，以为如果我汇入熙攘的人流，走向下一个街道的拐角，一定会碰到熟悉的脸孔。只是身边此起彼伏曲里拐弯的高密方言，不容我幻想，一次次拉我入现实，证明这就是高密，千真万确。

　　行走在"高密东北乡"，已是第二天的上午，依然是秋高气爽的好天气。其实很想走那座石桥进入村庄，但大约众多的朝拜者已令此桥不胜负荷，致使它不得不提前结束度人的使命？石桥两边矗立的土堆拒绝我靠近石桥，由此我只能站在河堤眺望。石桥就在眼前，它不再是一个叙述，而是真实地呈现在我眼前，平淡无奇。它曾目睹花容月貌的"我奶奶"挑着饭菜走过，远处的高粱地里有她的爱人；它还被抗日别动大队司令司马库一把火烧过，用以阻挠日军的进攻。这样一座历经磨难的石桥，它从历史的风烟处一路走来，本身就具备了与历史等同的高度，只是它更愿意以沉默消解昨天的隐痛，就像脚下的胶河水，不动声色的表象下隐藏的是幽深的记忆。一条有性格的河流是小说中胶河给我鲜明的印象，但此刻它收敛了张扬的个性，像一位淡泊的智者，循着固定轨迹前行。流水脉脉，总有些痕迹会被冲刷殆尽。譬如这样一个秋天的上午，徜徉在河堤，我形单影只，灰色的海鸥不曾见，机帆船不曾见，蛙鸣更是无处可寻，只有胶河岸的红高粱，风霜侵蚀，却越发生机勃勃。

莫言旧居比想象中更旧更逼仄，土墙、土炕、木格子小窗，玻璃马灯、农具、搪瓷花碗，遥远得隔了一个世纪似的。脑海里无数次温习、想象、沉淀、发酵的人物与场景终于得到了印证与落实。

"高密东北乡是地球上最美丽，最丑陋；最超脱，最世俗；最圣洁，最龌龊；最英雄好汉，最王八蛋；最能喝酒，最能爱的地方。"这些对比强烈的词语，方能准确表达一个作家对故乡缠绵纠葛、患得患失的情感依赖吧。故乡是一个人的源头，每个人走得再远，也走不出故乡的视线。"高密东北乡"这块血地是莫言取之不竭的灵感源泉，莫言也完成了"高密东北乡"的一次成功升华。人性一直是作家莫言致力表达的范畴，在他的作品里，丑恶与善良，卑微与狂妄，束缚与放纵，懦弱与勇敢，人性的复杂与多变被安排，被放大，使得他笔下的人物具有一种独特的审美。不可否认，我们每个人携带着与生俱来的基因密码，性格中皆具有无可弥补的缺陷。这样无规律可循的参差百态，就考验到一个作家表述与操控能力。其实，相较于莫言笔下的传奇人物，莫言本身就是一个传奇，一个卑微的农家娃子，被苦难锻造又逾越苦难，完成艰辛的蜕变。他审视着诡异莫测的人性走向，条分缕析，成竹在胸。正如他说："只有正视人类之恶，只有认识到自我之丑，只有描写人类不可克服的弱点和病态人格导致的悲惨命运，才是真正的悲剧，才可能具有'拷问灵魂'的深度和力度。"因之，他笔下人物多多少少有些病态。他抱着治病救人的初衷与向往，逼迫我们正视自身隐匿的伤口，这是一种能力与勇气；另外，他对太阳下光辉的事物保持本能的警惕与敏锐，这是一种广义的道德关怀。同时，他魔幻的手法使其天马行空的叙事毫无障碍地在时间与空间的长度和广度上自如穿行，以期抵达他孜孜追求的境界。我认为他是一个理想捍卫者。

如果说"高密东北乡"是莫言精神的原乡，那么，红高粱则是"东北乡"人灵魂的暗指。在红高粱影视基地，我终于见到了一望无际的红高粱，就像我文章里写的，那些血一般的高粱缨子，火一般烧到天边。秋阳下的红高粱，像无数燃起的火炬，它们照亮的地方，就是道路。

与慈善同行

人生多灾，个人的力量有限，因此一方有难八方支援就显得无比重要。

这几年，或多或少也与慈善有过交集，并身体力行做过慈善。

一直以来我都自我解嘲地称自己为穷人，皆因本人二十一世纪初遭遇下岗，丢了铁饭碗，后来虽在商海摸爬滚打十几年，仍属解决温饱一族。像我等尚停留在温饱线上的小民，虽饱食终日，但与近年来身边越来越多的豪车豪宅且动不动就豪掷千金的土豪一族相比，我可不就是个穷人，而且是赤贫。2014年，一位朋友的亲戚因大病急需救助。我本与此人从未谋面，在网上看到募捐帖后，当即将自己的稿费转账200元到救助者账号上。相信此病友直到今天也不知在下为何人。然而救助他人，重要的是力所能及施以援手，其余也就不足与他人道了。

有时也怀疑，为什么现今社会，患重大疾病的人会有这么多？可能这与时下环境污染、食品安全危机有着千丝万缕的关联。接二连三的，就能听到身边发出的需要救助的呼声。只能凭有限的力量小小解囊吧。包括在微信发红包救助一位并不认识的诗人，以众筹的方式在微信上对陌生人捐款。有时也感叹身边需要救助的人之多，让人觉着生之艰难。

2015年，一位认识我的女士找到我，原来她患了罕见的神经性疾病——脊髓空洞症，做手术花费巨大，后期还要长期吃药治疗。而此时的我在一家网站做记者，之前我是本地一家小报的记者，认识本地媒体人。遇上这种事，我当然是义不容辞，找媒体朋友帮忙，自己更是竭力帮助使其在舆论上获得关注与支持。后来此女士获得了当地一家爱心组织的捐款，数额不算大，但毕竟这些来自一颗颗饱含爱心的沉甸甸的善款，总能给一个在疾病中挣扎的人送去最大的温暖与鼓励，从而使他们获得与病魔作斗争的信心和勇气。慈善传递给人的是满满的正能量，意义大矣。

"爱之花开放的地方，生命便能欣欣向荣。"梵·高的话道出了爱的本质、慈善的本质。其实，广义的慈善应该是所有的善心、善意。犹记十七岁那年一个冬夜，正赶着去和朋友会面的我在小城老街桥上遇到一位边哭边惊慌乱跑的小孩。我立刻拉住他询问。原来这个小孩找不到自己的家了。后来在我的启发下，那个四五岁的小孩子终于循着记忆找到家门。我站在这家人门外，眼看着他高兴地跑进门，紧接着屋里响起"哎呀，你总算回来了"的惊呼。于是我转身去赴朋友的约见。这两年经常看到有微友呼吁捐赠衣物给贫困山区，很有意义之举。我也响应号召邮寄过衣物到贵州偏远山区。

是的，慈善的方式多样。在公交车上为老人让座，在路上扶起摔倒的老人或小孩，还有拾金不昧、爱护环境等等，这些都是慈善。慈善就在我们身边，每时每刻。

伸出你的双手去做慈善，让爱的力量从你到我到他，传播下去！

后　记

从来不敢奢望什么，我眼里的作家，是高蹈又形而上的先知，再打量自己，是灰暗背景映衬下的丑小鸭，敏感、多疑、缺乏安全感的小女子，黯然的人生，仿佛可以一直沉默下去似的，有的只是周围一片地老天荒的漠然。然而对现实失望太多，就越有倾诉的欲望。在没有写作以前我热衷于这样的游戏——在网上唠唠叨叨，在文字里左冲右突，盲目、孤单，像一头小兽，妄图寻到冲破陷阱的出口。

一直以来很热爱文字，如同我在《读书的况味》里说的，偷大人书看是小学生活的一部分。阅读一直坚持，非功利阅读，也就带了一些休闲的性质。大量阅读那是写作以后的事。只是这样的热爱如一朵娇艳却脆弱的花，最终凋零在纷繁复杂缺乏诗意的现实里。可文字如隐秘的魔咒，一经潜伏体内就不可遏制，随时准备伺机而动。

回头看，我最初写在网上的文字幼稚拙劣，类似一个学步婴儿歪歪扭扭的足迹。可文字真有镇痛疗伤的功效，这是文字的神奇之处。我清楚地记得内心涌动的痛苦与纠葛最终化作文字彻底释放，也就在那时我热爱上了这样的释放。现实里我们活得谨小慎微，需要寻找一个突破口。没有写作以前我是一个唠叨的人，写作以后我话少，因为表达的欲望借文字倾诉了。

写作的人大概都有"旧作不忍卒读"之憾，我现在见不得原来那些矫情、空洞、无病呻吟的文字。但那时这样的文字无疑激励过我，使我一直写下去。我沉浸在自己的叙事快感之中，毫不理会周围的世界。明知不可为而为之，写作赋予我一种悲壮的意义。

犹如一段漫长的黑暗之旅，之间也有光，短暂不可捉摸。像一个人在暗黑的深海游泳，心里没有底，无尽头之旅，更像是一种挣扎。回想这几年，因为文字，那些虚空的时间，被物质化，可触摸，可感受，它成为一些心情、一些呓语，细碎、凌乱、模糊，却有时间划过心尖的痛。感谢我幼稚的文字引来一些善意的目光，由此我不得章法的文字得以慢慢步入正轨。

本书收的都是我近年来的散文随笔，没有高大上、振聋发聩的大手笔，都是一些怀旧，一些微不足道的个人观点。对于自己的文字我很清醒，但我想假如我们不苦苦追索意义，不提高到一定的价值高度，而是从自身经验出发，来感悟那些业已走远了的过去，来思索我们失去的，从而珍惜眼下的，是否也有其渺小的意义？

解开语文阅读的"金钥匙"

程琼莲作品阅读训练

提分策略　答题技巧

程琼莲　著

非卖品

目　录

麦苗青青

（1）麦苗青青的时候，季节还是冬天。天空是那种烟灰色，冷硬，茫茫无际，有种地老天荒的漠然感。天开地阔之间，灰色蜿蜒的大手笔线条是群峰绰约的影子，大自然的画笔里用不完的灰色调。

（2）有位作家在文章中写道，冬天的冷，让人有厌世之感。我想，厌世恐怕不单是因为冷，另外还是因为天地间颜色单调缺乏生机。

（3）如果在那一片灰色的原野里，渗出一层绿，茸茸的，柔嫩娇弱，像谁给大地晕染了一道绿边，视线里就会生动起来，恍惚觉得春天也并不遥远似的，哪怕北风依旧刀子样逼来，面上已然有了安稳的喜色。是的，那就是麦子，一个枯索的季节里神奇的一片绿意。

（4）麦苗在风中摇曳，绿得逼人眼，眼前的冬天也有了一丝温情的意味，虽然担心着这娇滴滴的绿能否经受猎猎寒风。

（5）可那绿到底一天天丰盈起来。倘或赶上下雪，绿色织锦上铺了厚厚一层洁白的绒毡，有丰饶富丽的喜感。若是雪化，则是绿色裙裾镶了一道银白的流苏，在广阔的田野铺展开去，壮丽而辽阔。太阳升起来的时候，银光闪耀，嫩绿的麦苗挂着晶莹的水滴，冷酷的冬天就这样被原宥了，只因为那一片充满希望的绿色。

（6）植物是最懂得感恩的。麦子没有辜负这场雪，在雪水的滋润下绿得蓬蓬勃勃，肆无忌惮。那一株一株的绿融汇成绿色的海，在天地间荡漾开去。

（7）每年也就在村人扛起锄头去给麦苗锄草的时候，我总会感到怅然若失，我的忧郁来得彻底却无端。那大抵是正月初七八，冬天里难得的响晴天气，风也不凌厉，有一种薄脆的质感，像初夏吃的第一支冰激凌。金色的阳光有种奶油的芬芳，门框上的对联在阳光下红得似火，但我分明看到那种红已经掩饰不住有了一种虚张声势的寂寞，像挂在嘴角的笑，淡得有点勉强。田野里的麦苗此时绿得正欢，仔细倾听简直能听到它们"哗哗"的笑声。灰了一冬的天空也奢侈地满溢着一汪蓝。在这个好天气里，我看到隔壁红婶扛着锄头从地里给麦苗锄草回来，她急急的步伐里饱含了对丰收的渴望与期盼。失落却从最低点向上攀爬，淹没了我——年终于是过去了！又要回到一成不变的日子里去。我愤愤于那样欢天喜地的热闹，在大人那里原来都比不过种地、锄草，侍弄一株株麦苗。

（8）我当然锄过麦草，弯着腰，身体弓成九十度。我紧握铁锄，在麦苗间隙小心地剔除杂草，腰酸背疼，不惯劳动的手满是水泡，伸腰一看，前面还是望不到头的麦子。

（9）那时候我不喜欢麦子，哪怕它们绿得再可爱些。生活是那样的琐碎与尴尬，仿佛活着就为了填饱肚子。在十几岁的时候，我一直认为吃是很俗气的事，却做不到神仙那般不食人间烟火，真是可恼。

（10）可春天毕竟是来了。

（11）村前村后的桃花打起了花苞，玫瑰一般的红，在依然是光秃秃的枝头星子样耀眼。耀眼是我的并不准确的感受，其实它们红得很矜持，小米粒般的粉红珠子缀在枝头，精致得让人不忍触碰，连直视都不忍。

（12）突然就有一天商量好了似的绽放，一朵朵的粉红，霞光艳艳，一阵风来，粉红的花瓣簌簌飘落，飘到春水里，是落花流水的凄美；更多的是飘到麦田里，点点滴滴的粉红，泪珠一样的娇蕾，撒在绿锦缎上，是张爱玲笔下葱绿配桃红的万千风流。

（13）春天深了，桃花谢了，麦苗铆足了劲往上蹿。风吹绿浪，村庄就是一条航行在绿色波涛上的船只，向着时间的纵深驶去。布谷鸟在远远的林间鸣叫，年自然早就过得无影无踪，美丽的春天亦是握不住的流光易逝。张爱玲说："太美丽的日子，可以觉得它在窗外渐渐流过，河流似的，轻吻着窗台，吻着船舷。"

（14）一切美好的东西终究是挽留不住，譬如热闹的年，譬如瑰丽的春景。好在有麦子，丰收毕竟在望。

阅读训练及参考答案：

一、文中第一段最后一句"灰色蜿蜒的大手笔线条是群峰绰约的影子，大自然的画笔里用不完的灰色调。"请问用的是什么修辞手法？这样修辞的好处是什么？

答：拟人。这样修辞的好处是文章更加生动灵活。

二、"恍惚觉得春天也并不遥远似的，哪怕北风依旧刀子样逼来，面上已然有了安稳的喜色。"这句里，作者为什么写"面上已然有了安稳的喜色"？

答：因为看见绿色就看见了春天，看见了希望。

三、文中第七自然段，"每年也就在村人扛起锄头去给麦苗锄草的时候"，"我"为什么会怅然若失？

答：这写的是作者童年时候的事情。因为小孩子都喜欢过年，村人去锄麦意味着年过完了，也意味着繁忙的农事开始。

闲时听雨

（1）天气湿冷。阴雨连着阴雨，闲愁连着闲愁，日子也像这湿答答的雨天，拧得出水来。

（2）"我明白你会来，所以我等。"沈从文在《雨后》中的句子如此静美缠绵。可我并没有等人，亦没有人在等我。多么缺乏诗意的雨水！

（3）取暖器在脚下忠实地制造着温暖，窗外是枯涩的冬，萧索的雨景，像谁设置好的一成不变的背景墙。更像是生活的所指——就那么千篇一律接踵而至，不管你接受不接受，有没有准备好，那些雨滴一样的时间都将奔涌而来，它究竟要把我们带到哪里？它不问我们情愿不情愿！如此，我唯一能做的只是枯坐椅上，隔着窗子听雨罢了。沥沥淅淅，淅淅沥沥，迟缓而坚定的声响，单调而绵长的音节，老僧诵禅一般延绵不绝——向着一个亘古而洪荒的意境里遁去。困意渐渐袭来，蒙眬之间，耳畔只有那永不停歇的雨在歌唱。这样想，其实，于人踪俱寂的下雨天，听一番霏霏雨意也是挺美好的一件事。哪怕是冷寂，哪怕是孤寒，还有脚下温暖的火炉，还有耳畔潇潇雨声，天地之间仿佛只剩这间为我遮风挡雨的屋子，以及屋内的斯人。

（4）冬天比其他任何季节都让我缺乏激情，借寒冷的名义，人也越来越慵懒，许久不曾执笔写字。前途的迷雾如同天空中挥之不去的云霾。我究竟为什么写字？这样的天问如同棒喝，带着雷霆之意破空而来。为理想？我羞于承认我也理想过。为爱好？然而终究是写一些无人问津的寂寞文字而已。更多时候，只是凭着惯性，在长而望不到尽头的道路上踽踽而行。

（5）想想，人的一生只是时间长河中极其渺小的一瞬，然而正因为渺小与短暂，才有必要在相对长度中挖掘深度。这或可解释我与文字的宿命纠结。

（6）活着，总要有一个信念支撑。

（7）窗外，一片片枯黄的树叶簌簌飘落，伴随着寒风起舞，它们走过生命中最后一段历程，向着大地母亲的怀抱飞去。生命的悲壮与从容体现在一片片小小的树叶上，有你不得不仰视的尊严。哪怕它只是一片无足轻重的树叶，也曾经在春风吹拂中绽出过生命的新绿，也曾在骄阳如火中为行人贡献一片小小的阴凉。如同我笨拙而速朽的文字？

（8）雨还在下，昏暗的雨景造成一种错觉，仿佛我还是行走在雨中的故乡。我穿着雨鞋，撑着一把黄油布伞，往返在家与学校的路上。雨丝织在伞布上，是极其悦耳的沙沙之声。黄墙黑瓦，竹林小道，绿色的故乡，在雨中又是一番动人的景象，像墨笔细致的山水卷。

（9）那时候的冬天好像也并不萧瑟，反而它是喧腾的、欢乐的。一家人围坐在八仙桌旁，一只黄泥小炉上白菜煮豆腐的清香，自氤氲的热气里扑面而来。父亲掀开小铁锅盖，就着煤油灯昏黄的光线，觑着眼，为我们兄妹几个夹菜。

（10）那时候母亲做菜的手艺并不差。红泥火炉上小铁锅里，油绿的菜蔬和清白的豆腐，参差点缀，绿白相间，是高明画家笔下清丽的小品。

（11）父亲走后，母亲烹调的手艺立时变坏。原来，做菜也是要看心情的。那些香喷喷的可口美食，每一道都是爱的结晶。

（12）我想，冬天唯一的好，好在一个闲字。冬天万物凋零，所谓天人合一，人也应该顺应四时变化，秋收冬藏，过一个慵懒闲适的冬季，休养生息，以待来年春暖花开。

（13）然而，现代工业文明的令人质疑之处在于，它割裂了人与自然、气候的密切感应与联系，把生命的个体关进科技与工业的牢笼。如今的我们，朝九晚五，四时不分，每天做着相同的工作，把弹性的日子过成机械的精准，实无多大乐趣可言。也唯有在得闲之时，独坐室内听雨发呆，聊解枯寂吧。

（14）如此，把呆板无趣的日月，过出一种冲淡的逸致，也不失为一件美妙的乐事，谁说不是呢。

阅读训练及参考答案：

一、请在文中找几句话，回答第四自然段"我为什么要写字"这个问题。

答：人的一生只是时间长河中极其渺小的一瞬，然而正因为渺小与短暂，才有必要在相对长度中挖掘深度。活着，总要有一个信念支撑。

二、作者许久不曾提笔是因为冬天寒冷吗？如果不是，又是因为什么？

答：不是。是因为抵达理想的路途并非一帆风顺，所以会有迷茫的时候。

三、根据第七自然段，再结合自己的理解，说说做一片绿叶的意义。

答：哪怕它只是一片无足轻重的树叶，也曾经在春风吹拂中绽出过生命的新绿，也曾在骄阳如火中为行人贡献一片小小的阴凉。红花也要绿叶配，每个人都要有绿叶情怀，发挥绿叶精神，根据自己的实力和特长，切合实际，找准自己的位置，作出应有的贡献。

那一朵一朵的花儿

（1）那一朵一朵的花儿。

（2）我看见那些花儿，盛开在平叔的笔底。那时他正站在我家东屋里，一笔一笔描绘。他还画风景，粉蓝的天空，天空下的流水，桥上的行人，从他的笔底流淌出来。行人写意的神似，绝不精雕细琢，却有童趣的稚拙，浑然天成的一种妙处。我觉得他还是花卉画得好，大朵的牡丹，深红、粉红、粉黄，极喜气的颜色，肥硕丰厚的花瓣，万花之王的雍容华贵。鸳鸯，他也画，成双成对栖息花丛，我一度以为是两只长着艳丽羽毛的鸭子。

（3）平叔不是画家，他是乡村漆匠。然而谁也不能否认每一个乡村漆匠都是画家。平叔是个面容沉静的中年人，衣着整洁，又因走乡入户做油漆，见多识广，比庄稼汉子多了一份从容不迫，这一切显示他是一个受人尊敬的乡村手艺人。

（4）大哥是长子，婚事显得格外郑重，衣柜、箱子、凉床，崭新的木器由平叔绘上各色花卉风景。油漆后的家具焕然一新，新鲜的油漆气味，亮堂的生活。结婚毕竟是人生大事。

（5）漆树我却不敢亲近。父亲常年割漆——我们那儿把收割生漆形象地称作割漆。父亲穿一件蓝色对襟褂，上面满是斑斑点点的生漆。父亲背着的那个长方形竹篾篮里，一层一层码上蛤壳，放上漆筒。割漆时将漆树用快刀划一道口，让黑色的漆汁顺着树身流淌到蛤壳里。我不敢靠近漆树，我怕漆，离漆树近了就会全身红肿发痒，很久才能痊愈。我在离漆树地很远的一棵梨树下玩，我拾起地上被风吹落的一片一片梨树叶，想象那是一张一张的人民币，一毛，两毛，可以到经销店换很多水果糖。我之所以没想到一元，十元，是因为那时我看见的最大面额就是毛票，更多的是一分两分的硬币。

（6）我见过梨树花开，细小的花瓣密密匝匝，一树的繁花似雪，远看又像洁白云朵压满枝头，只是比雪更清芬，比云朵更娇嫩。耳朵边嘤嘤嗡嗡都是蜜蜂的吵闹声，我和阿东在树下抓石子玩。那时还未到生漆收割的季节。一直要到夏天，梨树上结出果实，父亲就会背起竹篾篮去地里割漆。我在梨树下拾树叶，偶尔抬头看远处漆树地里父亲蓝色的身影。父亲蹲在地下收漆，将每一个蛤壳里的生漆倒进漆筒。

（7）有一次父亲割漆在梨树下捡到一个梨子，那是我上学后的事情了。父亲兴冲冲拿回家，用刀切成三份，我和父亲母亲分食了这个还未完全熟透的梨子。分梨，分离，人们比较忌讳，但父亲没有讲究这些。小时候粮食金贵，水果也不多见，田间地头的野果，没来得及成熟就早早被馋嘴的孩子填了肚子。父母拼命劳作还只勉强填饱全家肚子，即使这样母亲已经很知足。五八年母亲吃过糠粑，所以母亲能宽容地看待劳作。老年后的母亲吃饭经常被呛到，咳得喘不上气来。没人和你抢，你慢点吃，每次嘴里不要包太多的米饭。每次我总是这样告诫她，但下一次她依然如故。往往，母亲好不容易喘过气来，听了我的责备，委屈地说，那时候吃饭必须快，否则就被别人吃得没有了；现在想慢，慢不了。越近中年，我越发敬畏习惯的力量强大，饥饿年代在母亲身上刻下的烙印，我清楚我是无能为力。

（8）小时候我认为漆树是一种可怕的植物，人还没近它身就会在人身上施巫术。现在知道是过敏，很多人都会有。我到底是不能幸免的，因为有一个割漆的父亲。好几次，我的手臂擦到饭桌上父亲不小心滴落的生漆，黑黑的一小块，马上就会溃烂发痒，不能抓不能碰，难受之极。

（9）父亲的体质虽然不对漆树过敏，却总有被生漆烂到的时候。那是他收割生漆时不小心溅到手上。每当此时，父亲去菜园割一把韭菜，用力揉搓出浓绿的汁液，滴到溃烂的伤口上。父亲说韭菜汁能阻止伤口溃烂，我也试过，不觉得有多大的奇效，从此却捎带怕上了生韭菜的气味，连熟韭菜也不吃。

（10）因为这样的经历，我一直厌恶漆，直到看到大哥的结婚家具，我才见识到漆的魔力。那些白生生的木器家具，经过一番油漆的精工细作，立时变得富贵华丽起来。那些油漆附着在木器上，均匀，亮薄，闪着清幽莹润的光泽。漆除了美观的功能，还能保护木器不受时间的侵蚀，延长木器寿命。这样外表险恶的植物，其实有一颗仁慈之心，就像那些难以下咽的糠粑，粗粝的质感，想象得出母亲吞咽时困难地伸长脖颈，可是它们拯救了母亲的生命。

（11）我尤其钟情大哥房里的一只梳妆盒，是嫂子过门带过来的嫁妆。那是一只小巧的梳妆盒，两层抽屉，都安了明晃晃小巧玲珑的拉手，梳妆盒的表面漆成朱红的底色，又慎重地画了一朵一朵的花儿，花儿有黄有粉，有的含苞待放，有的五彩缤纷。打开梳妆盒，盒盖里面安有一块长方形镜面，明晃晃地照出人影来。

（12）结婚原来是这样盛大美好的一件事?! 那一刻我比其他任何时候都盼望长大，能拥有一只精美的梳妆盒。

（13）等到真的长大，再不时兴在家具上用油漆绘画。我结婚，一律的仿欧式家具，漆成清一色的乳白色，大朵牡丹的艳丽已是前尘旧梦。嫂子那样的梳妆盒当然是没有，漆匠平叔早已改行。父亲去后，村里没人割漆，漆树梨树被砍掉，父亲背的那只竹篾篮，消失在哪里，没人说得清。当有一天，我不再惧怕韭菜的气味，我怅然发现时间的河流浩浩汤汤，我已回不去。

阅读训练及参考答案：

一、结合文章回答，漆和糠粑各自的特点和共同点是什么？它们对自己有什么启发？

答：特点：漆能使人过敏，不小心溅到身上令皮肤溃烂，可它能保护木器不受时间侵蚀，延长木器寿命；糠粑有粗粝的质感，让人难以下咽，可它在关键时候拯救了母亲的生命。共同点：外表丑恶，却有一颗仁慈之心。

对自己的启发：漆外表险恶，糠粑难以下咽，但它们都有仁慈之心，做人也要像它们一样，即便外表卑微丑陋但内心仁慈善良。

二、(选择题) 作者的写作目的是什么？在下列答案中选取正确一项。

A. 回忆自己小时候对漆树过敏的经历，表明作者非常厌恶漆。

B. 作者很想结婚并且有一个梳妆盒。

C. 通过对童年的回忆，表达对那些消失的美好事物的怀念，如漆树，割漆的父亲，以及给木家具画一朵一朵花儿的平叔。也自侧面描写了漆外表险恶内心仁慈的特点，以及"我"对漆树态度的转变。

答案：C

三、文章的最后自然段最后一句，表现了作者什么样的心情？

答：最后一句表现作者对过去的怀念，对时间流逝的怅然若失心情。

与一块石头相遇

（1）风尘仆仆带一块石头回来，因为与自己一段同行的缘分，那石头也就有了记载的意味。那是去山东临朐，和几位文友去奇石一条街，门面接着门面里面堆满形态各异的奇石。那些石头经过工艺打磨，已经不再是普通意义上的顽石，成了艺术品。看到它们，我总会有一种疑惑：这真的是石头吗？

（2）它们采自山中，我见过它们在山中的形态，大块大块的，白色，与山与土结为一个整体，被机器从山体中切割剥落出来，历经几世几劫，在各种现代化机器的磨制打造下成为了眼下美轮美奂的样子。我不知道这是石头的幸运还是不幸。

（3）这些经过特殊工艺改造的石头，以青山秀水的山水石居多，也有笔筒方砚、手珠挂件等小工艺品，各有精美。艺术品我是外行，一家一家看下来，眼花缭乱而已，怎样的方为上品，哪些又是中下之石，看不出所以然。一番热闹看过，后来我在文章中写道：看见过好看的石头，却没有看见过这样妖娆成精的美石。

（4）在一大片好看的石头之间，有一块其貌不扬的小石闲闲地躺在那里，平凡而寂寞，我想除了我，估计不会有人看它第二眼。而看到它的第一眼，忽然觉得它像自己，这样冷寂地躺在一片喧哗的美丽之中，让人有身世之感。看到我灼灼的目光盯紧它，同行的当地文友张君随手拿起递给我。送给你吧。他诚挚地说。

（5）这块有着乌云色泽的石头被我携带回来，从此离开它那些美丽的同伴，寄身我冷清的书桌。回想起来旅行是匆忙芜杂的，匆忙到让我没有来得及细细打量那块属于我的石头，直到回归到平常的生活轨迹中，才有机会坐到书桌前，仔细观摩品味。它的形状是不规则的圆锥体，如果它稍大些，放置案头，可以想象是一座奇伟的山峰，若是这样，那么，书是青山常乱叠也不再是一种纯意象了。然而偏又那么小，小到不盈一握，却也正合手中把玩。它的颜色太普通了些，像天空堆起一朵乌云，细看，乌云之中微微透出几丝光亮，足以给人温暖的抚慰。如果把它倒置，又是一颗小心脏，而且是充满了忧愁的心脏。那些乌云的颜色不正是它浅浅的忧愁吗？我这样想着，一边摩挲着它光滑细致的体表，清冷如水的感觉沿着掌心浸润开来。我是握着一捧澄澈的水流，或者是一束冷月光吧。这样的感觉很好。

（6）后来，每当我结束每天八小时的上班时间，回到家中，就会坐在书桌前，握住它，让它的冰凉的气息钻进我的掌心，用以冷却我的焦虑不安。我经常会焦虑，我会胡思乱想一些问题，类似杞人忧天。我想过一种安稳的慢生活，却不得不在虚拟空洞的网络里自欺欺人，在夸张吹嘘的文字里求生。我从事的职业是宣传，一种让人反感的文字的倾销。我鄙弃着宣传的自己，于是救赎一般写下一些真实的文字，洗清自己的灵魂。我像一个双面人，在白天和黑夜的交替里坐立不安，在两种敌对的意识形态里艰难地寻求支撑。我觉得我需要清醒，需要冷静。每当我握住那块小小的石头的云朵，它的冰凉，像一滴水珠沁入掌心，又顺着我的血液向周身扩散，我就会从白日里伪装的虚妄中冷却下来，重新找回那个安静的自己。如此，这块石头于我来说就有了不一般的意义。拥挤逼仄的生活里，我需要一块冷硬的石头，把自己打回原形。我经常这样摩挲着这块石头，在一块石头的体温里冷静与顿悟。

（7）《红楼梦》第一回写道："原来女娲氏炼石补天之时，于大荒山无稽崖炼成高经十二丈，方经二十四丈顽石三万六千五百块，只单单剩了一块未用……"我手中的这块石头，又是哪一块石头上被裁下的边角料？因为位置不佳或别的原因，徒然失去了焕发奇光异彩的机会，成为多余的那一块，想来亦是心有不甘吧。不过，石头遇我，我遇石头，无用之石遇无用之人，却又仿佛并非无用，也算无用之用？

017

阅读训练及参考答案：

一、第一段结尾用了一个问句，有何好处？

答：设置悬念，激发读者的思考，引起读者的阅读兴趣。

二、通读全文，说说作者为什么喜欢这块石头。

答：1. 而看到它的第一眼，忽然觉得它像自己，这样冷寂地躺在一片喧哗的美丽之中，让人有身世之感。

2. 这块石头于我来说就有了不一般的意义，拥挤逼仄的生活里，我需要一块冷硬的石头，把自己打回原形。我经常这样摩挲着这块石头，在一块石头的体温里冷静与顿悟。

鸣蝉唱晚

（1）是在立秋那日，傍晚，下过一场透雨，树丛里忽然响起一阵蝉鸣，声音不复夏日嘹亮，嘶哑而悠长。那是我家院内的一棵柿子树，硬而光滑的叶片绿中开始泛黄，蝉就躲在这些树叶里鸣叫。一声声，喑哑的音色，余音在风里震颤，袅袅不歇。蝉声像一个人用尽全身力气后的一声哀叹。我当时正走过树下，不期然那蝉鸣来了。我停住脚步，仔细地在树叶丛里寻找，并不见蝉的身影，只看见一树青中透黄的柿子叶，把天空切割得零零碎碎。

（2）我不明白为什么会寻找一只入秋的蝉，我寻找的初衷是什么？就算找到又能怎样？固然我已不是顽劣的幼童，希望捉一只蝉来作为玩具，无视蝉的痛苦与挣扎，就像幼时我的那些小伙伴，夏日里"噌"的一声爬上一棵树，身手敏捷捉住一只正在聒噪的蝉，听任它在手里挣扎发出焦灼凄厉的叫声，乐得哈哈大笑。我一直都比较胆小，将一只活生生的动物抓住在手我不认为这有什么乐趣。况且我也不会爬树。

（3）那么我的动机是被这只蝉的哀鸣打动？但我清楚我

并不能帮到它。当秋风一起，气温降低，一只成蝉的生命连同它婉转的歌喉都将进入倒计时。这说不定是它最后的歌唱吧，它一样感受到了秋的脚步？

（4）我想起盛夏，年轻的蝉躲在翠绿的枝叶间，激越歌唱，往往是一只蝉领唱，悠扬的一声亮开嗓子，高亢结实的歌喉向着无限递进的高音攀上去，金嗓子羞煞人类的歌手。接着，一群蝉不甘示弱，一齐加入合唱，在这样浩大的歌唱里，阳光仿佛更亮烈。人躲在树荫下、房屋里，摇着扇子，一阵倦意上来，头靠着木椅在鸣蝉声声里沉入梦乡，手中的扇子滑到地上，成了一只苍蝇的飞机场。

（5）那时候的日子过得不急不缓，穷一些，心里也不着慌。水稻种在门前水田里，正抽着穗，早先田里肥下得足，一丘稻子长得抽疯一般，稻禾叶儿绿得沉甸甸的，看一眼那稻子，心里就有了底；红薯种在坡地上，红薯蔓此刻正风风火火爬出了地界，红薯则在土里可着劲儿长；圈里的肥猪吃了睡睡了吃，哼哼唧唧，一副心满意足的样子；鸡鸭在稻场前的草丛里觅食，一只惹是生非的红冠子大公鸡在鸡鸭群里乱窜；菜园里的瓜菜枝枝蔓蔓，被夏日里的几场透雨浇得枝肥叶大，黄瓜、豆荚、茄子，一天一个样，等着人去采摘。有了这几样，农人们心里踏实了，在蝉鸣声里尽情打着瞌睡，或者三五个一起摆起龙门阵，见多识广些的那个成了谈话的中心，唾沫飞溅，说着电视上看到的新鲜事。

（6）我多半在和小伙伴儿玩游戏，跳房子、踢毽子，玩儿过家家。我们总能想到各种千奇百怪的玩法，自己把自己折腾个够，晚上吃饭洗澡后头一挨上枕头就睡，梦里还是做游戏。有时也要干活，拎个竹篮和小伙伴一起去打猪草，一路上吵吵嚷嚷，像是在和嘹亮的蝉声比谁的嗓门大。去小河里捞鱼，拿个竹簸箕在水里晃荡，把一轮白亮的日头都晃碎了，忽然一下拎起，几尾小鱼在簸箕里欢蹦乱跳。有鱼吃喽——欢快的笑声盖住了蝉鸣。

（7）那时候蝉鸣无处不在，乡村在蝉鸣声里笃定地翻过一页又一页日历。那时候我们以为日子都是这样一成不变。

（8）来小城后听见鸣蝉相对少了，与乡村慷慨高歌不同，小城里偶有微弱的蝉鸣，是绿化带或者见缝插针栽种的一棵树上的蝉，然而它们孤零零不成气候的鸣唱最终被市声掩盖。我怀念小时候乡村里蝉儿嘹亮的歌唱，声音饱满有力，激情澎湃，更见得村庄静寂，恍若洪荒。在这样浩瀚的声音里，恍惚觉得自己就是一只鸣蝉，日日引吭高歌，忘记了生之短暂。要不干脆就是一株野草，一棵杨树，一朵小花，是生活在大自然之中的任意一草一木。

（9）是什么时候我们失去了那样的从容与无争？

（10）终于明白我寻找那只入秋的蝉也有惊喜的意味，像碰见阔别已久的儿时伙伴。那时雨正一阵一阵，紧一些慢一些。一阵风来，就有了秋日苦雨的意思。而蝉恰巧就在这时唱响，好像感受了雨的凄婉调子，又像是为自己生命结束前所做的最后歌唱。蝉竭力鼓起最后的余勇，终是不济事，败下阵来，调子慢下来，弱下来。

（11）我站在雨里发呆。

阅读训练及参考答案：

一、文章的开头对柿叶的描写有何作用？

答：1. 点明事情的发生时间。

2. 引出下文对蝉的描写和回忆。

3. 烘托我的惆怅失落的心情。

二、文中第二段运用了什么写作手法？有何作用？

答：1. 对比。

2. 通过幼时的我和小伙伴们对蝉的不同态度，突出幼时的我的胆小和富有爱心的特点。

三、通读全文，说说作者在对蝉的描写中，包含着哪些丰富的情感。

答：1. 对童年乡村美好生活的喜爱和怀念。

2. 对现在小城生活的无奈。

3. 对美好生活不再的惆怅。

四、文中作者描写了许多童年趣事，相信你一定深受感染，你一定也有着相同的经历。请描写一段你的童年趣事。

月如昼，人依旧

（1）人从四面八方涌来，像源源不断的河流奔向大海．不同的是这些水流并不朝东流去，而是向着中心的某一个点汇聚。在这壮观的黑色河水汇聚的中心地带，搅起了一股旋风，缓慢的，有力的，并不慌乱的步伐。人们向着一个方向扬起渴望的眼神，原来是灯来了！

（2）灯的到来必然是喧闹的，伴随着锣鼓响，花花绿绿五彩缤纷的灯队招摇而来。忽然就想起一个成语：鲜衣怒马。这个成语解释了我们这个民族总爱把平淡的生活激荡出水花四溅的活力来，于是有了年，有了眼前的元宵灯会。

（3）辛苦劳作了一年，终于有了一个堂皇的理由停下来，以年的名义恣意享乐一番，同时检点一年的得失，不失为一种智慧的生存态度。人生说短促却似漫长，像昏昏欲睡的夏日午后，即便时钟走得滴滴答答，依然睁不开困倦的眼。想想也是，就算清醒，健步如飞，又怎能走得过时间，怎能拽得住年的尾巴？倒不如欢欢喜喜辞旧迎新，与时间握手言欢。因此，年成了人生路上的驿站，走累了，倦了，停下来，在年这个交界点回首过去展望未来，欢喜与怅然。暗暗积蓄能量走向新的一年，再把新年过成又一个旧年，一个个年像一圈圈圆满的年轮，积累出一生的厚度。

（4）时间必然要带走年，又一年的元宵于是来到眼前。

（5）元宵和年总是充满瓜葛，元宵是人们对年的最后一点念想。

（6）元宵有灯市，灯市里有灯看，一条临河长街，流光溢彩，极尽富贵。今年的灯市中心位置矗立着的是一只骄傲的雄鸡，每到夜幕降临，它就闪耀出五彩的光芒，像一位遍身罗绮的贵族，傲视着来来往往观灯的人群。

（7）不同的是今年除了灯市，还有乡间的舞狮耍龙灯会，这让一座小城沸腾了。

（8）即使有心理准备，我还是诧异于我所在的这个小城忽然涌现出来的人流，这使我不得不重新打量这个与我血脉相依二十年的小城，却原来有一股我素来忽视的力量。像地底的熔岩突然喷薄而出，那些人忽然就从大大小小的街头直奔过来，脚步杂沓，面容热切。很快，我的前后左右都是人，陌生又熟悉。陌生是他们的面孔，熟悉的是一口和我相同的方言。

（9）早在半个月前，本城的大小媒体就开始渲染这一盛事，刚刚跨出旧历年，心里满怀着对新的一年的憧憬，况且舞狮历来是这个民族所热爱的一种传统文化活动。只是近年来随着现代文明的冲击，网络信息的铺天盖地，一些传统民间文化如舞狮等已渐趋式微。这是谁都不愿看到的，也就有这次的大张旗鼓举办舞狮活动。这既是对昔日的缅怀，也是对传统文化的致敬和希望传承下去的美好愿望。

（10）我理解这些从各条大小巷子里涌现出来的人群，理解了他们怀着的美好的期盼。年热闹着呢，然而年亦寂寞着呢，在鞭炮的轰鸣里，在大红对联的喜气里，大家互不相扰各自看手机，抢红包、微信问候、朋友圈晒美食，我看到了年的寂寞。说到底也是人的寂寞。寂寞的人们哪怕是抓住一丁点儿可以慰藉的热闹呢，并且还是一次足以唤醒童年美好回忆的舞狮展演。这个消息来得激动人心，它让我们走出深宅大院，走出不锈钢防盗门，在黑夜里拉下冷漠的面具，你我他前胸贴后背地挨得紧紧密密的，好像我们一直都这么亲切无间。

（11）灯来了！人群兴奋起来，仿佛投下一颗石子的水面，涟漪起处我看到一支灯火辉煌的队伍徐徐走近。鼓声铿锵中首先走过来的是一排宫灯，拖着长长的穗子，像一串串艳丽的流苏，旖旎妩媚风情万种地模拟着古代皇宫里的富丽堂皇。后面紧跟着两条虚张声势的彩龙，张牙舞爪，圆瞪着两只巨大的龙睛，好像也在惊异于围观人群之多。舞龙后面是舞狮，一对大大的忽闪忽闪的眼睛，巨大而又憨态可掬的嘴巴张得老大，像谁家养的宠物。

（12）但如若你看到舞起来的狮子，则会被它的威武雄壮震撼！咚、咚咚……苍凉沉重的鼓声像一曲洪大的咏叹调，它们仿佛来自地底，又像是来自空中，象征神谕一般。要不就是从远古战场传来？天地也为之一震，月光在那一刻更明亮，银质的光辉洒遍全场。几只雄狮刚才还在手舞足蹈，鼓声传来的瞬间，它们像被注入了某种力量，一律抖擞起了精神，它们不再扑闪着眼睛卖萌，而是圆睁双眼，随着舞狮人手中的彩球腾挪跳跃，蹲伏、揖拜、纵身、嬉戏，就地翻滚，鼓声时缓时急，彩狮时而兴高采烈时而怒气磅礴，有时如蛟龙出海，有时如猛虎下山，但不管做出何种姿势与表情，它所表现出来的力量都不容人忽视，仿佛此刻它是一头真正的雄狮，在皎月与霓虹的映衬下，在黑压压的人群中，借着气势磅礴的鼓声淋漓尽致地表达自己的喜怒哀乐。在茫茫人海中它是否也深刻感受到了孤独？那一刻，我相信所有的人都忘了它们是由几个舞狮人表演而成，而是把它们当成真正的雄狮，人们瞻仰着它无与伦比的力量，时时发出喝彩与叫好声。

（13）面对出尽了风头的彩狮，那两条不甘寂寞的彩龙立时使出浑身解数大显身手。舞龙人迈着矫健的步伐，高举手中的彩龙，舞得虎虎生风。远远望去，那巨大的怪兽真个像在璀璨的夜空中吞云吐雾、御风而行一般。它们或摇头摆尾，或首尾相顾，扭动、回旋、昂首，不可一世。最后舞龙人拿出了真正的绝活，他们回环盘旋着攀爬上一座垂直树立的梯子，远远望去只看到星月之下霓虹之上一条银龙傲啸苍穹，似要扶摇直上九天而去。巨龙的头顶，一轮银盘样的月微微俯首欢腾的人间。

（14）龙是中华民族的图腾，代表着吉祥；狮是力与美的化身，又是祥瑞之兽。这或可解释我们民族热爱这两种动物的原因。另外，在人类逐渐远离丛林的日子里，以舞狮耍龙来模拟一场原始丛林里王兽的狂欢，既是表达对神秘力量的崇拜，也是追念人类始祖与兽共处的艰辛与不易，我认为这是元宵节上人们舞狮耍龙祈福的初衷。

（15）此次舞狮展演地点是这个城市南端的一处小广场，旁边的休闲公园里，年味还没有褪尽，五颜六色的彩灯交相辉映出一个火树银花的元宵夜。此时灯影与人声在河面飞荡，光影微染的河面如一匹镶金砌玉的丝绸，软软地摇曳到远方，那里有高大的黑色山影以及深蓝色的夜空。

（16）"东风夜放花千树。更吹落、星如雨……"年代不同，欢乐是一样的。在热闹的人群里，看着面前一张张喜悦的面容，不知道蓦然回首的灯火阑珊之处，会有着怎样的风景在等我。

（17）只是让人微微怅然的是，元宵过后，年就远了。明年的此时，月如昼，人是否依旧？

阅读训练及参考答案：

一、赏析第八段的修辞方法。

答：比喻，把"小城忽然涌现出来的人流"比作"像地底的熔岩突然喷薄而出"，生动形象地写出了小城看灯的人之多，表达了小城人对看灯的无限热爱。

二、联系第九段，说说小城里为什么会举办舞狮活动。

答：1. "只是近年来随着现代文明的冲击，网络信息的铺天盖地，一些传统民间文化如舞狮等已渐趋式微。这是谁都不愿看到的，也就有这次的大张旗鼓举办舞狮活动。"

2. "这既是对昔日的缅怀，也是对传统文化的致敬和希望传承下去的美好愿望。"

三、赏析第十二段的对舞狮的描写。

答：这一段对舞狮进行了一系列的动作描写，又有比喻、排比的修辞方法，生动形象地刻画了舞狮的灵动和气势，字里行间对舞狮进行了热烈的赞颂。